講談社文庫

ST 警視庁科学特捜班

今野 敏

講談社

目次

ST 警視庁科学特捜班

1

騒ぎが起きたのは、九月十八日木曜日未明のことだった。マンションの一室に、何人かの男たちが慌ただしく出入りし、言葉を交わしていた。中国語だった。

隣の部屋の住人が警察に通報し、駆けつけた二名の警察官は、あわてて逃げ出す四人の男たちを見た。だが、二人の警察官は、その男たちを追おうとはしなかった。彼らがいた部屋の惨状に一瞬立ちすくんだ。

巡査部長が肩から下げた署外活動系の無線機ですぐさま報告をした。巡査は呆然と部屋の中を見つめている。

部屋の中は乱雑だった。書棚が倒れており、雑誌類が散乱している。ベッドは乱れており、硝子《ガラス》の天板を張った小さなテーブルがひっくり返っていた。小物を入れるために使っていたらしいカラーボックスも倒れていた。

そして、乱れたベッドの上に死体があった。

若い女性の死体だ。衣服は乱れており、ほとんどがはぎ取られている。乳房も下半身もあらわになっていた。

血まみれだった。おびただしい血が白い肌を斑《まだら》に染め、ベッドにしみ込んでいた。目は驚愕と恐怖に見開かれており、口も大きく開いている。その口からぽってりとふくれた舌がのぞいていた。

「どうした？　なにぼんやりしてる？」

巡査部長が巡査に声をかけた。若い巡査は、死体から眼を離せなくなっていた。

「殺人の現場は初めてなんです」

「誰にだって初めてのときはある。おっと、部屋には入るな。ドアにも触るな。ここに立って野次馬がやってきたら追っ払え。俺は、通報者を当たってくる」

「はい」

「しゃんとしろよ」

部屋の中では鑑識のカメラのストロボが時折瞬《またた》いていた。略帽に出動服姿の鑑識係員がダスター刷毛でアルミニウムパウダーを掃《は》き指紋の採取を試みている。機動捜査隊員が、鑑識と何やら相談をしている。

すでに中野署と警視庁の捜査員たちが到着していた。彼らは、近所での聞き込みを開始していた。

百合根友久《ゆりねともひさ》は、現場のドアから少し離れたところに立ち、その様子を眺めていた。誰もが自分のやるべきことを心得ているように見える。

「こんなところにいたんじゃ、捜査になりませんよ、警部殿」

その声に百合根友久は振り向いた。皮肉な笑いを浮かべた男が立っていた。警視庁捜査一課の菊川吾郎《きくかわごろう》係長だった。四十五歳の警部補だ。鋭い眼。日焼けした赤ら顔。太い首にずんぐりとした体格。その風貌すべてがたたき上げの刑事であることを物語っている。

「しかし……」

百合根友久警部は、心細げに言った。「私が現場に行っても邪魔になるだけです」

「ご自慢のSTはまだですか？」

「ご自慢？　私はそんなつもりは……」

「科特班はまだかと訊いているんです。招集かけたんでしょう？」

「もう来てます。現場を見てますよ」

「ほう……。どれがそうなんです？」

百合根警部は戸口に近づき、中を覗き込んだ。

「ほら、あそこに立っているのが赤城左門《あかぎさもん》です。法医学担当です」

菊川警部補は、百合根警部を睨むように見据えてから指さすほうを見た。菊川警部補は、眉根を寄せた。

赤城左門は、壁にもたれるようにして鋭い眼を立ち働く鑑識係員たちに向けていた。彫りの深い顔。髪は無造作にかき上げられており、数本の束がはらりと額にかかっていた。頬に無精髯が浮いている。それが不潔な感じがせず、男の色気を感じさせた。

「そこ!」

赤城がひとりの鑑識係員を指差して言った。

「そいつに触わるな! それは俺の獲物だ」

若い鑑識係員はびっくりして顔を上げた。

「俺の獲物って……。位置に印はつけたし、写真は撮りましたよ」

「いいからそこに置いておけ。そこ! そこもだ」

赤城は、部屋に散らばっている小物をビニール袋に入れようとする鑑識係員を制止しているのだった。

「いいかげんにしてくださいよ、赤城さん」

年配の鑑識係員が言った。「仕事にならんじゃないですか」

「俺の仕事だ」

「皆の仕事ですよ」

「俺がやらなきゃ、誰がやるんだ」

「皆でやるんですよ」

「俺は何もかもなくしちまった一匹狼だ。そんな俺から仕事まで奪おうというのか？」

「誰が一匹狼ですか。あんた、STのリーダーでしょうが。遺留品は私らやりますから、被害者《ガイシャ》、調べてくださいよ」

「被害者か……」

　赤城は、すっと目を細めた。「苦手なんだ」

「何だい。法医学担当だろ。死体《ロク》が苦手なのか？」

「苦手なのは死体じゃない。女だ。女が嫌いなんだ」

　年配の鑑識係員は、あきれたようにかぶりを振り、仕事に戻った。

　そのやり取りを見ていた菊川は、百合根に怪訝《けげん》そうな顔を向けて言った。

「何だありゃあ……」

「彼は現場に出られたのがうれしくて入れ込んでるんです」

「入れ込んでる……？　そういう問題じゃない気がするな。何なんだ、一匹狼というのは？」

「その……、責任感が強いんです」

　菊川は納得しない顔で見つめている。百合根は観念したように話しはじめた。

「赤城は独特の人生観を持っていましてね。一人前の男は一匹狼でなければならないと信じているのです。彼はそのように振る舞おうとします。しかし……」

「しかし？」

「人望があるのか、周囲に人が集まって来てしまうのです。あの鑑識さんが言ったように、STのリーダーも、彼以外には考えられませんでした。彼は、理想と現実のギャップにいつも悩んでいます」

「妙なやつだな」

「それに、極端な女嫌いなんです。女性恐怖症といってもいいでしょう」

菊川は、何を言おうか考えているようだった。彼が口を開くより先に、一人の大柄な男が二人のそばにやってきた。

「ああ、黒崎《くろさき》さん」

百合根が言った。「菊川さん。彼が第一化学担当の黒崎勇治《ゆうじ》です」

「第一化学？」

「毒物などの専門家ですよ」

菊川はまたしても怪訝そうな顔で黒崎勇治を見つめた。無理もない。百合根は思った。黒崎は、長い髪を後ろで束ねている。西洋風に言えばサムソン・スタイルというのだろう。だが、どこか野武士のような風貌だった。とても警視庁の職員には見えない。

黒崎は一言も口をきかずに、まっすぐに被害者のところへ向かった。赤城にも無言でうなずきかけただけだった。

「無愛想なやつだな」

菊川が百合根に言った。

「極端に無口なんですよ。必要なこと以外滅多に口をききません。サムライなんです」

「サムライ?」

「黒崎は、武道の達人なんです。いろいろな武術の皆伝免許を持っているということなんですが……」

「科学捜査と武道と何の関係があるんだ?」

「関係ないと思います。彼の生き方の問題でしょう」

菊川は珍しいものを見るような顔で百合根を見ていた。

「わあお」

現場にそぐわぬ頓狂《とんきょう》な声がして、百合根と菊川は振り返った。菊川は口をぽかんと開けてそこに立っている青年を見つめた。百合根は菊川の反応を見て、やっぱりな、と思った。

「紹介します。文書鑑定担当の青山翔《あおやましょう》です」

「文書鑑定……?」

菊川は青山翔の顔を見つめたまま言った。

「そうです。筆跡鑑定やポリグラフ、プロファイリングなどの担当です」

百合根はこたえながら、菊川が本気で聞いていないことを知っていた。彼は青山翔に見とれているのだ。

色白でおそろしいくらいに端正な顔だち。睫毛が長く細面《ほそおもて》だ。絹糸のように細く柔らかい髪がなぜか風もないのにそよいでいるように見える。

百合根は、青山翔と初対面の人間がほぼ例外なく菊川と同様の反応を示すのを知っていた。男の菊川ですらこうなのだ。若い女性なら推《お》して知るべしだ。

「へえ、現場ってなかなか素敵なもんだね」

「赤城さんと黒崎さんはもう来ています」

「ねえ、僕、帰っていい？」

青山は、楽しげに部屋の中を見回していたが、すぐに興味を失ったように言った。

百合根と菊川は同時に青山を見た。百合根も驚いていた。

「今来たばかりじゃないですか。気分でも悪いのですか？」

「現場初めてか、坊や。血を見てびびるとは情けないな」

菊川は勝ち誇るようににやにやと笑っている。

「びびる？　冗談じゃない。こういう雰囲気は大好きさ。だけど、この部屋はちょっとね
……」

「何です？」

「あんまり、おもしろくない」

「まあ、そう言わずに皆といっしょに調べてください」

百合根に言われ、青山は不承不承部屋の中に向かった。

「見たらすぐ帰るからね」

移動すると、柔らかな髪がふわふわと揺れた。その姿をまぶしく感じるのか、菊川は目を細めていた。実際、光をまとっているような美しさだ。そう、実態を知らなければな。百合根はそう思った。

戸口に立った青山は、部屋の中をひととおり見回し、赤城に言った。

「ねえ、僕、帰っていい？」

赤城がこたえた。

「好きにしろ。俺には関係ない。俺は独りのほうがいいんだ」

黒崎がふたりのやり取りを聞いて、あきれたように無言で両眼を天に向けた。

「遅くなっちゃったかしら……」

若い女性の声だ。

振り返った菊川はまたしても目を丸くした。丈のものすごく短いミニスカートから長い脚を剝《む》き出しにした美女が立っていた。長い髪をかきあげる仕草がどこか気だるげな風情だった。胸も広く開いており、豊かなふたつの膨らみが飛び出してしまいそうだった。

「なんだ……？」

　菊川は思わずつぶやいていた。百合根が言った。

「物理担当の結城翠《ゆうきみどり》です」

「凶器は？」

　結城翠は長い髪を髪止めできりりと結い上げた。菊川はその様子を呆然と眺めている。

「鋭い刃物だそうだ」

　百合根が説明した。「血まみれの包丁が転がっていたから、おそらくそれが凶器だろうと鑑識の連中は見ている」

「弾道検査などは必要なしということね」

　翠はつぶやくと現場に足を踏み入れた。

　彼女が離れた場所へ行ったので、菊川がそっと百合根に言った。

「何だ、あの恰好は……。俺は立ちん坊がやってきたのかと思ったぞ……」

　百合根はあわてて「しっ」と、唇に人差し指を立てた。

「どうしたんだ？」

「あまりそういうことは言わないほうが……」

「何を気にしてるんだ？　本人に聞こえているわけでもあるまいし……。しかし、何て恰好で現場に来るんだ。すごいな。夜の生活を想像しちまうぜ。あっちのほうもすごいんだろうな」

そのとき、遠くから翠の声が聞こえた。

「失礼ね。どんな恰好しようとあなたに関係ないでしょう！」

何ごとかと翠を見た。

翠は菊川を見すえて、大声で言い放った。

「あっちのほうもすごいですって？　冗談じゃないわ。あたしは処女よ！」

その場にいた全員がぎょっとして翠を見た。

翠が睥睨《へいげい》すると、皆はさっと眼をそらして仕事を再開した。

菊川は仰天《ぎょうてん》して結城翠を見つめ、それから百合根を見た。百合根は苦い顔をして言った。

「彼女には聞こえるんですよ」

「まさか……」

「異常に聴覚が発達しているんです。かすかな物音を聞き分けるだけじゃなく、絶対音感だし、噂だと不可聴域の音波も感じ取るということです」

「何だって……？」

「服装のことですが、噂聞いたことないですか？」

菊川は思い当たったように言った。

「そう言えば、いつもものすごく色っぽい恰好をした一般職が科捜研にいると、話だけは聞いたことがあるが、彼女が……」

「何か心理的な理由があると本人は言うのですが……」

「しかし、処女というのは……」

「気をつけたほうがいいですよ。また聞かれてしまいます」

菊川は薄気味悪そうに翠を盗み見た。そして眼が離せなくなった。結城翠は服装が挑発的なだけではなかった。見事なプロポーションであり、切ないくらいに肉感的だった。大きくよく光る眼が色っぽく、唇がまた肉体の官能美を上回るほどにセクシーだった。彼女に比べれば、雑誌のグラビアを飾るセクシータレントなど色あせて見える。

「遅くなりました」

さらに一人駆けつけた。百合根は、菊川が今度はどんな顔をするか楽しみですらあった。

髪を短く刈り、作務衣《さむえ》を着た男が立っていた。一目で僧侶とわかった。作務衣を着ているというだけでなく、真っ直ぐに伸びた背中や、落ち着いたたたずまいがそう感じさせるのだった。手に数珠《じゅず》を持っていることからも明らかだった。

「誰だ、坊主を呼んだのは……」

菊川がうなるように言った。百合根は、菊川が予想どおりの反応を見せたので、思わず笑みを洩らしてしまった。

「第二化学担当の山吹才蔵《やまぶきさいぞう》です」

「何だと？」

菊川が目を剝いた。「こいつもSTの一人だというのか？」

山吹才蔵は菊川に会釈《えしゃく》をすると言った。

「まず、仏さんに挨拶させてもらいます」

彼は、落ち着きはらった態度で現場を横切り、死体の脇に膝を付くと、経を上げはじめた。一瞬、捜査員や鑑識係員が手を止めて、何事かと山吹才蔵のほうを見た。

「なんで坊主が……」

菊川が百合根に尋ねた。

「彼は寺の一人息子でして……。警視庁の職員でありながら、得度して僧籍を持っています。曹洞宗《そうとうしゅう》だということです。禅宗ですね。修行も怠《おこた》らないということですが……」

「何でもいいから」

菊川はしかめ面をした。「経はやめさせろ。捜査が滞る」

「すぐに終わりますよ」

「いいから、言われたとおりにしてくださいよ、警部殿」

百合根は、山吹才蔵に声をかけようとして、ふと周囲の様子に気づいた。

「どうやら、経を迷惑がっている人はいないみたいですが……」

捜査員や鑑識係員は、皆神妙な顔つきで山吹のほうを見ていた。誰もが神妙でありながら、どこか安堵したような表情だった。菊川もそれに気づいたようだった。

捜査員は、幾多の死体を見ていくうちに、いつしか宗教心が芽生えるものだ。百合根はそんな話を聞いたことがあった。

やがて山吹の経が止んだ。

「どんな因縁でこんな姿になったかは知りませんが」

山吹が言った。「死ねば皆仏。成仏していただきましょう」

捜査員たちは、何事もなかったように再び動きはじめた。

「こんな現場は初めてだ……」

菊川があきれたようにつぶやいた。


中野署に作られた捜査本部の席上で、捜査主任を命ぜられた警視庁捜査一課の池田《いけだ》理事官が捜査本部副主任をつとめる中野署刑事課長の永作《ながさく》警部に説明を求めた。

「被害者の身元が判明しております。氏名、呉白媛《ウーパイイエン》。年齢三十二歳。中国国籍で新宿区歌舞伎町にある『楼苑』というクラブでホステスとして働いておりました。犯行現場は、中野区本町二丁目……」

永作警部は、手元の書類を見ながら説明をしていた。菊川は、永作課長の報告を聴きながら、実は捜査本部の後ろのほうを気にしていた。

後方の一角には、警視庁科学捜査研究所からやってきた科学特捜班の連中が陣取っていた。

菊川は、この捜査本部に警視庁から彼の班十一名を引き連れてやってきていた。殺人事件の捜査本部は何度も経験したことがある。しかし、今回はちょっとばかり勝手が違っていた。

新設された科学特捜班が初めて顔を出したのだ。科学特捜班は、STとも呼ばれている。殺人などの犯罪に対して科学捜査が役に立つことは誰でも知っている。その点については菊川も異存はない。

しかし、科学捜査というのはあくまでも縁の下の力持ちでなければならない。科学捜査研究所で研究・分析にたずさわる職員のほとんどが、警察官ではなく一般職だ。強制執行の権限も逮捕権もない。警察手帳も持っておらず、拳銃や手錠を携行することもない。

科学特捜班というのも、そうした一般職の連中だと菊川は聞いていた。そんなやつらが現場にやってきて、何の役に立つのだろう。菊川はそんな疑問を抱いていた。

実際、STの有効性は未知数だった。今回の出動が初めてなのだ。そのSTを率いているのが、キャリア組の百合根友久警部だった。

三十歳で警部だ。菊川は、苦々しく心の中でそうつぶやいた。この俺は、四十五歳でようやく警部補になったばかりだというのに……。

この先、おそらく定年まで昇級は望めないだろう。現場を知らない若造がどんどん昇級していって、警察庁あたりでふんぞりかえるわけだ。

STのメンバーたちも、どうも虫が好かなかった。刑事とはまったく違った臭いがする。彫りの深い顔だちに無精髭が妙にセクシーな赤城左門。長い髪を後ろで束ねた、精悍な感じの黒崎勇治。どう見ても僧侶にしか見えない山吹才蔵。今日も挑発的なミニスカートから長くむっちりとした太ももをあらわにしている結城翠。そして、おそろしいほどの美貌の持ち主である青山翔……。

彼らはまるでこの捜査本部になじんでいない。その違和感が菊川を苛立《いらだ》たせていた。そっと後ろを盗み見ると、彼らは、退屈そうに永作課長の話を聞いている。他の捜査員たちはせっせとメモを取っているが、彼らはメモも取ろうとはしない。

「犯行現場のマンションは被害者の住居で、被害者はあそこに三年ほど住んでいます」

永作課長の説明が続いていた。

「部屋の持ち主は、魏孫沢。上海出身のビジネスマンで、被害者がつとめるクラブ『楼苑』の事実上のオーナーです。えー、死因は、咽頭部の刺創つまり刺し傷です。全身に計五十一ヵ所に及ぶ刺創および切創がありおびただしく出血しておりました。凶器は、文化包丁。現場に残されていました。被害者の部屋にあったものと推定されています。なお、被害者には性的暴行の痕跡がありました。膣内に裂傷があり、出血。精液も残されていました。残留していた精液の血液型はB型、Rhプラス。なお、ABO以外の血液型分類など詳しいことは現在分析中です」

強姦したうえにめった刺しか……。

菊川は考えた。

あるいは、いたぶって殺した後に、性交したのかもしれない。屍姦マニアは珍しくはない。彼の頭の中で、犯人像がぼんやりと出来上がりつつあった。

「指紋、足跡などは複数検出されています。現在、被害者の関係者などと照合中です。体毛、衣類の繊維等の遺留品については、現在分析中です。なお、中野署地域課の係員が現場から逃走する四人の男性を目撃、すぐに緊急配備を敷き検挙しました。氏名等は、手元の資料にあるとおり。四人とも上海出身の中国人で、『楼苑』の用心棒のようなことをしていたということです。詳しい事情は、現在本庁の協力を得て調査中です」

永作課長が説明を終えると、捜査本部主任の池田理事官が眉をひそめて尋ねた。

「その四人が容疑者ということかね?」

「いいえ、鑑識によると、死後二十四時間以上たっているということです。付近の聞き込みから、四人の中国人が部屋にやってきたのは、通報の数分前、つまり、午前三時前後のことです」

「やつらは何をしに部屋にやってきたんだ？」

永作課長が、中野署捜査員の一人を見た。その捜査員がこたえた。

「彼らは、被害者が店を無断で休んでいるんで、見に来たと言っています」

池田理事官はその捜査員のほうを見た。

「午前三時に？」

「あの業界じゃ珍しいことじゃありません。店が終わるのが午前零時か午前一時。それもたてまえで、実際には客がいれば二時三時まで店を開けていますからね」

「四人でかね？」

「お気づきと思いますが、彼らは不法就労者です。それに、台湾系や香港系の連中と対立している。トラブルを予期して常に複数で行動するんです」

「部屋の鍵は？」

「四人がやってきたときには開いていたということです」

「犯人は、部屋の鍵をかけずに逃走したということか……。目撃者は？」

別の捜査員がこたえた。

「今のところ有力な手掛かりはありません。物音に気づいたという証言もありませんね。あのマンションは、独り暮らしばかりで、昼間は住人がほとんどいなくなります。おそらくその時間帯の犯行だったのではないかと……。被害者は逆に、昼間は部屋におり、夜に出勤しますから……」

池田理事官はうなずいた。

副主任の永作課長が捜査員一同を見回して言った。

「何か質問がある者は？」

学校の生徒のように並んで座っている捜査員たちは、手元の書類を難しい顔で睨んだ。捜査員や鑑識係員などが合わせて五十名ほど集まっている。

菊川が手を挙げて発言した。

「マンションの部屋の持ち主と被害者の関係が気になりますね」

池田理事官が尋ねた。

「どういうことだ？」

「いくらホステスったって、あのマンションは出稼ぎの外国人には上等すぎるような気がします。１ＤＫでバス・トイレ付。しかも分譲マンションだ。一人暮らしだったんでしょう？」

「魏孫沢は『楼苑』の事実上のオーナーということじゃないか。店のホステスを住まわせていたのだろう。部屋代を天引きすりゃ、給料を節約できる」

「そういう場合、あんな部屋に独り暮らしはさせません。最低でも二人で住まわせますね。四畳半に六人押し込んでいることだって珍しくはない」

「つまり、魏孫沢と被害者の呉白媛は特別な関係にあったかもしれないと……？」

「当然考えられることでしょう」

池田理事官は、永作課長にうなずいて見せた。永作課長は言った。

「鑑《かん》取《ど》りの組はその点に充分配慮するように……。他には？」

手は挙がらなかった。深く突っ込んで質問したいほどの材料はまだ集まっていない。

「では、地取り、鑑取り、それぞれの班分けを……」

永作課長がそこまで言ったとき、池田理事官は片手を挙げて制した。

「ちょっと……。今回の捜査では、ひとつ新しい試みがなされている。皆も話は聞いているだろう。本庁からSTが捜査本部に参加している。STのメンバーは初動捜査にも駆けつけたそうだな。せっかくだから、何か参考になる意見を聞いてみたいんだが……」

菊川は、心の中で舌打ちした。

分析だの研究じゃプロかもしれんが、捜査という点じゃ素人だ。素人に何を訊こうってんだ……。

菊川は、振り向いてSTの連中を見た。落ち着きをなくしているのは、百合根警部一人に見えた。他のメンバーは自分には関係ないという顔をしている。

「いえ……」

百合根はうろたえたように言った。「まだこの段階では何も申し上げることは……」

「材料はある程度そろっているんじゃないかね？　実際に現場も見ているのだろうし。犯人像がある程度浮かんできているように思うがね……。STはプロファイリングもやると聞いている。現時点での意見を聞かせてもらえるとありがたい」

プロファイリングだと？

菊川は思った。所詮アメリカかぶれの連中の戯言《ざれごと》に過ぎん。けっこうだ。経験をもとにして俺の頭の中に浮かんだ犯人像と比べてみようじゃないか。

「プロファイリング等の心理分析は、こちらの青山の担当なんですが……」

百合根は救いを求めるように青山を見た。捜査員たちが青山に注目している。その類《たぐい》まれな美貌に見とれているようにも見える。

青山は、遠慮ない口調で理事官に向かって言った。

「プロファイリングはそんなに簡単にできるもんじゃないですよ」

百合根があわてて補足した。

「あ……。中途半端な材料によるプロファイリングは憶測《おくそく》と変わらず、かえって捜査に混乱をきたすものと思われます。充分に材料が集まってからでないと……」

「現場や、事件の経過から何らかの型にあてはめて考えることもできるだろう」

理事官が言うと、青山はあっさりと言った。

「できません」

た。理事官は、一瞬、呆然と青山を見ていたが、やがて、居心地悪そうに隣の永作の顔を見た。永作は咳払いをした。

菊川は心の中でほくそえんでいた。

所詮、こいつらはこの程度のもんだ。

菊川は百合根に向かって言った。

「明らかなことはいくらでもある。まず、犯人は被害者を強姦している。膣に傷があり、精液が残っているのだからこいつは明らかだ。そして、五十一ヵ所にも及ぶ刺し傷と切り傷。めった刺しだよ。部屋の中は乱雑だった。このことから、犯人像は絞れてくるんじゃねえのか？　つまり、異常な性癖を持つ男性だ。体力的に考えてもおそらくそれほど歳をとっちゃいねえ。こういう犯人は、過去に暴行などの犯罪歴を持っている可能性が高い。しかも血液型がB型だとわかっている。こういう場合、捜査員は何をすべきかわかるか？　犯罪歴《レキ》を洗うんだよ。容疑者を絞り込んで、自白を取れば一件落着だ」

青山は涼やかな眼を菊川に向けた。

「今の言葉の中ににわかプロファイラーが陥りそうな落とし穴がいくつかあるね」

「何だと……」

「まあ、それについてはいずれ説明しよう。今はひとつの点を指摘しておくよ。犯人の過去の犯罪が警察の記録に残っていない場合はどうなるの？」

「こういうやつは、過去に何かやっている。何かやってりゃ記録は残っているんだよ」

「外国人ならば、日本国内では罪を犯していないかもしれない」

「なに……？」

「被害者は中国人。犯人も外国人である可能性がある」

菊川は一瞬言葉を呑み込んでから、言った。

「それだって手はある。国際捜査課を通じて外国の警察の協力を得ることもできる。それにな、そのために鑑取りをやるんだ。被害者に関係のある連中を当たっていくうちに、容疑者が浮かび上がってくるもんだ」

「どんな容疑者を？」

「人の話を聞いていなかったのか？　粗暴な中年までの男性だ。血液型がB型のな」

青山の前髪がふわりと揺れた。ほほえんだのだ。

「ひとつだけ、はっきりと言えることがある」

池田理事官が青山に尋ねた。

「ほう……。何だね？」

「この事件は、それほど簡単なものじゃないね」

捜査員たちは二人ずつ組まされそれぞれの班に割り振られた。地取りと鑑取りの班の人数がほとんどだ。

2

「菊川さんは、予備班に回ってくれ」

中野署の永作課長にそう言われて、菊川はうなずいた。

「デスクですか？」

「そうだ。頼むよ」

「わかりました」

「特に、あんたは、百合根警部と組んで、STとの連絡を取ってもらいたい」

菊川は目を剝《む》いた。

「何ですって？」

「理事官の意向なんだ」

「何だって俺が……」

「さっき、会議でST相手に見事な犯人像を披露したろう。それで気に入られたんだろう」

永作課長は皮肉な笑いを浮かべている。

「ちくしょう……」

「そう言うなよ。STがもし役に立つ連中なら、あんたは手柄を立てられるかもしれない。重要な仕事だよ。捜査本部とSTの間の連絡を円滑にするんだ」

「あんな連中が捜査に役に立つと思いますか？」

「私には何とも言えないね……」

捜査員たちはそれぞれの持ち場に出掛けていった。彼らは、足を使い地べたをはい回るようにして、手掛かりを捜し回るのだ。菊川が考える捜査というのはそういうものだった。予備班というのはベテランが担当する。菊川は警視庁の係長だから予備班に回されるのはしかたがない。

（しかし、STとの連絡係とは……）

STの五人は、捜査本部の後方に座ったままだった。互いに会話するわけでもなく、むっつりと腰掛けている。百合根が捜査本部の幹部との打ち合わせから席に戻ってくるのを待っているらしい。

百合根が菊川のところに近づいてきた。

「あなたと組むように言われました」

「ああ。そのようだな」

「よろしくお願いします」

「あんた、警部なんだ。俺に敬語使うことはねえよ」

「そうはいきません。菊川さんは年齢が上ですし、捜査の世界では先輩ですから」

菊川はふんと鼻を鳴らした。

「殊勝なことを言ってくれるじゃないですか、警部殿。STの連中はこのあとどうするんだい？」

「本庁の科捜研で待機していようと思います。われわれがここでできる仕事はありません。ここには分析のための設備もありませんし……」

「あんたらは、科捜研のほかの連中と同じなのか？」

「は……？　どういうことです？」

「研究所で待機しているだけなら、ほかの科捜研の連中と変わらんだろう。何のために特捜班などという名前がついているんだ？」

「はあ……」

「しっかりしてほしいね、警部。科学捜査をもっと前面に出して、捜査員の手助けをするというのがST設立の目的だろう？　俺はそう聞いているがな……」

「そのとおりです」

「研究所で上がってくる遺留品を待ってるだけだったら、今までの科捜研と変わらんじゃないか。特捜というからには、捜査にもどんどん絡《から》んでいかなきゃならんのだろう」

「実のところ、私にもどうしていいのかわからないのですよ。なにせ、前例がありませんから……」

「官僚はすぐそういうことを言う。前例がないからこそ、あんたの思ったとおりに動かせる。そうじゃないのか」

「ああ……。そのとおりですね」

「捜査の基本は何かわかるか？」

「基本ですか……」

「現場主義だよ。現場百ぺんという言葉もある。いいかい、警部さん。現場というのは、それくらいに重要なんだ。これから、もう一度現場を見るというのはどうだ？」

「いいですね。そうしましょう」

「では、あの五人に命令するんだ。腰を上げて現場に行くぞってな」

殺害の現場はまだ封鎖されたままだった。死体があったベッドもそのままで、まだ血糊がべったりと付いていた。

部屋は乱雑なままだ。書棚が倒れ、テーブルはひっくり返っており、カラーボックスが倒れている。その上に乗っていたらしい、十四インチのテレビが転がっていた。

STの五人はまったく関心がなさそうに見えた。百合根はその態度を見てはらはらしていた。

彼は菊川がSTに反感を抱いているらしいことを感じ取っている。だから、つい、よけいにSTの態度が気になっていた。

「まったくひでえありさまだな」

菊川は言った。「ここまで部屋ん中をめちゃめちゃにしなくてもよさそうなもんだがな……。まあ、これが異常者の異常者たる所以《ゆえん》かな……」

「僕、帰っていいかな……」

青山翔が言った。細く柔らかい髪がふわふわと揺れている。

菊川が振り返った。百合根はひやりとした。

「ああ、なら、俺も帰るとしよう」

赤城左門が、甘く響く低音で言った。

「自分もここにいる理由はないと思う」

髪をうしろで結わえた黒崎勇治がぼそりと言った。

百合根が彼らに何かを言うより早く、菊川がうなるように言った。

「なんだと……。仕事をおっぽりだして帰ろうってのか？」

「いや……、あの……」

百合根はなんとか取《と》り繕《つくろ》おうとしたが、何を言っていいのかわからなかった。青山翔が涼

だ。

「ここにいることが仕事とは思えないんだよ」

菊川は、青山翔を睨み付けた。だが、やりにくいらしい。青山翔の類まれな美貌のせいだ。

「仕事とは思えないだと。なら、思うように心掛けるんだな。捜査というのはこういうものだ」

「ここには僕らの関心のあるものはもう残ってないよ」

「犯人は必ず何か残していく。形があるものとは限らない。現場の様子が犯人像を物語ることもある。鑑識の連中が見落とした何かがあるかもしれない。それを捜し出すんだよ。それが捜査というもんだ。わかったか」

「ないものを探すことで、今あるものを見失う……。人生そのものですな……」

山吹才蔵が言った。菊川は鋭く振り返った。

「坊主の説教みたいなことを言うな」

「坊主ですから……」

菊川は苛立たしげに何か言い返そうとしたが、取り澄ました山吹才蔵の顔を見て鼻白んでしまった。舌を鳴らしただけで何も言えなかった。

山吹才蔵は、青山翔に向かって言った。

しい顔で言った。

「この部屋の乱雑さは、おまえの好みではないのか？」

青山翔は美しい顔をわずかに歪めてこたえた。

「乱雑？　この部屋は乱雑なんかじゃないよ」

「乱雑じゃない？」

「ああ。どうも落ち着かない」

菊川が尋ねた。

「いったい何を言ってるんだ？　この部屋が乱雑じゃないだって？　何もかもがひっくり返って散らかり放題のこの部屋が？」

青山翔が言った。

「僕にはそう感じられるんだよ。さあ、もういいでしょう。僕はもう引き上げるよ。遺留品の分析結果を早く知りたいんだ」

赤城左門がうなずいた。

「俺はこの手で分析をやりたい」

「勝手にしろ。俺はここで捜査を続ける」

「うん、勝手にさせてもらうよ」

青山翔は髪をふわふわとなびかせながら、部屋を出ていった。あとの四人もそれに続いた。

百合根は困り果てたように立ち尽くしている。STの五人はその百合根のことも気にした様子はなかった。彼らは本当に引き上げてしまった。

菊川は彼らが出ていった戸口を睨み付けていた。はらわたが煮えくり返りそうだった。その怒りは百合根にぶつけるしかなかった。

「いいしつけですね」

百合根は何も言わず、ため息をついた。

「やつらはいったい何様だと思ってるんだ？ 俺のことをなめているのか？ それならこっちにも考えがある」

「何を考えているか、僕にもわからないのですよ。特別な人たちですからね」

「何が特別だっていうんだ」

「彼らは、科捜研でもはみ出し者なんですよ」

「はみ出し者……？」

「というより、おそらく優秀過ぎるんですね。彼らは一種の天才なんですよ。私みたいな凡人から見ればもう超能力者のたぐいですね」

「天才だの超能力者だのは捜査には必要ないんだよ。警察で必要なのはチームワークを心得たやつだ。いいか、はっきり言っておく。あんなやつらは役に立たない。ちゃんと警察の仕事がしたいのなら、地道な捜査のやり方を覚えることだ。その気がないのなら、俺はやつらとはいっしょに仕事はしない」

「はあ……」

「その点をはっきりと伝えておいてもらいたい」

「伝えます」

こんな頼り無いやつが警部か……。

菊川はうんざりとした気分になった。

「ところで、あんた、なんでこんなところでぼんやりしているんだ?」

「は? いえ……。その……。捜査の基本を教わろうと思いまして……」

菊川は、舌打ちした。

「いい心掛けですよ、警部殿……」

かぶりを振った。「まったくいい心掛けだ……」

警視庁科学捜査研究所の一角に設けられた科特班の部屋に、百合根が戻ったとき、五人のメンバーはそれぞれに書類を検討していた。

「あの……」

声をかけると、五人は同時に百合根のほうを見た。

「ええ……、もう少し捜査員とうまくやってもらえないものかな……」

赤城左門が、甘い低音で言った。

「俺にそういうことを求められても困る。一匹狼なんでな」

「そういうことは、向こうに言ってもらいたいわね」

結城翠が妖艶な笑みを浮かべて言った。「あのゴリラ、役割をはき違えて、その間違った役割をあたしたちに押しつけようとしているのよ」

「これから君たちは捜査の現場に出ていく機会が増えるだろう。捜査員のやり方も学んでほしいんだ。それはきっと君たちの役にもたつ」

「キャップ。あなたはいい人だ」

山吹才蔵が穏やかに微笑んで言った。「だが、その人のよさが真実を見ることを阻んでいる。本当に何が大切で何が必要か……。それがわからなくなってしまっているのが残念だ。あなたは気にせずともよいことを気にし過ぎる。人生、百に満たず。常に千載《せんざい》の憂《うれ》いを懐《いだ》く、と『寒山詩』にもあります。また、釈尊は、過ぎ去ったことや、いまだ起こらざることを思い悩むなら、人は枯れ草のようになるであろうと教えている」

「それが、学生の頃からの悩みでしてね……」

百合根は言った。「人の眼が気になるのです。自分自身のことよりも、まず他人の思惑《おもわく》が気になってしまう」

「自信持ってよ」

結城翠が言った。「キャップ、警視庁の中ではけっこういけてるほうよ。繊細でしかも頭がいい。鬼が裸足で逃げ出すという競争率のキャリア試験に合格したんでしょう?」

山吹才蔵が相変わらず穏やかな口調で言った。

「本質が常に一番強い。それはいずれ、周囲の人間にも理解してもらえます」

「そして、その本質とは……」

赤城左門が言った。「俺たちが追求する真実だ。キャップ、心配するな」

百合根は煙に巻かれたような気分だった。彼らと話しているといつもそうだった。からかわれているような気もする。だが、なぜか百合根は彼らを憎むことはできなかった。

問題は、彼ら五人が百合根の理解を超えているという点だった。

「手にしているのは何ですか?」

百合根が尋ねた。

「鑑識の記録、そして、科捜研に回ってきた種々の分析結果……」

赤城左門がこたえた。「現場の写真もある」

「捜査本部ではなくて、ここにいてそんな書類が手に入ったのですか?」

「所長が手を回してね。こういう書類はまず第一に俺たちのところへ回るようにした。分析が本来の俺たちの仕事だからな」

青山翔が、現場写真の束を机に放り出した。百合根は青山に尋ねた。

「あなた、捜査本部で、この事件は簡単なものじゃないと言いましたね」

「言った」

「その根拠は？」

青山は、かすかに肩をすくめた。

「そんな……。根拠はないよ。そんな気がしただけだ」

「別に根拠もなしに、捜査本部の連中を敵に回したんですか？」

「別に敵に回した覚えはないよ。感じたことを言ったまでだ」

「僕は、菊川さんが言ったことにも一理あると思いますがね……」

「菊川って、誰？」

「さっき、現場でいっしょだったでしょう……」

「ああ……。あの刑事……」

「部屋の中はめちゃくちゃ。被害者は強姦された上にめった刺し。あるいは、屍姦かもしれない。凶器は現場に残っていたし、おそらく被害者の部屋にもともとあったものです。僕もここへ来るにあたって、プロファイリングをいろいろと勉強しましたから、ある程度のことはわかります。これは無秩序型と呼ばれる犯罪者の例にあてはまるんじゃないですか？」

「無秩序型ね……」

青山はかすかに笑った。

「そう。淫楽殺人者は、秩序型と無秩序型に分かれるのでしょう？　秩序型というのは、計画的で、犯行現場がきちんと片づいていることが多く、被害者を拘束し、服従させる傾向がある……。死体を殺害現場から移動させることが多く、凶器は持ちかえるか隠蔽《いんぺい》します。一方、無秩序型は、行きずりの殺人であることが多く、犯行は無計画的。現場は乱雑で、しばしば屍姦をする。被害者を拘束せず、凶器を現場に残すことが多い……。そうですね？」

「すごいや。よく勉強したね」

「受験勉強ばかりやってきましたからね。暗記は得意なんですよ。今回の事件は、典型的な無秩序型の淫楽殺人の傾向を示しています。その点で、菊川さんが言ったことは、なかなか的を射ているという気がしますが」

「本当に無秩序な現場だと、もっと落ち着けたんだろうけどな……」

青山は言った。百合根は、彼の机に眼をやった。机の上は、驚くほど乱雑だった。どうやったらこんなに散らかせるのだろうと首をひねるくらいだった。

とにかく、書物だの書類だのが、まったく秩序を拒否して放り出されている。それが積み重なり、崩れ、さらにその上にまた積み重なっていった歴史をそのまま表している。

机の上だけにとどまらない。机の下にも、雑多な物が押し込まれている。百合根は、子供の頃から整理整頓をうるさく言われて育った。そして、警察庁に入ったときも机は整理整頓するようにとやかましく言われた。

初めて青山の机を見たとき、めまいがした。

整理してはどうかと、言ってみたことはある。だが、青山はきっぱりと拒否した。やがて、百合根は理解した。

青山は、秩序恐怖症だった。

本人によると、それは過剰な潔癖症のひとつの現れなのだという。もともと青山は潔癖症だった。そんな自分が幼い頃から嫌でたまらなかったという。やがて、彼の心理はねじ曲がり、潔癖症の自分を自分自身で否定するようになった。葛藤が生じ、神経症の症状を呈するようになった。そして、その心の揺れは、秩序を拒否したところで落ち着いてしまったのだという。

青山は、優秀な臨床心理学者でもある。自分の複雑な心理を解明したいがために、心理学にのめり込んだのかもしれないと百合根は考えていた。

無秩序を机だけにとどめておくのは、青山の精一杯の妥協なのかもしれない。本当は、彼は部屋の中全部を乱雑にしてしまいたいのだ。そういう環境で、彼はようやく落ち着くことができる。

見たことはないが、彼の住居はおそろしく散らかっていることだろうと百合根は思っていた。それは、青山の容貌からはとても想像ができない。

バラが咲く庭園の中の、きれいに刈り込まれた芝生。そこに置かれた白いテーブルと椅子。そんな場所でそよ風に吹かれながら、優雅に紅茶などを飲んでいる姿が似合いそうだ。

しかし、実際は……。

「コップがな……」

長い髪を後ろで結わえた黒崎勇治がぼそりと言った。

百合根はそちらを見た。

「コップ……？」

黒崎勇治はうなずいた。百合根は説明を待ったが黒崎は口を開こうとしない。

おそろしく寡黙な男なのだ。

「コップがどうかしましたか？」

「ひとつだけ転がっていた」

「それが何か？」

黒崎は何も言わずに考え込んでいる。百合根は、さらに尋ねた。

「コップがひとつだけ転がっていた……。それが何か問題なのですか？」

「わからん……」

百合根はお手上げだった。黒崎が何を考えているのか理解できない。代わって赤城左門が尋ねた。

「書類には、スコッチの水割りが入っていたらしいとあるが……」

「バランタインの十二年……」

百合根友久は驚いた。

「どうしてそんなことがわかるのですか？」

「こいつにはわかるんだよ」

「ああ……」

百合根は思い出して納得した。黒崎は、おそろしく鼻が利くのだ。毒物などの専門家だが、特徴のある薬品の臭いならどんなに微量でも嗅ぎ分けてしまう。ガスクロマトグラフィーより、黒崎の鼻のほうが頼りになると言った所員がいたという噂を聞いたことがあった。

赤城は、書類を眺めていった。

「転がっていたコップから、被害者の指紋が検出されている。そして、ごくわずかだが、口紅が付着していた。おそらく被害者がバランタインの水割りを飲んでいたということだろうが……。それが、なぜ気になる？」

「被害者は殺される直前まで酒を飲んでいた……」

百合根は眉をひそめた。黒崎が何を言おうとしているのかさっぱりわからない。

赤城は、書類をめくった。

「午前中に司法解剖が終わっているな……。その結果か……。血中のアルコール濃度は二十……。ほろ酔いだな。さらに、胃の中にアルコールが残っていた。死亡推定時刻は、九月十七日の午後三時から六時の間。つまり、死体が発見される半日前のことだ。俺にもわからんよ、黒崎。おまえが何を問題にしているのか……」

「被害者は一人で酒を飲んでいたのか？」

ぼそぼそという黒崎の声。

「だとしても不思議はない……」

赤城はそう言ったが、結城翠が気づいたように言った。

「出勤前のホステスが、自宅で一人で酒を飲むとは思えないわね……」

赤城は結城翠を見た。

「なぜだ？」

「あんたは絶対にホステス遊びなんかしないからわからないでしょうね。ホステスはたいてい二日酔い。夕方までに風呂に入ってようやく酒気を抜くのよ」

「ホステス遊びだって？　冗談じゃない。死んでも嫌だね」

「世の中うまくいかないものね。あなたみたいに見かけがセクシーな男性が、女性恐怖症だなんて」

「女性恐怖症などといわれるとずいぶん安っぽい感じがする。限定型の対人恐怖症と言ってくれ」

「あたしと話をするのは平気なのにね……。あたしに女性としての要素が希薄だということ？」

「俺のなかでおまえさんは、女性としてではなく、同僚としてカテゴライズされているんだ」

「とにかく、ホステスが自宅で出勤前に一人で酒を飲むとは思えないわ」

ようやく話の流れが見えてきた百合根が言った。

「たしかにあまりないことかもしれませんが、例外だってあるでしょう」

「まあね。でもこういう場合、蓋然性《がいぜんせい》が問題なんじゃない？」

「はあ……。蓋然性……」

「化粧を……」

黒崎が言った。「被害者は口紅をつけていた」

「出勤の準備をしていたのかもしれない」

百合根が言うと、結城翠が首を横に振った。

「ますますあり得ないわね。酒を飲みながら、出勤準備ですって……？」

黒崎が再びぼそりと言った。

「口紅だけだった」

百合根は、思わず黒崎を見つめていた。

「どういうことです？」

「口紅以外の化粧品は使っていなかった」

結城翠がうなずいた。

「なるほど……。報告書では触れられていないけど、たしかにそうだった気がする……」

赤城が結城翠に尋ねた。

「口紅だけというのは、何を意味しているんだ?」

「通常、口紅は化粧の仕上げにするのよ。ファンデーションを塗って、アイメークをして、頬紅を入れて、最後に口紅で仕上げる。口紅だけをするというのは、近所にちょっと買い物にでかけたりするときね……。ちょっとした用事でも、口紅だけは塗るという女性は多いわ」

「どこかに出掛けたということだろうか?」

「あるいは、誰かが訪ねてきた……」

「それが犯人である可能性がある」

「だとしたら、犯人は被害者の知り合いということになるわ。その誰かといっしょに酒を飲みはじめたという可能性はあるわね。店を休むつもりだったかもしれない。それなら考えられるわ」

「ホステスのこと、詳しいんですね」

百合根が真剣な表情で言った。

「内緒ですけどね。あたし、学生時代にキャバクラでバイトしていたことがあるの」

「だが……」

黒崎が言った。「コップは一つだった」

「なるほど……」

赤城が思案顔になった。その表情は憂《うれ》いを秘めており、百合根が見てもたしかに魅力的だった。実際、赤城は渋好みの女性にもてる。だが、彼は心底それを迷惑だと感じているのだ。「誰かと酒を飲んでいたのであれば、部屋にもうひとつコップが転がっていなければならない……」

百合根は、青山がかすかにほほえんで自分のほうを見ているのに気づいた。

「何です？」

「あなたのプロファイリングの一角が崩れたんじゃないかと思って……」

「え……？」

「無秩序型の淫楽殺人犯は、行きずりの犯行が多い。知人を被害者には選ばない傾向がある」

「ストーカーかもしれない。無秩序型犯人はしばしばストーキングをするのでしょう？」

「僕なら、ストーカーといっしょに酒を飲んだりはしない」

「脅されて一緒に飲んだのかもしれない。犯行の後でコップを始末した可能性もあるでしょう？」

青山はますますうれしそうな顔になった。

「無秩序型の犯人は、被害者とあまり会話をしないんだ。酒を飲みながら話をしたりはしない。そして、犯行後、証拠の隠滅はほとんどしない」

「黒崎がこだわったのは、その点なんだな……」

赤城が言った。「コップと口紅か……」

百合根が言った。

「なんだかわけがわからなくなってきたな……」

「いや」

青山が言った。「僕たちはすでにこたえを知っているのかもしれない」

僧形の山吹才蔵が言った。「フッサールの『本質直観』ですかな？」

「なるほど……」

百合根は、理解できず山吹才蔵のとりすました顔をぼんやりと眺めていた。

科捜研を出ようとしている百合根を、管理官の三枝《さえぐさ》俊郎《としろう》警視が呼び止めた。三枝管理官は、科捜研のナンバーツーだ。所長がやはり警視の桜庭《さくらば》大悟《だいご》。三枝管理官は、次長の役割を果たしている。

百合根は、正式にはこの三枝管理官の補佐官という身分だった。桜庭所長が、警視庁首脳との話し合いでSTの発足を決定した。その運営に当たるのが三枝管理官の役目だが、実務面を百合根に一任したのだ。

「上がりかね?」

三枝管理官は、ノンキャリア組だ。所轄の次長をつとめた後に、ここへやってきた。細身で服装にはいつも気をつかっている。ワイシャツは常に糊が利いているし、同じネクタイを二日続けて締めることもめったにない。いつもきちんと整髪されている。

眼光は鋭いが、長年の捜査員暮らしから来るもので、本来は柔和な顔つきをしている。彼は、刑事と同じくらい公安の経験があり、それが出世に役立ったのだが、本人は公安時代のことを忘れたがっているようだった。

「これから捜査本部に戻ります。本部上がりが七時なのです」

「STの初仕事だな。どうだ、調子は?」

「ええ、まあ……」

「浮かない顔だな。何かあったか?」

「いえ……。特に何があったというわけじゃないんですが、どうも連中のことがよくわからなくて……」

「まあ、科捜研の中でも特別な人間を集めたわけだからな」

「はみ出し者を集めたという噂がありますが、本当ですか？」

「ある意味ではその言葉は当たっているな。彼らはそれぞれ突出した能力を持っている。それゆえに職場の他の連中とあまり馴染《なじ》めなかったのは事実だ」

「突出した能力と同時に、全員が何かの問題を抱えているようですが……」

「その問題は、すぐれた能力の代償だと思うがね」

「あまり協調性があるとも思えません」

「そう。警察という組織の中ではその点がしばしば問題になる。そのために私や君がいるんだ。彼らの能力を充分に発揮できるように、君がバックアップしてやるんだ」

「なんだか、自信を失いかけているんです。彼らにはついていけませんよ」

「同じ次元でものを考えようとする必要はない。君が彼らの行動をコントロールすればいい」

「はあ……」

「君には期待している。だからこそ、新設されたSTを任せることにしたんだ」

「僕が貧乏くじを引いたと噂する者もいるようですが」

「君自身もそう考えているのかね？」

百合根は、すんでのところで、はい、そうですとこたえそうになった。

「いえ、やりがいのある仕事だと思っています。科学捜査は、今後一層重要になっていくと、僕は考えていますから……」

「同感だね」

「ただ、もう少し、STの連中が現場の人たちとうまくやってくれたら……」

「それも、君の腕次第だな」

僕の腕だって？　あの連中を相手に何をやれと言うんだ。

「捜査本部へ行ってきます」

「STの連中は行かないのかね？」

「行く必要はないと、彼らは言うのです。だから……」

三枝管理官は、眉をひそめた。百合根は、それだけで叱られたような気分になった。管理能力を問われるだろうか？　無理やりにでも連れて行くべきだろうか？　だが、彼らを捜査本部に連れていけば、また誰かと対立するかもしれない。百合根はそれが嫌でたまらなかった。

三枝管理官は言った。

「まあいい。君がそれでいいと判断したのならな」

「失礼します」

百合根は生真面目に礼をしてから三枝のもとを離れた。科捜研を出る百合根の足取りは重かった。

3

ジュリアーノ・グレコは、朝七時からの分刻みの仕事がようやく一段落した。このところの彼のすべての事業はなかなかうまくいっていた。グレコ社は、羨望《せんぼう》と畏怖をこめてグレコ帝国と呼ばれている。

まず、グレコ帝国の主幹事業であるイタリア・レストランのチェーンは堅調だった。派手な事業拡張はやらず、一流のシェフと従業員をそろえた結果、一流の客が付き、どの店も繁盛していた。ロサンゼルスに五店舗を持っているが、どの店にもハリウッドの有名人が食事にやってくる。さらに、西海岸だけでも五つの都市にチェーン展開しており、いずれも金持ち連中が押しかけるレストランに成長していた。

また、スシ・バーのチェーンもうまくいっていた。一時期流行《はや》ったアメリカ風のスシ・バーではなく、できるかぎり日本風なやりかたにしたのがよかったのだ。乱立していたスシ・バーは徐々に淘汰《とうた》されていった。

ジュリアーノ・グレコは、何でも一流でなければ気が済まなかったし、すべて本物でなければ満足しなかった。彼のスシ・バー・チェーンでは、本物の日本人の板前を使っていた。板前たちは、自ら市場に出掛けて魚を吟味する。日本のやり方を取り入れたのだ。スシ・バーの一号店は、リトル東京のはずれに作られた。

日本から来たビジネスマンたちがまずその本格的な寿司のファンになり、それがやがて地元の住民にも広まっていった。今では、一流企業の接待などに使われるし、やはり、映画スターや有名な監督たちが頻繁にやってくる。

さらに、ジュリアーノ・グレコは、ハリウッドにかなりの投資をし、それが成功していた。グレコは、プロデューサーたちの申し出を徹底的に吟味し、気に入ったものだけに金を出した。彼は、人情では金を動かさない。信じるのは自分の感覚だけだった。

それがうまくいっていた。

実を言うと、スシ・バー・チェーンは、彼の趣味の反映だった。たいへんな日本びいきなのだ。日本マニアと言ってもいい。グレコ帝国の城、グレコ・ビルは、ウイルシャー大通りに面して建つ近代的な二十五階建てのビルだ。その最上階にある社長室は、バスケットボールができるくらいに広いが、その一角に畳が敷かれ、彼が考える日本風の部屋が作られていた。

壁の一角が掛け軸などで埋まっている。どうやら、床の間を表現しているようなのだが、飾りたて過ぎており、日本人が見ると何やら怪しげな感じがする。

その部屋の一角には、茶室などに見られる躙口《にじりぐち》が作られているが、それは、何の役にも立っていない。躙口を作るためにわざわざ一方だけ壁を作ったのだ。その他の部分はすべて吹き抜けなので、自由にその空間に出入りできるのだ。

その和室には、棚を作って、高価な茶碗や水差、棗《なつめ》などの茶道具をぎっしりと並べている。そのため、そこが茶室だか水屋だかわからない始末だった。

彼は、日本の文化を愛しているが、それを深く理解するまではいたっていない。茶道具は点前《てまえ》をするときだけ客に見せるという、侘寂《わびさび》の境地までは到達していないのだ。

ともあれ、そこに並ぶ茶道具類はたいしたものばかりだ。黒楽や萩焼き、唐津の茶碗が並んでいる。

午後の七時に面会の約束があった。それで社長室での仕事は終わりとなる。その後は、パーティーへ出掛けることになっている。市への多額の寄付を発表するパーティーで、市長を始め、カリフォルニア州の副知事や、州選出の上院議員などが出席することになっていた。

七時の面会は、日本の代理店の支配人だった。グレコ・コングロマリットは、レストラン・チェーンだけでなく、さまざまな企業体を傘下にかかえている。日本においては、グレコ・ジャパンという名で、多種多様な飲食店の経営を行っている。バブルのころは、ナイトクラブにも手を出そうかという話があった。東京のスタッフが提案してきたのだ。

しかし、ジュリアーノ・グレコは、即座にそれを却下した。水商売は栄枯盛衰が著しい。グレコ・グループはあくまで、良質の食事を用意するためにある。それは、ジュリアーノの信念だった。不景気になれば、酒場で女と戯《たわむ》れる客は減る。しかし、レストランの客は減らないものだ。そういう、経営者としての計算もあった。ジュリアーノ・グレコの読みは正しかった。バブルがはじけ、東京では幾多のクラブが倒産した。

東京からやってきた代理店の支配人は、グレコ好みの上品な男だった。一流ホテルの従業員を思わせる、すっきりした出で立《いでた》ちに、物静かな語り口。

島松英治《しまつえいじ》という名で、五十歳を越えたということだが、年齢より若く見える。クイーンズ・イングリッシュを話すところも、グレコは気に入っていた。

「エイジ。さあ、入ってくれ」

ジュリアーノはにこやかに島松英治を迎え入れた。島松同様、グレコも年齢より若く見える。五十六歳になるが、髪は黒々としており、激務の毎日にもかかわらず快活だった。島松は、ほほえみを返したが、そのほほえみは緊張のためにわずかながらこわばって見えた。

「こっちへ来てくれ。私の自慢の部屋だ」

島松はわずかに当惑の表情を見せた。もちろん、ここを訪れるたびに見せられている。彼の眼から見れば、ハリウッド映画にしばしば登場する国籍不明の日本の風景とそう変わらないのだが、グレコ帝国の帝王にそれを指摘するほどの度胸はない。

茶室の軒先に提灯がぶら下がっている。

それをぼんやりと眺めながら、島松は近づいた。

「さあ、こっちだ。最近手に入れた掛け軸だ。見てくれ。日本の茶室では、私信を飾るのが最も尊ばれると聞いた」

「ええ……。御消息《みしょうそこ》というのです」

「ミショウソコ……。そうか、そう呼ぶのか。手に入れたんだ。見てくれ」

「ほう……」

「有名な僧侶の手紙だということだが」

眉をひそめ、じっとそれを見つめていたが、やがて、島松は目を丸くした。

「これは、古渓宗陳《こけいそうちん》の……」

島松は、いささか書画骨董に目が利く。墨跡に残された署名は、大徳寺第百十七世住職で千利休《せんのりきゅう》と縁の深い古渓宗陳のものと見て取れた。もちろん、真贋《しんがん》のほどはわからない。落款《らっかん》が押してあるが、それも判断の助けにはならなかった。専門家ではないのでいたしかたない。本物ならば、かなりの値打ちものだ。

島松はしげしげとその短い消息文を見つめた。薄い手紙用の巻き紙を、見事に表装してある。

「価値のあるものかね？」

ジュリアーノ・グレコは、満足げに尋ねた。島松は、掛け軸を見つめながら言った。

「ええ。それはもう……。しかし、なぜ逆さまなのです？」

「逆さま……？」

「はい。上下逆に掛けられていますが、何か特別な意味でも？」

グレコは、難しい顔でしばらく掛け軸を眺めていた。やがて、片方の眉をつり上げて言った。

「私のミステークだな……。どうりで、紐が下に来ると思った。わざわざ紐を付け替えさせたのだ。この赤いエンブレムのせいだ。エンブレムは、書簡の右肩か左肩に来るものという思い込みがあったのだ」

グレコは、落款を指さして言った。

「無理もありません。草書体で書かれた文字は、今では日本人でも読める者はあまりいなくなりました」

「本当か？　日本人が日本語を読めないというのか？」

「ええ。本当のことです」

グレコは心から悲しそうな顔をした。

「なんということだ。美しい日本の文化がどんどん失われていくのだな。以前から私はそういう話を聞いていた。実際、私が初めて東京へ行ったときは、心底驚いたよ。間違って別の国に着いたのではないかと思った。もちろん、日本がいまだに木と紙でできた建物ばかりだと思っていたわけではない。しかし、私が想像していた日本とはあまりに違っていたのでね。そのときから、私はこの手で日本に日本の文化を取り戻したいと考えるようになった」

「日本人として、なんとも面目無い限りです」

「知っての通り、私はイタリア系だ。アメリカ国籍を持つ今でも、我が家ではイタリアの伝統が失われていない。しかし、日本ではどんどん伝統が失われつつあるというではないか」

「おっしゃるとおりです」

「何とかしたいと、私は痛切に感じているんだ」

「はい……」

「私にその力がないと思っているようだね？」

「いえ、決してそうではありません。しかし、伝統や文化というのは簡単にはいかない問題でして……」

「日本人が伝統や文化に目を向けるきっかけを作ればいいのだ。日本人がそれをしたがらないというのなら、私が日本を手に入れてそうさせてもいい」

「日本を手に入れて……？」

　グレコはにやりと笑って見せた。

「まあ、聞き流してくれ。さて、仕事の話だ」

「ひとつうかがっておかなければならないことがあります」

「何だ？」

「グレコ・ジャパンを訪ねてきた、中国系の女性がいます。リリィ・タンという方ですが。

ご存じですか？」

「もちろん知っている。わが社は最近、ある化粧品会社の株を買い占めた。その会社は、今後グレコ傘下で仕事をすることになる。この会社は、宣伝費をかけ過ぎて失敗した。古き良き時代から抜け出せなかったのだ。私は、ドラッグストアやコンビニエンスストアで販売する安価で質の高い化粧品を考えている。大きなマーケットとして、日本を無視することはできない。そのための調査に赴《おもむ》いたのが、リリィ・タンだ。化粧品などは同じアジア人のほうが調査がしやすいと考えた。彼女は中国系のアメリカ人で、英語、中国語に加え、日本語も話す。派遣するのにうってつけの人材だった」

「その話はうかがっております。しかし、私どもとしてはどういう対処をすればいいのかと思いまして……」

「宿の手配はしてくれたのだろう？」

「もちろん。しかし、帰りの飛行機の予約や滞在中の交通手段は、何も手配しなくていいと言われ、困り果てました。何もしなくていいということですからね。アメリカからのお客さんを放り出しておくわけにはいきません」

「その、いかにも日本的な心配りはたいへんに好ましいが、今回は必要ない。彼女に私が指示したことだ」

「社長が直接に……」

「そう。お仕着せの視察ではなく、自由に東京を歩き回り、独自の調査をするようにと命じた。新規の事業は最初が肝腎だ。妥協はできない。リリィ・タンは、自分ですべてをコーディネイトできる。だからこそ私が選び、派遣したのだ」

「社長が直々《じきじき》に派遣なさったというのは初耳です」

「それを教えると、余計な気を回す者が出てくるからな」

「では、おおせのとおり、私どもは彼女とはコンタクトを取らずに、自由に活動していただくことにします」

「そうしてくれ。それが私の要求でもある。さて、それでは、報告を聞くことにしよう。まずは、各部門の業績からだ……」

島松は、うなずいて抱えていたファイルを開いた。

リリィ・タンは、唐麗麗《タンリンリン》という中国名を持っていた。生まれたのは香港で、広東語、北京語、英語そして日本語を話すことができた。香港で二十五歳まで過ごし、その後、ロサンゼルスで暮らしはじめた。

東洋的な美貌の持ち主だった。黒く癖のない長い髪と、黒曜石のように輝く眼は、アメリカ男性たちに東洋の神秘を感じさせる。

細身でよく引き締まった体は、西洋人にとっては華奢な感じがするかもしれない。しかし、実際は鞭のようにしなやかで強靭《きょうじん》な体つきだった。

見事な脚をしており、どんな服も驚くほどよく似合った。実際に、ロサンゼルスでは、ファッションモデルの声がかかったことがある。しかし、本人はその世界では成功しないことを充分に心得ていた。アメリカのファッション界で大成功を収めるためには、身長が百八十センチほどなければならない。リリィ・タンは、百六十五センチだった。

彼女がグレコ社傘下のG&モリー社に採用されることになったとき、人事担当者は当惑した。彼女の履歴がほとんどわからなかったからだ。だが、帝王のジュリアーノ・グレコが採用すると言ったのだからそれを拒否するわけにはいかなかった。

リリィ・タンは、マーケティング担当として働きはじめたが、有能か否かは周囲の人間にもわからなかった。何をしているのかよくわからなかったのだ。帝王グレコが直接彼女に仕事を与えているようだった。

株を買収される前から勤めている旧モリー社の社員は彼女を不気味な存在と考えていた。帝王が送り込んできた監視役だと思い込んでいたのだ。

今、彼女は、新宿の高層ホテルから夜の町を眺めていた。その眼には何の表情も浮かんではいなかった。磨かれた象牙のように美しい頬。長い黒髪は真っ直ぐに背に垂れている。

電話が鳴り、リリィ・タンは、優雅な動きで部屋の中を移動し受話器を取った。

「はい……」

彼女は北京語に切り換えた。笑みを浮かべて快活に言った。「あら、本当に電話をくれたの？　ええ。いいわ。今夜はあたしも用事がないから……。どこで会いましょう？　あたしのいるところ？　この間教えた新宿のホテルよ。ええ、わかった。じゃあ、ここのロビーで、午後七時に……」

電話を切ると、彼女は笑顔を消し去り、無表情に戻った。バスルームへ行き、念入りにシャワーを浴びはじめた。

4

九月二十三日の朝六時ころ、神主の石原雄一《いしはらゆういち》は、拝殿の正面に何かが置かれているのに気づいた。ピクニックなどで敷物に使うようなビニールのシートが掛けられている。

「何だ、ありゃあ……」

鳥が鳴き、石原雄一ははっと振り返った。雑木林の枝に鳥が数羽とまって石原雄一のほうを見ていた。

「脅かすなよ……」

石原雄一は鳥にむかってつぶやくと、拝殿に近づいた。異臭が鼻をつき、石原雄一は顔をしかめた。嫌な気分だった。獣の死体か何かかと思った。

神社の中の出来事には、神主が責任を持たねばならない。彼は、恐る恐るビニールのシートをめくった。

シートは、巻き付けられており、なかなかはぎ取ることができなかった。力を込めたとたん、ビニールシートが外れ、中のものがごろりと転がった。

全裸の若い女性だった。光を失った眼が石原雄一のほうを向いていた。明らかに死体だった。石原雄一は、声も出せなかった。ただ茫然と死体を見つめていた。

ベッドの脇に置いてある電話が鳴った。

百合根は、枕に顔をうずめたまま手を伸ばして受話器を取った。

「はい……」

「中野署管内の神社でロクが出た」

「ロク……？　何のことです？　失礼ですが、どなたですか？」

「寝ぼけてるんですか、警部殿。菊川だよ。死体が出たんだ」

「死体……」

ようやく百合根の頭が働きはじめた。ベッドの上に起き上がり、尋ねた。

「先日の殺人事件との関わりは？」

「まだわからん。しかし、同じ中野署管内だ。関連があるかもしれない。中野区弥生町四丁目の日坂《ひさか》神社だ。俺はこれから出掛ける。STも来てくれ」

百合根はあわててメモを取った。

「わかりました」

電話が切れた。時計を見ると、六時十五分だった。百合根はSTの連絡網に従い、まず赤城に電話をした。


鑑識と機動捜査隊によって現場の保存がせっせと行われていた。

百合根が日坂神社に到着したとき、すでに菊川は来ていた。

「おはようございます」

「警部殿。こういうときは挨拶なんていいんだ」

「ああ……。すいません。それでどんな具合なんです?」

「まあ、ホトケさん、拝んできたらいい」

百合根は菊川が指さした拝殿のほうを見た。警察が持ってきたブルーのビニールシートがかぶせてある。賽銭箱の向こう側だ。

シートを持ち上げて覗き込んだ。全裸の若い女性だった。百合根は気分が悪くなりそうだったが、必死でこらえた。現場で嘔吐《おうと》などしたら、あとで菊川に何を言われるかわからない。

死体にはいたるところに傷があった。全身に死斑が出ている。死後十時間くらいだろうかと百合根は見当をつけた。

その死体が最も悲惨だったのは、左側の乳房が切り取られている点だった。左胸には真っ赤な断面があり、筋肉がのぞいている。そのすぐ右側には小振りだが形のいい乳房があった。

「絞殺だな……」

低い声が聞こえて、百合根は振り返った。赤城左門が後ろから死体を覗き込んでいた。

「首に絞められた痕がある」

「身体中が傷だらけですよ」

「致命傷と思えるほどの傷は見当たらない。いたぶられたんだ」

「いたぶられた？」

百合根はもう一度死体を見た。

「ちょっとどいてくれ」

別の声が聞こえた。黒崎だった。百合根が場所を譲ると、彼は死体の顔に鼻を近づけて臭いをかいだ。

「何か臭うか？」

赤城左門が尋ねると、黒崎は無言で首を横に振った。何かの薬物の臭いがしないかどうかを確かめたのだ。

　百合根は、鳥居のところに結城翠が立っているのを見た。やはり派手なミニスカートをはいている。早朝なので、六本木あたりで始発電車を待つ朝帰りの若い女性を思わせた。その
結城翠に青山が近づき、何事か話しかけた。

百合根はふたりに近づいた。

「殺害の現場はここじゃないわね」

結城翠は百合根に言った。

「ええ。どこかから運ばれてきたようですね」

「夜中はこのあたり、閑散としているんだろうな……」

青山翔は、周囲を見回して言った。百合根はうなずいた。

「住宅街ですからね……」

「とりあえず、死体を見せてもらうわ」

「若い女性の全裸死体だって？　週刊誌が喜びそうだね」

「かなり猟奇的ですよ」

百合根は二人に言った。「左側の乳房が切り取られています」

「へえ……」

青山がそれほど関心なさそうに言った。「死体の損傷……。そして、死体を移動している」

百合根は、青山翔が何を言おうとしているかすぐに気づいた。

「先日の中国人ホステス殺人とは、違う特徴があるということですね」

「まあ、そういうことになるかもしれないね」

青山と翠は死体のほうへ歩いていった。鑑識や捜査員たちが、一瞬手を止めて、美男美女のコンビに目をやった。見とれているのかもしれないと百合根は思った。

菊川が近づいてきて言った。

「司法解剖や鑑識の報告を待って、うちの帳場でこの案件を扱うかどうか決めることになった。同一犯の可能性があれば、今立っている帳場で扱う。その可能性がなければ、別に帳場が立つ」

「帳場……？」

「捜査本部のことだ」

「ああ……」

「連続殺人ということになれば、STにもおおいに働いてもらわなけりゃならんな」

「はあ……」

菊川は足早に離れていった。今の言葉が皮肉であることは、すぐにわかった。だが、百合根は実際にそのとおりだと思った。連続殺人のような犯罪にこそ、科学捜査はおおいに役に立つのだ。

「遅くなりました」

百合根は声を掛けられて振り返った。山吹才蔵だった。

「珍しい服装をしていますね」

山吹才蔵は、ジーパンにトレーナーという姿だった。坊主刈りなので、何か異様な感じがした。数珠も持っていない。

「現場が神社だというのでね……」

「ああ、なるほど……」

僧衣はまずいというわけだ。

「じゃあ、今日はお経もなしですか？」

「心の中で念じましょう。それにしても、神社に死体とは……」

「どういう意味です？」

「最もそぐわない場所です。そう思いませんか？」

「はあ……」

山吹才蔵は、会釈すると百合根のもとを離れ、死体に近づいて行った。

百合根には、山吹才蔵が何を言いたいのかよくわからなかった。

「被害者の身元はまだ不明ですが、年齢は二十歳から二十五歳……」

捜査本部の夜の会議で、中野署刑事課長の永作が説明していた。

捜査本部には、本庁からさらに一班が増援されていた。百合根は、STを引き連れて捜査本部に臨んでいる。

「死因は絞殺。頸部に吉川線《よしかわせん》が見られます。また、生前にできた打撲と創傷が多数、全身にまんべんなく見られます。さらに、左側の乳房が鋭利な刃物で切り取られていますが、これは、死後に切り取られたものと思われます」

百合根は、そっと赤城に尋ねた。

「吉川線て何ですか？」

赤城は、正面を見たままこたえた。

「首のひっかき傷のことだ。紐状のもので絞められたときにそれを引き剝がそうとして被害者が自分で付ける傷だ」

そのやりとりの間に、百合根はさりげなくSTの連中の様子を見た。朝早く引っ張りだされたので、皆眠そうな顔をしている。しかし、最初の捜査会議のときと青山翔の様子が少し変わっているような気がした。

青山は、相変わらずぼんやりとした半眼だが、少なくともまったくの無関心という感じではなくなっていた。永作課長の説明をじっと聞いている。

何かが彼の関心を呼んだのだろうか？　それとも、単に続いて二件もの殺人事件が起きたことを深刻に受け止めているのだろうか……？

「被害者の膣内から、精液が検出されています。精液の血液型はO型……」

捜査本部全体がざわめいた。

前回の被害者からも精液が検出されていたが、そちらの血液型はB型だった。

「殺害現場と死体発見の場所は異なっていると思われます。死体の発見者は、発見場所である中野区弥生町四丁目、日坂神社の神主、住所、同、石原雄一、六十二歳。境内の掃除と朝のお勤めのために境内へ出たところで発見。時刻は午前六時過ぎ。なお、一一〇番通報の記録では六時十分となっています。昨夜、最後に現場を見たのが午後八時頃だということです。また、被害者の死亡推定時刻は、二十二日午後十時から二十三日午前二時の間。つまり、夜中に殺害して夜明け前に死体を遺棄したと考えられます。有力な目撃情報はまだ得られていません」

永作課長は、報告書を淡々と読みおえ、眼を上げた。「質問は？」

「その神主の血液型は？」

本庁の捜査員が尋ねた。百合根にももちろん彼が何を言おうとしているかわかった。神主が通報前に死体に悪戯をした可能性を考えているのだ。もし神主がO型なら、その可能性もなくはない。

永作課長もその点はよく心得ているようだった。

「A型だと本人は言っている。裏は取っていないが、おそらく嘘ではないだろう。それにな、被害者の体内から検出された精液は、死体が発見された時間の少なくとも四、五時間前に放出されているらしい。つまり、おそらくは犯人のものだということだ」

「では、中国人ホステス殺人とは関係はないと考えていいのですね？」

他の捜査員が言った。永作課長は難しい顔をして捜査本部長である池田理事官を見た。池田理事官は、永作課長に代わってこたえた。

「現段階では、無関係かどうかもわからない。同じ中野署管内で、猟奇的な殺人事件が相次いで起きた。どちらも被害者は若い女性。したがって、何かはっきりしたことがわかるまで、この捜査本部で同時に捜査したほうがいいと思うのだが……」

理事官の発言とあって、誰も異論を唱えようとしなかった。

永作課長は、難しい顔のまま言った。

「では、そういうことで……。警視庁《ホンブ》から増援が来てくれたので、地取り、鑑取りのそれぞれの班に割り振ることにします」

「ちょっと待ってくれ」

菊川が言った。

「何か？」

「どうも解《げ》せないんですがね……」

「この件は、中国人ホステスを殺したやつと同一犯人だとは思えないんだがね……」

「何がだね？」

「まず、共通点は中野署管内であることと、被害者が女性であることだけだ。ホステス殺しのほうは、被害者の部屋で犯行に及び、そのまま凶器を残して逃走している。今回のやつは、絞殺した後に、死体を運んでいる。しかも、おっぱいを切り取ってな……。どうも、犯人像が同じとは思えないんだ。決定的なのは被害者の体内に残された精液だ。血液型が違う」

「ほう……。根拠は？」

永作課長は、うなずいた。

「それもひとつの考え方だな」

永作は明らかに菊川を支持している。百合根にはそう感じられた。別々の捜査本部でやるべきだと考えているのかもしれない。

「まだ、犯人像を云々する段階ではないと思うがね……。その判断を下すのはもう少し、材料が集まるのを待ってからにしてはどうかね？」

池田理事官が言った。永作課長は、菊川に発言させたがっているようだった。

菊川が言った。

「中国人ホステス殺しのほうは、行き当たりばったりの粗暴な犯行です。部屋も荒れ放題だし、凶器も部屋にあった包丁です。そして、それを処分することなく、逃走している。まったく無計画なのです。一方、今回の殺人は、死体を遺棄しています。つまり、ある程度の計画性があるということです。その違いは大きいと思います。第一、犯行の手口が違う。これは、かなり決定的なことだと思いますがね……」

百合根は、菊川の発言を支持したくなった。彼がにわか勉強をしたプロファイリング理論からしても、菊川の言うことは納得できた。

池田理事官は、永作課長のほうを見た。

「君も捜査本部を別立てにしたほうがいいと思うかね？」

「菊川さんの言うことは筋が通っているように思えますね」

「俺は、おそらくプロファイリングとやらの専門家であるSTの方々も、同じことをお考えだと思いますよ」

菊川が百合根たちのほうを向いた。

池田理事官が百合根に尋ねた。

「どう思うね？」

「は、いえ、前回申し上げたのと同様、まだプロファイリングをやるには材料が少なく……」

百合根は青山のほうを見た。「そうですね、青山君」

菊川が青山を睨むように見た。

青山は平然と言った。

「この捜査本部でいっしょに捜査してもいいと思いますよ」

菊川は顔色を変えた。池田理事官は、少しだけ満足そうな顔をした。

百合根はすっかりあわててしまった。菊川の反感を助長するはめになってしまう。菊川は言った。

「ほう……。それじゃ、このふたつの殺人が同一犯人によるものだと、あんた言うのかね？」

「まあ、今のところは、すべての証拠が、別の犯人であることを示していますね」

「当然だ。手口も違う。殺した後の処理も違う。残留していた精液の血液型も違う。これが同一犯人による犯行だと言う捜査員がいたら、俺はすぐに警察を辞めろと言ってやるね」

青山は肩をすくめた。それきり何も言わなくなってしまった。百合根は、何とかその場を収めなければならなかった。

「同一犯人かどうかは別として……」

百合根は、全身から汗が吹き出るのを感じていた。「せっかく増援が得られたことですし、態勢も整っています。はっきりと別の事件だということがわかるまで、関連性を鑑《かんが》みながら、この捜査本部で両方の事件を捜査したほうがいいような気がします。今後の事件発生を防ぐための措置も取りやすいし……」

「私もそう思う」

池田理事官が言った。それで議論はおしまいだった。

会議は終わった。捜査員たちは席を立った。菊川が百合根に鋭い視線を飛ばしてきた。百合根は、立ちすくんだ。菊川は眼をそらすと部屋を出ていった。

(どうしてこうなっちまうんだろう)

百合根は、STのメンバーに眼をやった。彼らはまだ席を立とうとしない。青山は、配付された書類を眺めている。

「どうしたんです？　何か気になることでも？」

百合根は青山に尋ねた。

青山はその問いが耳にはいらなかったような態度で黒崎に尋ねた。

「生前に打撲傷を受けているね。それが、全身にまんべんなくある。どういう傷だと思う？」

「打撲に創傷……」

黒崎はぼそりと言った。「拷問だ」

「効果的な拷問だろうか？」

「きわめて……」

「どういうふうに効果的なんだ？」

「打撲は正中線、腕の陽明大腸系、脚の少陽胆系に沿っている。いずれも急所が集中している」

「何それ」

「ここだ」

黒崎は、自分の体の正面の中心線、腕の外側、脚の側面を指でなぞって示した。

百合根は、二人の会話を聞いて、黒崎が武道の達人であることを思い出していた。幻の柔術といわれる浅山一伝流《あさやまいちでんりゅう》を学び、今でも暇があると修行の旅に出るという。

「とても痛いということ？」

「耐えがたい痛さだ」

「ふうん……」

青山はそれだけ言ってぼんやりと天井を仰いだ。

「何です？」

百合根は尋ねた。「打撲の痕がどうしたというんです？」

「何が？」

「何がって……。何か気になるから、黒崎さんに尋ねたんでしょう？」

「そんなこと言ってないよ。ただ訊いただけだ」

青山が立ち上がった。それを合図に、ほかのメンバーも腰を上げる。彼らは百合根にはおかまいなしに出口へと向かった。百合根は彼らに声を掛けることもできなかった。

5

男をハントするのに、ホテルのバーほど理想的な場所はないと、リリィ・タンは思っていた。面倒な手続きはいらない。すでに部屋が用意されているのだ。

その日、彼女は九州から出張してきたビジネスマンと知り合った。三十五歳だということだった。彼は、溜め息が出るほどに美しい中国系のアメリカ人にたちまち興味を示した。妻子持ちだが、もちろん一夜の付き合いなので、互いにそんなことは気にしなかった。名前すら名乗らない。

男は、リリィ・タンにウォッカマティーニを奢《おご》り、二人はすぐに打ち解けた。

「日本語がうまいんだね」

男は笑い掛けた。髯が濃く、うっすらと伸びかけている。それが中国系のリリィにとっては魅力的に映った。中国系の男性には髯の濃い人は少ない。

「日本で仕事をすることもあるだろうと、一所懸命に勉強しました」

「どんな仕事を……?」

「化粧品に関するマーケティングリサーチ」

「へえ、興味あるな」

「興味あるのは、あたしの仕事にだけですか?」

「もちろん、あなた自身にもおおいに興味がある」

「あたしもあなたに興味があります。星座は何ですか?」

「星座? ああ、星占いか。ええと、五月二十九日生まれだから……」

「双子座ね。あたしと相性が合います。あたしは水瓶座」

「へえ、そうなのか? そういうことにはうといんだ」

「中国の星占いにも興味があります」

「中国の?」

「あたしは四緑木星」

「あれか。僕は自分が何だかわからない」

「そう。血液型は?」

「A型だ」

「あたしもA型。A型同士は警戒心が強いから、すぐに熱くなることはないですね」

「そうかな? 試してみる気はあるかい」

リリィは妖艶に微笑んだ。

二人は男の部屋に入った。男は、すぐさまリリィを抱きしめ唇を奪った。リリィは積極的にこたえた。濃厚なキスを交わしながら二人はベッドまで移動した。リリィは押し倒された。

「シャワーを浴びます」

「必要ないよ」

そのまま互いの服をはぎ取り、全裸になるとベッドでもつれ合った。男はリリィの全身をむさぼるように味わった。

「待って」

「何だ？」

「バッグの中にコンドームがあります。それを着けて」

「だいじょうぶだ。外に出すよ」

「だめ。病気に関しては誰も信用しないことにしている。大人の常識です」

「わかったよ」

やがて、男はゆっくりと挿入してきた。

その瞬間、リリィは大きくのけぞった。

「ああ……」

男は感触をじっくり楽しむように動いた。

「グッド……。ソー、グッド……」

「ああ。こっちもすごくいい」

「もっと言って」

「え……？」

「あたし、どう？　教えて」

「たまらないよ」

「どういうふうにいい？」

「たっぷりと潤っていて、とても温かい。上のほうがちょっとざらざらしていて、それがとても刺激的だ。下のほうは柔らかく、根元までしっかり包まれる感じだ」

「ああ……。もっと言って」

リリィは急速に高まっていった。

「ぬめぬめとまとわりつくようだ。う……。だんだん、柔らかい手で握られているようになってきた。中が動いている」

「もっと……」

やがて男は放出した。二人は重なったままじっとして、余韻を楽しんだ。男が滑るように脇に降りた。

「あたしが始末をします」

リリィはコンドームを抜き去り、ティッシュでぬぐった。

「今時、日本ではこんなことまでしてくれる若い女性はいないよ」

「先にシャワーを浴びてきてください」

「わかった」

男はバスルームに向かった。

リリィはゆったりとベッドに体を伸ばした。


神社で殺された女性の身元がわかったのは、死体発見から三日目の九月二十六日のことだった。

被害者の名前は、王明美《ワンミンメイ》。明美は、あけみではなくミンメイと読む。中国福建省からの留学生だった。王明美は、就学ビザで来日し、昼間は日本語学校に通い、夜は新宿のクラブでアルバイトをしていた。

同じ故郷出身の女性と同居しているが、その同居人が、今朝、新宿署にやってきた。友達が行方不明だというのだ。

応対した係員は仕事熱心な警察官だった。彼女が美人であったこともあり、その訴えに真面目に取り組んだ。家出人として各署に手配され、その情報が中野署の捜査本部にも入った。

同居人に確認を取ってもらって、被害者は王明美であることが明らかになった。

二十七日土曜日の朝、捜査会議がはじまるや否や池田理事官は言った。

「日坂神社の事件も、被害者は中国人女性だった。そして、アルバイトだがホステスをやっている。共通点が一気に二つも増えた」

「そうですね……」

永作課長は、曖昧に相槌を打って地取り、鑑取りそれぞれの報告を受けた。いずれも、被害者が中国人ということであまりうまくいっていなかった。中国人社会では、日本の警察を警戒している。百合根は落ち着かない気分でそれを聞いていた。菊川の態度が気になっていた。

菊川と予備班を組んでいるからには、彼とうまくやらなくてはいけない。それが自分の役割だと百合根は考えていた。

会議が終わり、捜査員たちがそれぞれに散って行くと捜査本部の中は急に閑散とした。池田理事官も本庁へ戻り、庶務班の警察官ら数名が残っているだけだ。

STの連中も科捜研に引き上げていた。百合根は菊川と並んで腰掛けていた。

「共通点ね……」

菊川は言った。百合根は、今度は彼が何を言いだすかはらはらしていた。

「たしかに被害者はふたりとも中国人だ。だが、それが共通点と言えるかどうか……。しかもその二人がホステスをやっていたと理事官はおっしゃる。若い中国人の女でホステスをやっているやつなんて、珍しくもない。理事官はどうかしちゃったんじゃねえのか……」

「はあ……」

「手口がまるで違う。第一、残されていた精液の血液型が違うんだ。こりゃ、別のホシだろう。あんた、どう思う？」

「僕も別な犯人だと思いますよ。呉白媛が殺されたほうの事件は、典型的な無秩序型だし、王明美のほうは秩序型の犯罪です。秩序型の連続殺人には、いくつかのパターンがあって、王明美のケースは、淫楽型と呼ばれるものの典型です」

「さすが警部殿だ。よく勉強していらっしゃる。だがな、そんなお題目はどうでもいい。ようするに手口が違う。それだけで充分だよ」

「そうですね……」

「まったくはっきりしないな、おたくは……。いいか？　あんたがSTを締めなきゃいけないんだろう？　なに好き勝手やらせてんだよ。あんたは、同一犯人じゃないと言う。ならば、やつらをその方向で動かさなきゃだめだろうに……」

「その方向で動かす？」

「そうだ。捜査ってのはチームプレイだ。本部で方針を立てたら、それに沿って一丸となって動かなきゃならない」

「待ってください。科学捜査というのは、あくまで分析が主なんです。分析というのは、あらかじめ結果を予想して行うようなものであってはならないのです」

「予断は禁物だってことは俺だって知ってるさ。だがな、それは、捜査員が好き勝手やっていいということじゃない」

「STは捜査員じゃありません」

「特捜班という名前は伊達《だて》なのか？　偉そうじゃねえか。科学特捜班か？　ウルトラマンじゃあるめえし……」

「何です、それ……」

「警部殿の年代じゃ知らねえか。まあ、いい。俺が言いたいのは、だ。特捜班を名乗るからは、捜査員として動いて欲しいってことさ」

「はあ……」

「なんだ？　しゃきっとしてくださいよ、警部殿。あんたがもっとしっかりして、STのやつらをまとめてもらわなきゃ困るんだよ」

それができるのなら、こんなに苦労はしない。百合根は思った。

これ以上菊川の小言を聞きつづける気はなかった。なんとか話題を変えたかった。

「呉白媛を殺した犯人像については、先日うかがいました。王明美の事件のほうはどうです？　どんな犯人像が浮かびますか？」

「ほう……、俺をテストしようってんですか？　警部殿」

「そうじゃありません。ぜひうかがっておきたいのです」

「そう言われると、悪い気はしないな。俺の能力を評価してくれるってわけだ」

「私は評価を下せる立場じゃありません」

「冗談の通じない人だな。王明美殺しの犯人像か……。まず、倒錯した性欲だな。乳房を切り取っている。犯人はいまだにそれを瓶詰か何かにして持ち歩いているかもしれない。それに、殺す前に殴ったり切りつけたりしている。サディストだよ。残忍だが、沈着なやつだ。それまだ目撃証言が得られない。人に見られず、死体を神社に運び込んでいる。発見されたとき、死体はビニールシートにちゃんとくるまれていた」

「なるほど……」

「呉白媛殺しのときとはまったく違う。呉白媛の殺しは行き当たりばったりという感じだが、王明美のほうはそうじゃない」

「複数の犯行だとしたら？」

「複数？」

「それなら、双方の手口が違うことも、血液型が違うことも説明がつきます。そうなれば、中国人の若い女性が被害者だという二つの事件の共通点が、俄然《がぜん》意味を持ってくるような気がしますが……」

菊川は驚いた顔で百合根を見た。

何もそんな、猿が口をきいたのを見るような眼をしなくても……。

「それは、考えられなくはない。だがな、犯人が複数であるという事実を示す物的証拠は何もない。それこそ憶測に過ぎない」

「そうですね。たしかにそうです」

「しかし……」

菊川は、考え込んで言った。「着眼点は悪くない」

「そうですか？」

「悪くないですよ、警部殿」

菊川に認められたことで、百合根は気分をよくしていた。

科捜研に戻ってきた彼は、青山に菊川と話し合ったことを伝えた。青山は、眠そうな半眼でじっと百合根を見つめていた。

「たしかに手口も残されていた体液の血液型も違う」話を聞きおわると、青山は言った。「そして、被害者は中国人の若い女性という共通点がある。だからって、複数の犯行だなんて……」

「考えられなくはないでしょう」

「そう。考えられなくはない。だが、誰も考えなかった」

「盲点だったのですよ。複数の犯行なら、さまざまなことの説明がつきます。手口、血液型。死体を運ぶのだってひとりより複数のほうが簡単なはずです」

「例のコップの話はどうなるの？」

「え……？　コップの話？」

「呉白媛の部屋には、ウイスキーが入ったコップが一つしか転がっていなかった」

「別にたいした話じゃないと思いますが……」

「そうかな」

「複数の犯行ならば、コップのことも説明がつくかもしれませんよ。呉白媛と犯人たちはいっしょに酒を飲んでいた。やがて、犯行に及ぶ。血液型Bの男が呉白媛を殺す。そして、血液型Oの男が証拠の湮滅《いんめつ》を考えたのです」

青山は、ぼんやりとした眼差しで百合根を見た。そのけだるげな表情が、あまりに美しく、百合根は思わず眼をそらしてしまった。青山は何かを真剣に考えるときにそういう表情をする。

やがて彼は言った。

「コップの始末をしたと？」

「洗って、棚に戻したとか……」

「なら、どうして凶器を放っておいたんだろう?」

「ええと、それは……」

「呉白媛の体内に残っていた体液はB型のものだけだった。二人で犯行に及んだのなら、二人分の体液が残っているような気がするんだけど。王明美のときだってそうだ。複数の犯行で、片方だけが性交をするの?　なんか不自然だよ」

「それは……」

百合根は、STのメンバーを見回した。全員、百合根と青山のやりとりをじっと見守っている。百合根は、力なく言った。

「役割を決めていたのかもしれない……」

「二人で相談して?」

「そう」

「呉白媛の事件が無秩序型だと言ったのは、キャップだよ」

「そうだけど……」

「無秩序型の犯人が、あらかじめ犯行の相談をしていたというの?　それはおかしいよ。それだけの計画性があれば、現場はあんなふうにはならない。秩序型の兆候が見て取れるはずだ」

百合根は考えた。そして、青山の言うことが正しいという結論に達した。

「そうですね。僕の説では話が通りませんね」

「そう、落ち込むことないよ。実は、今の説はかなりいい線いっている」

「複数の犯行説が？」

「犯人像に筋が通っていないというところがさ」

「筋が通っていない？」

「つまり、一貫性が感じられない。だから、キャップは、犯人が複数なんじゃないかと感じたんだと思うよ」

「どうしてそう思うんです？」

「さあね。何となく感じるんだ」

「じゃあ、それは何を意味しているんですか？」

青山はさっと肩を窄《すぼ》めた。

「まったくわかんない」

百合根はまたしても憂鬱になってきた。

「ちょっと点数が稼げたと思っていたんだけどなあ……」

「点数を稼ぐ？」

赤城が皮肉な笑いを浮かべて言った。「キャップでも出世のことを考えるのか？」

「そうじゃありませんよ。菊川さんですよ。犯人複数説は、菊川さんも気に入ったようでしてね。また、今夜、それを取り消さなければならないと思うと……」

結城翠が妖艶な笑みを浮かべた。組んだ腕の上から胸のふくらみがこぼれ落ちそうだ。

「放っておけば？」

「あたしたちを目の敵にしている罰よ」

「そうはいきませんよ。いがみ合っていては、捜査に支障をきたします」

「優等生らしい発言だ」

赤城が言った。「だが、歩み寄るべきは、向こうのほうじゃないのか？」

「どちらから歩み寄るといった問題じゃないと思いますよ。互いに協力することが大切で……」

山吹才蔵が言った。

「両手を打ち鳴らしたときに、どっちの手が鳴ったのかという禅の公案がありましてね……」

「なんですか、それは」

「どちらの能力が欠けても一つの仕事をなし遂げることはできないと考えるべきでしょうね」

「だけどね」

青山が言った。「あの人、僕たちの力が必要だなんて考えていないよ」

山吹がうなずいた。

「まあ、仕方がないでしょう。これまでの捜査には私たちのような者はいませんでした。私たちをこれまでの捜査の型にはめようと考えるのは当然でしょう」

結城翠が笑みを浮かべて言った。

「特に頭の固い男はそう考えるわね」

「どうでもいいことだ」

赤城が言った。「俺は、事件そのものには興味があるが、それ以外のことには興味はない」

「うまく立ち回ることも肝要ですね」

山吹が言った。「でないと、キャップの立場が悪くなるばかりだ」

「そういうことにも興味はない。本来、俺は一匹狼だからな」

「キャップの立場が悪くなるということは、STの立場も悪くなるということですよ。私たちが役に立つことがわかれば、捜査本部の中でも評価が変わってくるでしょう」

「評価などされなくていいさ」

赤城が言うと、青山がうなずいた。

「僕も評価なんてどうでもいいと思うよ」

「この二つの事件、興味深いとは思いませんか？」

「事件そのものには興味があると言っているだろう」

「ならば、私たちも積極的に捜査に参加すべきだと思いますがね」

「参加してるじゃないか」

青山が言った。「出たくもない捜査会議に顔を出しているんだ」

「出たくもないというのなら、それは積極的とは言えませんね」

赤城が山吹に尋ねた。

「どうしようというんだ?」

「聞き込みに出てみましょう」

「俺たちは捜査に関しては素人だ。何ができるというんだ?」

「だから、菊川さんに付いて回るんですよ。捜査というものを教えてもらいましょう」

「ほう……」

赤城がかすかな笑いを浮かべる。「菊川に教えを請うか……」

「面倒くさいな……」

青山が半眼で言う。

「でも、それ、悪くないかもよ」

翠が言った。「青山君は、二つの事件が見た目ほど簡単なものじゃないと感じているんでしょう? 面白そうだわ」

「たしかに悪くない」

赤城が言った。意味ありげなほほえみを浮かべている。

その表情を見て百合根は不安になった。赤城は何を考えているかわからないところがある。何を考えているかわからないという言い方をすれば、五人ともがそうなのだが、特に赤城はリーダー格だけあっていっそう秘密めいた感じがするのだった。

「そりゃいいことだと思いますが……」

百合根は言った。「問題を起こさないようにお願いしますよ」

赤城は黒崎を見た。

「おまえは何も言わないが、どうなんだ？　賛成なのか？」

黒崎は無言で首をごくわずか傾《かし》げただけだった。態度保留ということだ。赤城は百合根に視線を移した。

「……というわけだ。段取りをしてくれよ、キャップ」

「聞き込みに回りたいだと？」

菊川は、百合根から話を聞くと、同席しているSTの五人を見た。彼らは、夜の捜査会議に出席するために、中野署の捜査本部にやってきていた。

「そうなんです」

百合根はうなずいた。「ご存じのとおり、彼らは地取りや鑑取り捜査に関しては素人です。そこで、菊川さんに同行していただけないかと……」

「おい、ガキの遠足じゃないんだ。ぞろぞろと五人で聞き込みに回ろうってのか?」

「お願いしますよ。いろいろと教わりたいこともありますから……」

「ほう。そんな殊勝なことを彼らが言ったのかね?」

「ええ、まあ……」

「遊びじゃねえんだと言ってやりなよ、警部殿」

「彼らだって遊び気分じゃありませんよ」

本当にそうかなと思いながら、百合根は言った。

「そりゃまあ……」

菊川は、睨むように百合根を見ていった。「どうしてもというのなら連れてってやらないでもないがな……。ちょうどデスクの仕事にあきあきして、外へ出たいと思っていたところだしな」

「助かります」

「だがな、この間のような態度は許さないぜ。呉白媛の現場で見せた態度だ」

「はい、わかりました」

九月二十七日の土曜日は、画期的な日となった。科捜研のメンバーが初めて聞き込みに参加することになったのだ。

STの五人と百合根は、菊川に付いて中野署を後にした。

「聞き込みには地取りと鑑取りがある。地取りってのはな、一定の地域を対象とした捜査だ。主に、目撃者と犯人の遺留品の発見を目的に行われる。鑑取りってのは、正式には敷鑑《しきかん》捜査といってな、被害者の関係者を当たって容疑者を割り出すための捜査だ。俺たちは鑑取り捜査をやる」

百合根はもちろんこのことは知っている。しかし、何も口をはさまなかった。この解説は、STの五人に対して行われたのは明らかだからだ。

「まず、どこへ行きます？」

百合根が尋ねた。

「鑑取り班の連中が、何人かのホステスの住所を探り出してくれた。ホステスを当たってみようと思う」

「こんな時間に？」

翠が言った。「まだ、九時よ」

菊川は、翠を睨んだ。しかし、すぐに目をそらしてしまった。翠は今日も胸が広く開いたセーターを着ていた。膨らみと谷間がはっきりと見えている。スカートは、膝丈よりはるかに短いタイトミニだった。菊川には刺激が強過ぎたようだ。

「何時だってかまわねえさ。寝てたらたたき起こせばいいんだ」

「寝てるところに誰かが尋ねてきたりしたら、僕だったら絶対に何もしゃべらないな」

青山が言った。「第一、頭が働いていないから、何か訊かれても思い出せないよ」

「おい、若造。ひとつ教えといてやるがな。警察は宅配便屋やセールスマンとは違うんだ。相手が寝ぼけているのなら、目を覚まさせる。それだけのことだ」

「不合理だよ」

「いや、そうとも言えませんね」

山吹が言った。「禅の世界では与奪自在といいます」

「何それ?」

「人の心を自在に操ることです。こちらがはっきりと目を覚ましており、相手がぼんやりとしていたなら、こちらが与奪自在です」

「与奪って、与えたり奪ったりということ?」

「そうです」

「何を与えたり、奪ったりするのさ?」

「命です」

「物騒《ぶっそう》な話だね」

「しゃんと生きていないと、いつの間にか人の言いなりになってしまいます。自分の生き方ができなくなるのです。つまり、人に心を奪われ、生き方を奪われているのです。そうなれば、その人の生とは言えません。つまり、殺されたも同然。命を奪われたも同然なのです。与奪自在とは、活殺自在のことでもあります」

「なるほどね」

青山はあっさりとうなずいた。「心理的優位に立つひとつの方法ではあるな。心が無防備な状態に付け入るわけだ」

「何をごちゃごちゃ言っている」

菊川が言った。「刑事にとっちゃ当たり前のことだよ」

菊川は、新大久保にあるアパートのドアを叩いた。返事はない。さらに激しくドアを叩く。

部屋の中から、怒鳴る声が聞こえた。ハスキーな女性の声だ。

「朝早くにすいません」

菊川は言った。言葉は丁寧だが、声と口調は威圧的だ。だが、ドアは開かない。菊川はまたしても激しくドアを叩いた。

いきなりドアが開いた。Tシャツだけの女が現れた。化粧の落ちた顔がひどく青ざめて見える。髪は乱れ、眼が赤い。

女は菊川を睨み付けたが、ドアの外に七人もの人間が立っているのを見てたじろいだ。菊川は、内ポケットから警察手帳を取り出して相手の顔の前に提示した。旭日章と警視庁の文字をはっきりと相手に見せ、さらに開いて中の顔写真を見せた。

「ちょっとうかがいたいことがありまして……」

女はじっと菊川を見つめている。反感と恐れが入り交じった眼差しだ。

「新宿の『楼苑』にお勤めの、陳麗さんですね？」

陳麗と呼ばれた女は、中国語で何事かしゃべりはじめた。言葉の調子から、広東語だと百合根は思った。音と音の分割が不明瞭でなおかつ語尾を投げ出すように話す。

菊川は顔をしかめた。外国人を相手に捜査員が手こずるのはこの言葉の壁だ。相手は警察官や入管職員に対して日本語を話そうとしない。

「日本語、わかるんでしょう？　じゃなきゃ、クラブで働けるわけがない」

陳麗は、首を横に振って広東語でわめくだけだ。

「おい、なめるなよ」

菊川がぐいと顔を近づけた。肩を怒らせ、相手を睨み付ける。「警視庁なめてると、死ぬより怖い目にあうぜ」

だが、効果はない。

日本人に対しては絶大な効果がある警察官の脅しも、外国人にはあまり効き目がないことを、百合根はこのとき初めて実感した。

日本に滞在している外国人の多くは不法滞在であり、また不法就労している。彼らはしたたかでなければ生きていけないのだ。

陳麗は、かたくなに広東語しか話そうとしなかった。菊川が体を引いた。

「しょうがねえな。国際捜査課の助っ人頼んで、出直すか……」

「あきらめるんですか?」

百合根が尋ねた。

「他を当たるんだよ。ひょっとしたら、本当に日本語が話せないのかもしれない」

「そんなことないわ」

翠が言った。

菊川と百合根は振り返って翠を見た。

「そんなことない? どういう意味だ、そりゃ」

「だって、その人、さっき日本語しゃべってたもの」

「しゃべってた?」

「おそらくベッドの中で……。男の人と話をしていたわ。男が、なんだうるさいなと言った。そうしたら、その人は、宅配便かしらね、放っておきましょう、そう言ったの」

菊川は怪訝《けげん》そうに翠の顔を眺めていたが、やがて気づいたように素早く陳麗の顔を見た。

陳麗は驚きの表情で翠を見つめていた。

「おい、てめえ、やっぱり日本語がわかるな?」

「ちくしょう……。盗聴したね?」

「冗談じゃねえ。なんであんたの部屋なんかに盗聴器を仕掛ける必要があるんだ?」

「盗聴しないのなら、何であたしたちの話わかる?」

「聞こえたのよ。はっきりとね。相手の男の人は日本人ね。それも関西出身の人。かすかに訛《なま》りがあるわ」

陳麗は、再び驚きの表情となった。

「話を聞かせてもらうだけだ。あんたをどうこうしようというわけじゃない」

菊川は言った。陳麗は、それが聞こえなかったように気味悪げに翠を見つめていた。

6

「別に秘密でも何でもない。白媛は、オーナーと付き合っていたよ。だから、いいマンション住んでいたね」

陳麗は、翠にすっかり毒気を抜かれてしまったのか、ぺらぺらとしゃべりはじめた。玄関先での立ち話だ。

部屋は六畳一間に台所という間取りだ。玄関からすべてが丸見えだった。奥のベッドで裸の男が居心地悪そうにしていた。

「オーナーというのは、魏孫沢だな？」

「そう。白媛が住んでいたマンションも、オーナーの持ち物よ」

「王明美という女を知らないか？」

「ワン……？　知らないね」

「まあ、そうだろうな……」

「ねえ、刑事さん。あたし、出勤までもう少し眠りたい。まだ訊きたいことあるか？」

「魏孫沢が誰かに怨《うら》まれていたというような話は聞いたことはないか？」

「それ、何の冗談？」

「誰にも怨まれていなかったというのか？」

「逆よ」

「逆……？」

「皆に怨まれていたということね。やり方汚いね。平気で人を殴ったりするし、なかなかお金払わないよ。でも、オーナー、力持ってる。金も持ってる。誰も何も言えない」

「香港マフィアとつながりがあるのか？」

「そんなことしゃべったら、あたし、殺されるよ」

「わかった。訊かないよ。だが、どこかのマフィアと手を組んでいるということだな?」

「歌舞伎町にいるお金持ちの中国人は皆そうだよ。ねえ、あたし、寝不足になるよ」

菊川は振り向いてドアの外にいる百合根に尋ねた。

「何か訊きたいことはありますか?」

百合根は、STのメンバーを見回した。誰も何もいわない。百合根は菊川に視線を戻して首を横に振った。

菊川は陳麗に言った。

「邪魔したな」

菊川が外に出ると、大きな音がしてドアが閉まった。

「あれで、どういうことがわかったのだろうな?」

赤城が菊川に言った。

「いろいろなことがわかったさ。被害者の呉白媛は魏孫沢の愛人だった。魏孫沢は人に怨まれるタイプのやつだった。そして、魏孫沢はどこかのマフィアとつながりがある。おそらく香港マフィアだろう。そっちの確認は、別のルートで取れる」

「……で、それが、殺人事件の解決にどう関係するのかな?」

「どう関係するかはわからない。俺たちはな、こうして、足にマメを作って、人に嫌われながらいろいろな材料を集めて回るんだ。研究室に収まって、あんたたちが分析するさまざまな遺留品も、おれたちが泥や糞にまみれて拾い集めるんだ」

「そうむきになることはない。ただ、訊いてみただけだ」

菊川は赤城をすさまじい目つきで睨み付けた。

百合根は何とか雰囲気を変えたかった。

「結城君の耳はさすがですね。本当に、男との会話が聞こえたのですか？」

菊川は話題に乗ってきた。

「おう。あれには俺も驚いた」

「もちろん、聞こえたわよ。今も聞こえてるわ」

翠はドアのほうを見た。

菊川は目を光らせた。

「何をしゃべってる？」

翠は唇に人差し指を当てた。しばらくじっとしていたが、やがて、緊張を解いて言った。

「店を移りたいと言っているわ。男のほうは、銀座かどこかにつてがあるみたいね」

「店を移りたい？」

「そろそろ潮時だし、危ないって」

「何が危ないんだ？」

「ティエンダオモンのリュウマンとトライアドの戦争……。どういう意味か知らないけど、そんな話をしている」

「ほう……」

「あの……」

百合根が言った。「どういう意味なんです？」

「ああ、とにかく、ここを離れよう」

菊川は、階段に向かった。

陳麗のアパートを離れると、菊川は言った。

「ティエンダオモンというのは、天道盟、天の道に、同盟の盟という字を書く。台湾の新興シンジケートだ。台湾では、竹連幇《ジュリエンパン》や四海幇《スーハイパン》という組織が有名だが、この二つはもともと大陸から渡ってきた連中が作った。だが、天道盟は本省人、つまり純粋な台湾出身者の組織だ。トライアドというのは、三合会。香港最大の暴力団だ。香港では暴力団のことを黒社会という。三合会《トライアド》は、現在約五十の組織に分かれていると言われているが、その中でも有名なのは14Kと和勝和だ」

百合根は、必死で頭の中で整理をしていた。

「ええと……。ということは、台湾のマフィアと香港のマフィアの戦争ということですか？そいつはたいへんだ」

「どうかな？　歌舞伎町ではこれまで多くの抗争事件が起きたが、どれも小競《こぜ》り合《あ》いだ。大本《おおもと》の大組織同士の戦争になどなったことがない。陳麗は大げさに言っているだけだろう。つまり、三合会と関係のある誰かと、天道盟に関係する誰かの喧嘩ということだな」

「リュウマンというのは？」

「流氓……。流れる民という意味だ。もともと、中国では農村から都市に流れ込む人々のことだったらしいが、転じて今では中国やくざのことを指す」

「魏孫沢というのは、香港マフィアとつながっているのですか？」

「14Kだと言われている」

「つまり、魏孫沢がトライアドの側ですね？　じゃあ……」

「何となく絵が見えてきたような気がするな……。たぶん、二人目の被害者の王明美は、魏孫沢と対抗する人物の愛人か何かだろう。自分の愛人をいたぶられ殺された魏孫沢が、報復のために手下を使って殺したのかもしれない」

「僕の推理はやはり間違っていましたね」

「ああ？」

「複数の犯人による連続殺人」

「そうだな。報復殺人となれば、説明がつく。王明美の交友関係を洗えば、はっきりしたことが見えてくる」

「それを線で結んでいく」

菊川はＳＴの五人のほうを見た。

「どうだ？　これが捜査というものだ。聞き込みで点の情報を得る。それを線で結んでいく」

「じゃあ、この事件は同一犯人による連続殺人じゃないということになるね」

青山が言った。

「当然だろう。最初から俺はそう言っている。手口も違う。残留していた体液の血液型も違う。そして、今、犯人たちの動機が見えてきた。この二件の殺人事件のバックには歌舞伎町の利権をめぐるチャイニーズ・マフィア同士の対立の構図が絡んでいたんだ」

「憶測《おくそく》は禁物なんでしょう？」

「そうだよ。だが、筋を読むことは大切なんだ。よく覚えておくんだな」

青山はさっと肩を窄《すぼ》めて見せた。

「次はどこへ行きましょう？」

百合根が尋ねた。

「捜査本部に連絡を入れてみる。他の聞き込みの連中と足並みをそろえなければならないからな」

午後になり、STを引き連れた菊川は歌舞伎町へやってきた。捜査本部からの指示で、はぐれ猿と呼ばれる流氓と接触するようにと指示されたのだ。

「いつも思うんだがな……」

菊川が言った。「昼間の歌舞伎町ってのは、化粧を落とした年増女みたいな町だな」

「はあ……」

「このビルだな……」

新宿区役所の裏手に位置する雑居ビルだった。白昼の日の光に照らされると、薄汚れて見える古いビルだ。

エイシン・ビルというプレートが付いている。その三階に空き部屋があり、はぐれ猿はそこで待っているという。

「七人もが雁首《がんくび》を並べて行っても会ってはくれまい」

百合根はひどく不安だった。あたりには昼間から目つきの悪いアジア系の外国人がたむろしている。得体《えたい》の知れない緊張感が漂っていた。

菊川は、こういうことに慣れているように見える。百合根はそっとSTの五人の様子をうかがった。誰も緊張していないように見える。赤城はけだるげな雰囲気を漂わせているし、黒崎は無表情だ。山吹はいつもと変わらず飄々《ひょうひょう》としている。青山は退屈しているように見えるし、翠などは危険な雰囲気を楽しんでいるようですらある。

「警部殿、あんたも来てくれるな。あとは、せいぜい一人だ」

「俺が行こう」

赤城が言った。

「いいだろう」

菊川はうなずいた。「あとの四人は、このあたりで待機していてくれ」

「待機って、何をすればいいの？」

青山が尋ねた。

「俺たちが戻ってくるまでじっとしてりゃいい。だが、様子がおかしかったら、応援を呼ぶんだ」

「応援を呼ぶ？」

「そうだ。おまえさんたちに、荒事は無理だろうからな」

菊川は、そう言うとビルの中に向かった。百合根は心臓が高鳴るのを意識していた。赤城は一番後ろから付いてくる。赤城が平然としているのが不思議でたまらなかった。

ビルの中は埃と黴《かび》の臭いがした。天井も床も壁もすべて色あせて見えた。どういう連中が部屋を借りているのかわからない。指定された部屋は、三階の突き当たりだった。階段を昇り、部屋の前まで来た。

百合根は帰りたかった。だが、泣き言を言うわけにはいかない。

菊川がドアをノックした。すぐにドアが開いた。チェーンをしたまま目つきの悪い男がのぞいた。

菊川は警察手帳を出した。

「警視庁だ。はぐれ猿に会いに来た」

いったんドアが閉まり、再度開いたときにはチェーンが外れていた。

「早く入るね」

目つきの悪い男が言った。眉毛が薄い。のっぺりとした感じの顔だが、人相は悪かった。人を信じない男の顔だ。常に猜疑心《さいぎしん》を抱いており、人との関係はだますかだまされるかしかないと考えているタイプに見える。

部屋の中は殺風景だった。床にはいたるところに染みがついており、埃がたまっている。永い間使われていなかったことがわかる。百合根は、部屋に入ったことでさらに落ち着かない気分になった。

菊川が目つきの悪い男に言った。

「あんたがはぐれ猿か？」

「そうだ」

「話があるということだな？」

「話があるの、私じゃない」

「何だと？」

部屋の中にあるドアが開き、隣の部屋から三人の男が現れた。いずれも、物騒《ぶっそう》なタイプに見えた。凄惨な目つきをしている。

百合根はこれほど凶悪な表情の人間をこれまで見たことがないと感じた。

いずれの男の顔にも傷があった。それも、半端な傷ではない。一人の右目は完全に潰れている。また、一人の顔面には、額の左側から顎の左側にかけて、真っ直ぐに傷が走っていた。残りのひとりは、右の耳の下半分が千切れている。

百合根は、恐怖にかられた。しかし、何とかそれを表に出すまいとしていた。現れた三人の男たちは恐ろしいが、この先、菊川に軽蔑されつづけるのも耐えがたかった。

「てめえ……」

菊川がはぐれ猿に言った。「これは何の真似だ？」

「動かないほうがいいね」

はぐれ猿が、ひきつった笑いをうかべた。彼のほうも明らかに緊張している。「その男たち、本当に簡単に人を殺すよ」

右目が潰れた男が、菊川に近づいた。

「近寄るな」

「静かにするね。話し合いのために武器を調べるだけ。銃を持っていると安心して話ができないね」

「ふざけたことを言うな。俺に指一本でも触れてみろ。ただじゃ済まさねえぞ」

「そういう言い方、通用しない。私たち、日本のやくざと違うね。警察の脅し、通用しないよ」

百合根は、額から顎に傷のある男が拳銃を抜くのを見た。オートマチックだった。トカレフではないかと思った。

菊川もそれに気づいて舌打ちをした。右目を潰されている男は、かまわず菊川の懐やズボンを調べた。彼は、菊川のヒップホルスターからニューナンブ・リボルバーを抜き出した。

続いて、百合根と赤城左門が同じことをされた。

「警視庁をなめやがって……」

「なめてはいないね。当然の用心よ」

「てめえ、ただの情報屋じゃねえな」

はぐれ猿は、室内のドアのほうを見た。隣の部屋から、背の低い男が現れた。髪をオールバックになでつけている。目が細く、腹が突き出ている。着ているスーツは高級そうだった。

明らかに、はぐれ猿や三人の男たちと別の種類の人間だった。一見ビジネスマンに見える。しかし、身につけているものがいかにも高級そうだった。そして、その細い目の奥は、さえざえと底光りしている。

　百合根は、その目だけで威圧された。背筋が寒くなる。

　菊川も同様のようだった。彼は言葉もなくその男を見つめていた。

「失礼をお詫びしますよ」

　男が言った。大陸訛りがあるが、流暢《りゅうちょう》な日本語だった。「これが、私のやり方でしてね」

　菊川がうなるように言った。

「誰だ、あんたは」

「魏孫沢と申します」

「あんたが……」

「落ち着いて話がしたかったのですよ」

「捜査員が訪ねていったはずだ。その捜査員に話せば済むことだ。こんな手の込んだ真似をする必要はない。何を企んでいる？」

「別に……。本当に話がしたいだけです。警察の方は、私の自宅に訪ねて来られた。家族のいるところではできない話もあります。もちろん、会社でもね。そして、私は話をする場所と時間は私が決めることにしている。勝手な時間におしかけて来られても、話をする気にはなりませんよ」

「何を話してくれるんだ？」

「話すのは私のほうではありません。あなたのほうです」

「何だと？」

「呉白媛を殺したのは誰です？　それを教えていただきたい」

「知ってりゃ、こんなところへのこのこやって来やしないよ」

「目星はついているのではないですか？」

「知ってたとしても、捜査上の秘密を話すと思うか？」

「日本の警察のやり方はよく知らない。だが、香港の警察は、よく取引に応じてくれました」

「警視庁は絶対に取引しない」

「あなたはしゃべりますよ」

「俺はそうは思わない」

「今、外に四人のお仲間がいらっしゃる。彼らの命は私が握っている」

「何を言っているんだ……」

「その中の一人は、実にお美しい女性だ。彼女のような女性は、香港などでとても人気がある。いい金を稼いでくれるのですよ」

「ふざけてんのか？」

菊川はかみつくように言った。「あの女も警察の人間だぞ」

「どんな身分であるかは、私には関係ない。商品価値があるかどうかが問題なのです。そして、ある状況に押し込めてしまえば、身分など関係ない。どんな人間でも同じになりますよ」

「外のやつに手を出してみろ。警視庁は、どんな手を使ってでもてめえらをたたき潰すぞ」

「それは無理ですね。さっき、このはぐれ猿も言いました。私たちは日本のやくざではない。警察を恐れてはいません」

菊川は歯ぎしりをしていた。百合根にはその音がはっきりと聞こえた。

「外のやつらのことなら、心配することはない」

そう言ったのは、赤城左門だった。

菊川は振り返った。

「おまえは黙ってろ」

百合根は、自分を落ち着かせるために大きく深呼吸をした。吐く息が震えていた。しかし、彼ははっきりと言った。

「赤城さんの言うとおりです」

菊川が百合根を見た。

「あの四人のことなら心配いりません」

「警部は相手のことをよく知らんのだ」

菊川が言った。「やつらの言うことは脅しじゃないんだ」

魏孫沢がほほえんだ。

「そのとおり。脅しではありません」

百合根は言った。

「それでも、心配はありません」

菊川が怒りの眼差しで百合根を見た。


「何か聞こえる？」

青山が翠に尋ねた。

「ここからじゃ、あたしだって無理よ」

彼らは、ビルの前に立っていた。

「そうなんだ」

「あたしは盗聴器じゃないの。離れているし、周囲の雑音もある」

「じゃあ、ドアに近づいてみようよ」

山吹才蔵が言った。

「ここにいろと言われたのを忘れたのですか？」

「忘れちゃいないけど、中のことが気になるじゃないか」

「何かあれば、騒ぎが起きます。そうすれば、翠さんの耳に届くでしょう」

「おんや……」

青山が言った。

「何です?」

「何か、雲行きが怪しいんだけど」

「ああ?」

山吹才蔵は空を仰いだ。

「いや、そうじゃなくて……」

青山は山吹才蔵の背後を指さした。山吹才蔵が振り返り、結城翠と黒崎勇治もそちらを見た。

アジア系の外国人が集団でやってくるところだった。険悪な雰囲気をまき散らしている。日本のやくざとはまた違った剣呑《けんのん》さだった。

日本のやくざは、いかにもそれらしい恰好をしている。それは多分に見栄《みえ》もあるのだが、今近づいてくる連中は明らかに実質本位だった。

皆、安物のズボンとシャツを身につけている。しかし、その顔つきと眼差しは凶悪そのものだった。

七人いた。武器を帯びているかもしれない。

「やり過ごすのが一番ですね」

山吹才蔵が言った。

「うーん。そうできればいいんだけどな」

「どういうこと？」

結城翠が青山翔に尋ねた。

「やつらの眼は、こちらに向いているよ。僕らに用があるみたいだ」

「逃げの一手ですかね」

山吹才蔵が言った。「三十六計、逃げるにしかず、と言いますからね」

「ここは動けないよ。そういう言いつけだろう？」

山吹才蔵と青山翔がそんな話をしている間に、七人の物騒《ぶっそう》な連中は無言で四人を取り囲んでしまった。

「やばいよ、これ……」

青山翔が言った。

山吹才蔵は彼らに尋ねた。

「私たちに何か用でしょうか？」

彼らの一人が言った。

「おとなしく付いてくれれば、怪我をしないで済むね」

「中国の方ですか？」

「何も質問しないほうがいい」

「同行する気がないと言ったら？」

相手は、凄味のある笑いを浮かべた。

「すぐその気になるよ」

そのとき、誰よりも速く、黒崎勇治が動いた。

最初にしゃべった相手の顔面に右の拳を飛ばした。何の迷いもない一撃だった。

相手は咄嗟《とっさ》にかわした。喧嘩慣れした動きだ。だが、黒崎勇治はすぐさま左の拳を相手の顔面にたたき込んだ。

相手はその一撃で崩れ落ちた。鼻がひしゃげ、おびただしい血が流れた。

すぐ隣の男が上着のすそをはね上げ、ベルトに差してあったシースからナイフを抜こうとした。

黒崎勇治は右手を翻《ひるがえ》してその男の顔面を打った。指を鞭のように使ったので、その指先が相手の眼を叩いた。男は悲鳴を上げて顔面を押さえる。

黒崎勇治はその一瞬に、男の膝を蹴り下ろした。膝が不気味な音を立てた。男は地面に身を投げだし、膝を押さえてもがいた。

すでに残りの五人は、武器を手にしていた。しかし、黒崎はまったくひるまなかった。三人が小振りのナイフを、一人がブレードの大きなサバイバルナイフを、そして、一人が大きな山刀を持っていた。

黒崎の動きはまったく淀《よど》みがなかった。一瞬たりとも止まらない。

ナイフを突き出してきた相手に対して、流れるように入り身になり、同時に相手の顎に拳を突き上げる。

その一撃で相手は無力化した。

とたんに、背後から山刀が降り下ろされた。黒崎は振り向きもせずに身を沈めた。頭上を袈裟《けさ》懸《が》けに山刀が通り過ぎる。空気を切る鋭い音がした。

黒崎は身を沈めると同時に後方に手を伸ばし、左手で相手の足首を捕まえていた。右手で山刀を持つ手の手首をつかむと、そのまま腰を入れて身を起こした。

山刀を持つ相手は、黒崎の肩ごしに前方へ投げ出された。アスファルトの地面に叩きつけられた山刀の男は、そのまま起き上がろうとしなかった。頭を強打したのだ。

脇からナイフで突いてきた男の顔面に、強烈な裏拳を飛ばす。カウンターとなり、やはり一撃で相手は倒れた。

残るは二人。サバイバルナイフを持った男は、明らかにうろたえていた。あっという間に仲間が五人倒されてしまったのだ。実際、戦いが始まってから、三十秒とたっていない。

黒崎は、その男を牽制しつつ、倒れている男の手首を踏みつけ、山刀を奪った。黒崎が右手で山刀を構えると、たちまち残りの二人はひるんだ。黒崎の構えがあまりにさまになっていたせいだ。小太刀を扱い慣れていることが、素人目にもわかる。

まず先に、小振りのナイフを持っている男が逃げ出した。すると、サバイバルナイフの男も、それを追うように逃げ出した。

「ひゃあ……」

青山翔が緊迫感のない声をあげた。「強いとは聞いていたけど、こんなに強いとは知らなかったな……」

山吹が言った。

「最初に、リーダー格を迷わず倒した。そこで勝負が決まりましたな。あとの連中はすっかり浮足立ってしまった。兵法ですね」

ようやく黒崎が重たい口を開いた。

「上へ行ってみよう」

山吹がうなずいた。

「こいつらは、上にいるやつの仲間でしょう。となると、キャップたちも危ない」

四人は階段を駆け昇った。一番奥のドアの前まで来ると、黒崎は迷わずドアを乱打した。

魏孫沢が、中国語で何事か言った。左目だけの男が、ドアに近づいた。チェーンを着けたままドアを開く。すぐさまドアを閉じると、彼は魏孫沢に中国語で報告した。

魏孫沢は、片方の眉をつり上げて見せた。面白そうにほほえんだ。

「どうやら、あなたがたを見くびっていたようですな……」

魏孫沢は言った。「呉白媛を殺した犯人のことをどうしても知りたかったのですがね……」

菊川は何も言わなかった。

魏孫沢は、ドアのところにいる男にうなずきかけた。男はドアを開いた。

菊川は、魏孫沢を見据《みす》えたままだった。百合根はそっと振り返った。戸口に黒崎勇治の姿が見えた。その後ろにあとの三人もいる。魏孫沢は、何事もなかったように、となりの部屋に消えた。

「話は終わりね」

はぐれ猿が言った。

菊川は、百合根にそっと言った。

「出ろ」

百合根は赤城をまず先に部屋の外へ行かせた。それから自分が出た。右目が潰れた男が菊川にリボルバーを差し出しているのが見えた。菊川は用心深くそれを受け取った。最後に菊川が部屋を出ると、ドアがぴしゃりと閉ざされた。

百合根は全身から力が抜けた。

「引き揚げるぞ」

菊川が階段に向かった。

「彼らはおとがめなしですか？」

百合根は思わず菊川に尋ねていた。

「応援を連れて戻ってくるころには、ここから消え失せているさ」

「しかし、魏孫沢の住所も会社もわかっている」

「何の罪状で引っ張るんだ？　監禁か？　銃刀法違反か？　しらを切られりゃおしまいだ。魏孫沢は、高い金を払って優秀な弁護士を雇える」

「傷害未遂」

黒崎勇治が言った。

「何だと？」

「そうです」

山吹が言った。「外で七人に襲われました。相手は全員刃物を持っていました。まだ外に倒れているはずです」

菊川は即座に階段を下って行った。

しかし、路上には誰もいなかった。山吹は言った。

「嘘ではありませんよ。夢を見ていたわけでもない。いや、今この瞬間を夢でないと言い切れる手段を私は持っていませんが……」

「何を訳のわからんことを……」

菊川が路上にしゃがみ込んで言った。「誰も嘘だとは言ってねえよ」

彼はアスファルトの上に落ちていた血痕を見ていた。立ち上がると、彼は山吹に尋ねた。

「それにしても、武器を持ったやつが七人だと？」

「ええ」

「それで魏孫沢のやつは自信たっぷりだったわけだ。だが、それを追い払った……」

「彼一人でね」

山吹才蔵は黒崎勇治を指さした。菊川は訝しげに黒崎を見た。

「何かやっているのか？」

「浅山一伝流《あさやまいちでんりゅう》を……」

「古流柔術か……」

菊川はしげしげと黒崎を眺めていたが、やがて、さっと視線をそらし歩きだした。

7

夜の捜査会議で、中野署の捜査員が報告した。

「被害者、呉白媛の部屋を女性が訪ねるところを目撃したという証言が得られました。死体発見の前日、つまり九月十七日の午後三時ころのことです。空《から》の器《うつわ》を下げに来た近所のそば屋の店員が目撃しました。女性の年齢は二十代半ばから三十歳くらい。長い髪。身長は百六十センチ前後。店員の話だと、モデルのような感じだったそうです。サングラスを掛けていました」

「モデルのような……？」

司会進行役の永作課長が言った。「そいつはどういう意味なんだ？」

「えーと……。スタイルがよかったということでしょう。垢抜けて見えたんだと思います」

「モデルのようなね……」

「服装は、黒っぽいパンツスーツだったそうです」

「そのそば屋の店員は、人相をはっきり覚えているのか？」

「なにぶん、サングラスを掛けていたということですから……。それに、はっきりと顔を見たわけじゃないということです」

「本当に女だったのだろうな？」

「はあ……？」

「女装した男性ということもある」

「どうでしょうね。そば屋の店員は女性だと言っていました。それ以上のことはわかりません」

「他にその女を見たという者は？」

「今のところ、見つかっていません」

永作はうなずき、捜査員全員に向かって言った。

「どう思うね？」

百合根のすぐ前に座っていた本庁の捜査員が言った。

「たしかに、犯行時刻とは一致しますがね……。女じゃな……」

他の捜査員が同調した。

「そう。呉白媛の体内から男性の体液が発見されているんだ」

別の捜査員が言う。

「たまたま、被害者を訪ねて来たホステス仲間か何かじゃないのかな。モデルのようだったと、そば屋は言っているんでしょう？　ホステスの中には、そういうタイプも多いでしょう」

「考えられるね」

永作課長は言った。「もし、その女がホステス仲間だとしたら、そのときには被害者はまだ生きていたのだろうな。でなければ、その女が通報するなり、誰かを呼ぶなりというアクションを起こしているはずだ」

百合根は、隣に座っていた青山にそっと言った。

「訪ねて来た女がホステス仲間なら、グラスの謎は解けるのではないですか?」

「なんで?」

「友達が遊びに来て、二人で酒を飲みはじめた。その友達が帰った後も、被害者は一人で飲みつづけたんですよ。そうなれば、友達の分のグラスは片づけても、被害者のグラスは出たままです」

翠が言った。

「口紅の謎も解けるわね。それほど親しくないか、親しくなったばかりの女友達が訪ねてくるのなら、口紅だけを塗っていたというのもうなずけるわ」

百合根が言った。

「そう。そして、犯行はその女友達が引き上げた後に行われた。犯人がドアをノックしたとき、被害者は、その女友達が引き返してきたと思ってドアを開けてしまった……」

青山は、興味薄といった態度で言った。

「キャップは想像力がたくましいね」

「STさん」

永作課長が、百合根を見て言った。「何かあるのですか？」

百合根は、授業中の私語を注意された生徒のような気分になった。

「いえ、あの……」

今の話を全員に伝えようかどうか迷った。その結果、まだ話せる段階ではないと判断した。捜査本部の連中は、STに中途半端な推理を期待しているのではない。なにかはっきりとした専門家としてのアドバイスを期待しているのだ。

「いいえ。今のところはご報告できることはありません」

永作課長は、菊川に言った。

「呉白媛の同僚と、中国系の情報屋を当たったんだったな。何か報告することは？」

菊川は、考えをまとめるようにしばらく自分の手を見つめていたが、やがて言った。

「まだ、はっきりしたことは言えないんですが、どうも、チャイニーズ・マフィアたちがきな臭いんですよ」

「ほう。どういうことだ？」

「呉白媛の同僚、陳麗というホステスは、呉白媛が魏孫沢の愛人だったとはっきりと言いました。魏孫沢は香港マフィアの14Kと関係があるらしい。そして、陳麗は、台湾の天道盟と香港の三合会が戦争を始めるかもしれないというようなことを言っていました。つまり、魏孫沢と、天道盟に関係する誰かが戦争を始めるかもしれないということだと思います」

永作課長は、眉をひそめて言った。

「その戦争は、呉白媛の殺人がきっかけだというのか？」

「まあ、そういう絵柄が俺の頭の中に浮かんだというだけのことですが……。王明美が殺されたのは、その報復なのかもしれない。王明美は、魏孫沢と対立している台湾系のマフィアの愛人か何かだという推理が成り立ちます。そうだとすれば……」

「待った待った……」

それまでずっと黙っていた池田理事官が言った。「香港マフィアと台湾マフィアだって？そいつはえらいことじゃないか」

菊川は言った。

「殺人事件だって充分にえらいことですよ」

「一般市民を巻き込む可能性が大きい。本格的な抗争となると社会的な影響力が違う。本当にマフィアの抗争はあり得るのかね？」

「それはわかりませんよ。新宿署や本庁の生活安全部、国際捜査課などで情報を入手しているかもしれませんが……。ただ、俺は、陳麗の供述からそういう筋を立てたに過ぎません」

池田理事官は、永作課長に言った。

「すぐに、関係各部署に協力を求めてくれ。できるかぎり正確な情報を入手したい」

「わかりました」

「いろいろ考え合わせると、その線で決まりかもしれないな」

理事官が考えながら言った。「王明美の件は、魏孫沢の報復ということか」

永作課長が慎重に言った。

「まだ、王明美の交友関係は充分に調べていません」

「男性関係を中心に洗うんだ。もし、王明美が台湾マフィアの関係者と付き合っていたら、ほぼ決まりだ」

「ところが……」

菊川が言った。

「何だね？」

「誰が呉白媛を殺したかを、魏孫沢が知りたがっているのです」

「どういう意味だね？」

「魏孫沢は知らないのです」

「知らない？」

「本人がそう言いました」

「会ったのか？」

「会いました」

「そりゃ、そう言うだろう。報復殺人がばれちまうからな」

「どうでしょうね。本当に知らないようにも見えましたが……」

池田理事官と永作課長は顔を見合わせた。永作課長が言った。

「魏孫沢と会ったときのことを詳しく話してくれないか」

「本部からの指示で、俺たちははぐれ猿と呼ばれる中国系の情報屋とコンタクトしました。はぐれ猿に呼び出されて、新宿歌舞伎町のビルに出掛けると、中国系の男たちが俺たちを待っていて……。まあ、こいつは上品な言い方ですがね。つまり、武装解除され、武器を突きつけられたというわけです。それだけじゃない。あそこにいるSTさんたちは、武器を持った男たちに囲まれたんです。驚いたことに、あの髪を後ろでしばっているSTさんが、一人で全部やっつけちまったと言うんですがね……」

捜査員たちは興味深げに黒崎勇治のほうを見た。

永作課長が菊川に先をうながした。

「それで……？」

「情報があるなんてのは、嘘っぱちでね。はぐれ猿には魏孫沢の息がかかっていた。その場に魏孫沢が現れて、俺にこう訊くんですよ。呉白媛を殺したのは何者か教えてくれと……」

「それで、どうしたんだ？」

「もちろん突っぱねましたよ。捜査上の秘密を話すわけにはいかない。いや、それ以前に、誰が殺《や》ったか、俺たちは知らないわけですからね」

「なぜ、魏孫沢はそんな危ない橋を渡ったんだ？　警察を敵に回して得なことなど何もないはずだ」

「よほど頭に来ていたか、あるいは、自分たちが報復殺人をしたのではないと警察にアピールしたかったかのどちらかでしょうね」

　池田理事官が尋ねた。

「どっちだと思う？」

「チャイニーズ・マフィア同士の殺人というのは、俺が立てた筋ですからね。その筋に従えば、後者ということになりますが……」

「つまり、報復殺人を隠すための偽装工作だと……」

「そういうことです。だが、なんだかすっきりとしない。魏孫沢は、本当に何も知らなかったのかもしれない」

「魏孫沢が、何も知らなかったとしたら、王明美を殺したのは、魏孫沢の一味ではないことになる」

「わかりませんよ。愛人が殺されて逆上した魏孫沢が、ライバルのせいだと思い込んでその愛人を殺したのかもしれない」

「確認をする前に殺したというのか？　そんな無茶な……」

「無茶をする連中ですよ。日本人の常識が通用する相手じゃない。やくざとは違うんです」

百合根は、菊川の説にある程度納得をしていた。チャイニーズ・マフィア同士の抗争なら殺人の動機がはっきりとする。だが、どうもすっきりとしなかった。

魏孫沢の態度が納得できないのだ。魏孫沢は、本当に呉白媛を殺した人物を知りたがっていたような気がした。魏孫沢がそういうふうに演技したのかもしれない。チャイニーズ・マフィアの大物ともなれば、相当にしたたかなはずだ。それくらいの演技をしても不思議はない。

やはり、警察を欺《あざむ》くための工作だったのか？　王明美を殺したのは自分たちではないのだと警察に思わせるための……。

百合根はわからなくなってしまった。

STの五人は、退屈そうに話を聞いている。百合根は、青山や赤城がどう思っているか訊いてみたかったが、話をしてまた永作課長に指名されるのは嫌だった。会議が終わるまで待つことにした。

池田理事官が言った。

「君の言う線は、おおいに可能性があるな。よしんば、外れていても、このまま魏孫沢を放っておくわけにはいかない。警察官を脅すとどういうことになるか思い知らせる必要がある。やつらは武器を持っていたんだろう？」

「持っていました。トカレフです」

やはり、あれがトカレフか、と百合根は思った。

「ウチコミを掛けるには充分な理由だ」

池田理事官が、永作課長に言った。「銃刀法で引っ張って、王明美殺しのことを尋問してもいい」

「待ってください」

菊川が言った。「どこにウチコミを掛けるつもりですか？」

「魏孫沢の自宅とオフィスに決まっているだろう」

菊川は首を横に振った。

「そんなところに銃を置いているはずはありませんよ。彼は、私生活と暗黒街の生活をきっちりと分けているようです。捜査員が自宅やオフィスに訪ねて行ったときには、しゃべる気にもなれなかったと言っていました」

「しかし、放っておくわけにもいくまい……」

「新宿署や、生活安全部にまかせておきましょう。われわれの目的はあくまで、二件の殺人事件の容疑者を見つけることです」

「なめられたまま放って置くわけにはいかない。面子《メンツ》を潰されたら警察は終わりだよ」

「だいじょうぶ」

菊川は言った。「そのうち、落とし前はしっかりつけさせますよ」

まるで暴力団の会話だと、百合根は思った。そういえば、刑事と暴力団員というのは、どことなく雰囲気が似通っている。目つきが鋭く、人相が悪い。

キャリア組の百合根はそういう雰囲気にどうしても馴染むことができない。警察社会というのは、義理や人情、上下関係で出来上がっている。おそらく、体育会系の人間が多いからだろう。

百合根も柔道、剣道を学んだ。しかし、体育会系の体質まで学ぶことはできなかった。

池田理事官が菊川に尋ねた。

「君は魏孫沢を疑っているのだろう?」

「疑っています。だから、なおさら、今うかつに手出ししたくないのです。犯罪者は必ず尻尾を出すものです。魏孫沢の周辺に捜査員を配置して様子を見るのです」

「泳がせるというわけか?」

「プレッシャーを掛ける目的もありますね……」

理事官は、永作課長に言った。

「どう思うね?」

永作課長はうなずいた。

「いいでしょう。張り込みの当番表を作りましょう。菊川さん、手伝ってください」

「わかりました」

「それから、王明美の交友関係をさらに徹底的に洗うんだ。王明美と同居していた友人がいるな？　もう一度、彼女を訪ねて尋問するんだ。何か思い出しているかもしれない」

こうなると、STは蚊帳《かや》の外という感じだった。張り込み、追跡、家宅捜索……。それは刑事の仕事だ。STの仕事ではない。

会議が終わり、永作課長と菊川は当番表を作りはじめた。部屋の中にがやがやと話し声が満ちる。捜査員たちは、それぞれに今の会議の内容を検討し話し合っている。

百合根は赤城に言った。

「今の話、どう思います？」

「別に何も」

「魏孫沢が本当に犯人を知らないのか。それとも、知っていて、それを偽装しようとしているのか……。どっちだと思います？」

「どっちでもかまわないだろう」

百合根は思わず、赤城の顔を見つめていた。

「どっちでもかまわないって……。それが、今の会議の一番重要な点だったじゃないですか？　聞いてなかったのですか？」

「聞いていたよ。ひと言洩らさずな」

「だったら……」

「二件の殺人を魏孫沢がやったというのかい?」

「そうじゃありません。殺人の動機の話をしているのです」

「動機などは刑事が考えることだ」

「え……?」

「キャップ。しっかりしてくれ。俺たちは何なんだ? 科捜研の職員だぞ。俺は、殺人そのものにしか興味はない。そして、この捜査本部の連中だって、俺たちに動機だの、殺人の背景だのの推理など期待していないはずだ。どういう犯人がどういう手段で殺人を行ったか。その正確な情報だけを期待しているはずだ。違うか?」

「そりゃそうですけど……。でも、STは、ただの科捜研の職員じゃなくて……。どう言うか、これまでの科捜研の範囲を超えた活動を期待されているわけで……」

「基本を忘れちゃ何にもならないよ」

「基本?」

「そう。俺たちがやるべきことは科学捜査だ。探偵の真似事じゃない」

赤城の言うことはもっともだった。百合根は、急に気恥ずかしくなった。

「そうでしたね。どうやら僕は、功をあせるあまり本来の役割を忘れかけていたようです」

赤城がにやりと笑った。

「そうしょげるなよ、キャップ。キャップの役割は俺たちとは違う。刑事たちと俺たちの橋渡しだ。発想そのものが違うのはしかたがない。その点は理解しているよ」

これじゃどっちが上司だかわからない。百合根は情けなくなってきた。

「僕も、チャイニーズ・マフィアの抗争なんかに興味はない」

青山が言った。「でも、二件の殺人の現場には興味引かれる点がいくつかある」

「どういう点です？」

「何度も話題に上ったことだけど、この二件の殺人が同一人物によるものか、そうでないのかは気になる」

「何を言ってるんです？」

百合根はあきれてしまった。「それはもう結論が出ていると思いますよ。同一人物の犯行であるはずがない。だからこそ、チャイニーズ・マフィアの報復という話になっているんじゃないですか」

「へえ……」

青山は、眠たげな眼で百合根を見た。「いつそんな結論が出たんだろう……」

「いや、だから話の流れで……」

「僕は一応科学者なんでね。話の流れ、なんていういい加減なもので結論が出たなんて思わないんだ」

「科学者ならばなおさら、物証を無視できないでしょう」

「物証？」

「いや、ですからね、二人の被害者の体内から発見された男の体液は血液型が違っていたでしょう。それに、第一の殺人の現場はひどく乱雑だった。明らかに無秩序型の兆候が見て取れるのに対して、第二の殺人はかなり計画的だったと……」

「キャップは、複数の犯行説を捨ててしまったの？」

「あなたが否定したんじゃないですか」

「科学的推論というのは、弁証法を基本とするからね。テーゼ、アンチテーゼ、ジンテーゼの三つがそろってはじめて一巡するんだ。僕はアンチテーゼを提供したに過ぎない」

「ヘーゲルの弁証法ですか」

「さすがキャップだね。そう。イデーの自己発展」

「ということは、あなたもあなた自身の否定者に移行するということですか？」

「そういうこと。止揚《しよう》することにより、論理は発展する」

「いや、そんなことはどうでもいい。では、あなたは、この二つの殺人事件が同一犯人によるものである可能性がまだ残されていると言うのですか？」

「まだ何とも言えない」

「なんだか、それればかりじゃないですか」

「ひとつだけものすごく気になることがある」

「何ですか？」

「最初の殺人。凶器は残されていたけれど、そこから指紋が発見されなかった」

「それが何か……？」

「犯人は指紋を消したか、あるいは指紋が付かないような用心をしていたことになるじゃないか」

「あ……」

百合根は青山が何を言いたいか理解した。「無秩序型の犯罪者は、通常そういうことを気にしたりはしない……」

「そういうこと」

「しかし、いかなる場合でも例外はあり得ますよ」

「そう。例外はあり得る。犯人は、偶然手袋をしていただけかもしれない」

百合根は考え込んだ。

「もし、犯人が指紋を残さないために手袋をしたり、何かを凶器に巻き付けていたとしたら……」

「無秩序型の犯罪とは言いがたいと、僕は思うね」

「でも、そのほかの状況はすべて、無秩序型であることを物語っています」

「だからさ、その点が気になると言っているんだよ」

「どういうことなんでしょう」

青山は、驚いたように百合根を見た。

「そんなことわかるわけないじゃないか」

百合根は、心の中で溜め息をついた。

「私は、第二の事件の異常性がどうしても気になりますね」

山吹が言った。百合根は山吹の顔を見てうなずいた。

「女性を拷問した上に絞殺。その後、乳房を切り取っています。たしかに異常ですね」

「いや、そんなことを言っているんじゃありませんよ」

「どういうことです？」

「犯人は死体を神社の拝殿に置いていった。まるで奉《たてまつ》るようにね。それが異常だと言っているんです。神社というのは、死体とは最もかけはなれた場所です。神道では、死やむくろを汚れとして忌《い》み嫌います。それを拝殿に奉った……。ひどい悪意を感じますね。冗談にしては趣味が悪過ぎます」

「なるほど。なぜ犯人はそんな悪趣味なことをしなければならなかったのでしょう」

「愉快犯なのかもしれません。他人が不快感を覚えるのを楽しんでいるのかも……」

百合根は考え込み何度かうなずいた。青山のほうを見て言った。

「そろそろ材料もそろったと思うんです。プロファイリングを始めてみてはどうですか？」

青山はぼんやりと百合根を眺めている。何かを検討しているのだ。やがて、青山は言った。

「まだまだ、材料が出そろったとは思えないな」

「これ以上何が出てくるというんです？」

「さあね」

青山は言った。「なぜだか、どうしてもまだプロファイリングをする気になれないんだよ」

8

「ここからは歩く」

ジュリアーノ・グレコは、リムジンの後部座席から運転手に声を掛けた。リムジンは、フリーウェイを降りてグランド通りに出て、いましがた右折したところだった。チャイナタウンの入り口だ。

車を降りると、すでに空気が変わっている。濃厚な空気だ。人々の生活の臭いが満ちている。ジュリアーノ・グレコの隣から一人、助手席から一人ボディーガードが降りてきた。グレコが歩きはじめると、慣れた仕草で斜め前に一人、斜め後ろに一人付いた。

チャイナタウンの中に足を踏み入れると、臭いがいっそう強くなった。何かのスパイスの臭いだとグレコは思った。しかも数種類のスパイスが複雑に混じり合っている。

当然のことながらグレコは、イタリア料理が世界最高だと思っているが、その次には中華料理を挙げてもいいと考えていた。何より中国人たちの料理に対する情熱は感服に値《あたい》する。料理だけではない。中国人は決して侮《あなど》れない。グレコはそう考えていた。

ジュリアーノの祖父に当たるエンリケ・グレコが東海岸からロサンゼルスに渡ってきた。それ以来、グレコ家はロサンゼルスに居を構えることになるのだが、エンリケ・グレコがロサンゼルスでまずやったことは、中国人を牽制《けんせい》することだった。

ロサンゼルスには雑多な移民が住み着いていたが、その中で最も結束が固く油断ならないのが中国系だった。彼らはアメリカの文化に迎合せず、中国風の街を作って生活していた。

そして、中国系の大物は世界に張りめぐらされたネットワークを持っていた。それは、ただ単に情報が行き来するだけのネットワークではない。時には莫大な金が、そして大勢の人間が動く。華僑のネットワークだ。エンリケ・グレコはそのことを充分に知っていたので、中国系の住民を敵に回すようなことはしなかった。生粋《きっすい》のシチリアン・マフィアとはいえ、ロサンゼルスでは新参者だった。

エンリケ・グレコは、中華街の大物を懐柔し、棲み分けすることで無駄な争いを避けた。

彼の成功の理由はそこにもあったと言える。その伝統は父のパオロ・グレコに受け継がれ、現在でも続いている。

ジュリアーノ・グレコは、歩き慣れた細い道をたどり、ある店の軒先《のきさき》で立ち止まった。西洋人の眼には奇妙な店に見える。薬屋とレストランが同居していた。

入り口の脇のショーケースには、乾燥した植物や得体《えたい》の知れない褐色の固まりが並んでいる。壁に作られた棚にはガラス壜が並んでおり、さまざまなものが液体に浸っている。とぐろを巻いた蛇を初めて見つけたときには、グレコは思わず顔をしかめていた。

こんなものを出入り口で見つけた客が、食欲を失わずに、奥のレストランで食事をしようとすることが信じられなかった。

後にその壜の中身を飲まされたことがある。そのときのことは、今でも忘れなかった。店の主人と会談したとき、美しい小さなグラスが出された。

グレコは、一口すってその強さに驚いた。喉が焼かれるようだった。

「いかがかな?」

店の主人は笑いを浮かべて尋ねた。

「悪くない」

グレコはこたえた。「強い酒は嫌いじゃない」

「薬膳といってね。中国人は医薬品と食事を同じものと考える。その酒も、一種の精力剤だよ。効果てきめんだ」

「ほう。それはありがたいな。ところで、どういう酒なんだ？」

「あんたが気にしていた壜の中身だ」

「私が気にしていた？」

店の主人は、にやりと笑い、店の従業員に壜を持って来させた。壜の中で蛇がとぐろを巻いている。

「マムシの酒だよ」

グレコは気分が悪くなった。しかし、そこで弱みを見せるわけにはいかなかった。グラスを手に取り、一気に飲み干した。

マムシ酒は、喉を焼きながら下っていき、胃の中で爆発した。その熱が収まるのを待ってグレコは言った。

「おもてなしに感謝するよ。精力を求めるのは男の常だ」

店の主人はそのときからグレコをいっそう信用するようになったようだった。

その店の主人が、チャイナタウンの顔役の一人、マー大人《ターレン》だ。グレコには彼の年齢がわからなかった。白髪を後ろへなでつけている。腹が突き出ているが、本人はまるで気にしていないようだ。

アメリカの都会人は、体型をスリムに保つことに熱心だ。そのために高価なスポーツジムに通ったり、暇があればジョギングをしている。

アメリカの都会人にとっては、体型を若いころのように保つことがステータスなのだ。しかし、この東洋人は、ある年齢に達した男は太っていることがステータスなのだと考えているようだった。貫禄《かんろく》のない男は尊敬されないのだという。

髯はないが、その代わりに白い眉毛が髯のように伸びていた。

風体からすると七十歳をとうに過ぎているように見えるが、肌の色つやはそれよりもはるかに若く見える。

年齢や風体は、グレコにとってたいした問題ではなかった。彼は、ロスの中華街で大きな力を持っている。その事実が重要なのだった。

特に、マー大人は華僑ネットワークを自在に駆使する立場にあり、彼の眼や耳は常に世界各国の情勢に向けられている。華僑が入り込んでいる国々の裏の情報は、どこよりも早くマー大人のもとに届くと言われていた。

今夜、グレコはマー大人に招かれた。以前から、都合のいいときに一緒に食事をしたいと申し入れていたのだ。

マーの店はそれほど広くはない。大きな丸テーブルが三つあり、常に客たちは相席で食事をする。一流レストランで席を予約するような連中には奇妙な風習だが、中国系や常にカウンターで食事をとるような人々にとっては何の問題もない。

実は、その広間の奥に個室があり、VIPはそこに招かれるのだ。マーの個室に招かれるというのは、特別な人物であることを意味している。ジュリアーノ・グレコは、必ずそこに招かれた。父の代からそうだった。祖父は残念ながら、その部屋に招かれたことはなかった。

祖父と付き合っているころは、マーはまだ少年で店も彼のものではなかったからだ。マー大人の個室にも丸いテーブルが置いてある。円卓というのは悪くない風習だとグレコは思っていた。円卓の騎士を連想させる。つまり、席の序列が決まっていないということだ。

グレコは、東洋では、部屋の作りや方角によって上座が決まるということを聞いたことがあった。特に、彼は日本びいきなので、客を床の間のまえに座らせるものだということを知っていた。

マー大人は、常にグレコを丸テーブルの決まった位置に座らせた。そこは、入り口を左手に見て、壁を背にした位置だった。方角では南側に当たる。そこが上座であることが、何となく理解できた。

マー大人は礼儀にうるさい老人だ。客よりも位の高い場所には座ろうとしない。自分が招かれたときには、同様の扱いを期待するだろう。風習の違いということで妥協はしない。もし、誰かがマー大人をどこかに招いて、彼のルールに反するようなことをしたら、アメリカ人であろうが礼儀知らずというレッテルを貼られて、その後終生にわたって友好関係を築くことはできなくなるだろう。

「ようこそ若き友よ。さあ、乾杯しよう」

マー大人は言った。グレコは、マフィアの風習にしたがって、ボディーガードを同じ食卓に着かせていた。マー大人はそのことを熟知しており、とがめるようなことはなかった。したがって、二人のボディーガードも恒例のマムシ酒を飲まなければならなかった。

食前酒にしては少々きつ過ぎるが、グレコはすでに慣れていた。マムシを漬け込んだマオタイ酒を飲み干すと、マー大人は、伝統の中国料理を次から次へと運ばせた。それは、いずれも手抜きのない素晴らしい味だった。グレコは前菜に出てくる、変色したゆで卵が好きだった。ゼリーのような不思議な歯ごたえがある。マー大人はそれをピータンと呼んでいた。

フカヒレをタップリ使ったスープ。白身の魚を揚げ、それに透明な茶褐色のソースを掛けたものもグレコのお気に入りだった。ソースには適度な甘味があり、それが食欲をそそった。

炒めものには、いずれも微妙な味付けが施されている。まったくその複雑さには感服した。

「いつものことながら、ここの料理には心を奪われる」

グレコは、心から賛辞を述べた。

マー大人は、好々爺然《こうこうや》とした笑みを浮かべた。

「できれば、料理以外の中国文化にも眼を向けてほしいものだな。あんたのおじいさんは、イタリアの故郷の島を自慢にしていた。中国文化になど興味は示さなかった」

「おそらく、祖父はホームシックだったのだろうな。シチリア島で暮らしたことがあった」

「あんたのお父上は、カリフォルニアの生活が気に入っているようだった」

「父も私もアメリカで育った。父は、カリフォルニアで生まれた。故郷が好きだったのだろう。だが、私はアメリカには誇るべき文化はないと感じている。歴史が浅過ぎる」

「あんたは、中国より日本に興味を示している。それが残念だよ。歴史的に言えば、日本は長い間中国文化圏に属していた。古代では、中国はずっと文化的な先進国だった」

「イタリアは小さな国で、しかもシチリア島はさらに小さな島だ。そこで、人々は独特の結束を持って暮らしていたという。私は、そういうシチリアの精神と似通ったものを日本の義理や人情というものに感じるのだ」

「興味深い分析だ」

「私は、日本をいろいろと研究した。そして、知れば知るほど好きになっていった。今では、明らかに日本人よりも日本の文化を愛しているだろう」

マー大人は笑った。

「日本人よりも愛しているだって？」

「そうだ。私は何度か日本を訪れているが、最初の訪問のときは驚いた。日本人は自国の伝統をまったく顧《かえり》みない。アメリカ風の生活を好み、アメリカ風の音楽を好んでいる。ファッションはニューヨークあたりのストリートの真似だ。髪を染めた若者は、私には猿のように見える。われわれイタリア系も黒い髪に茶色の眼をしているが、染めようなどとは決して思わない。東京にはビルが乱立している。おそらく、東京は世界一醜い都市だ。統一性のないビル群。計画性のない乱開発。彼らはひっきりなしにビルを壊しては建て直している。そのたびに、そのあたりの風景は醜さを増していく」

「どうやら、あなたの日本に対する理解は表面的なもののようだな」

グレコは少しばかり傷ついた。

「たしかにまだ研究が足りない。だが、理解を深めようと努力している」

「文化の本質は、何年もそこに住んでみないとわからぬものだ」

「いずれはそうしたいと考えている」

マー大人は驚いた顔をした。

「ほう……。あんたは日本に住みたいと考えているのか？」

「住みたい」

「グレコ帝国はどうするのだ？　あんたのおじいさんが基礎を作り、父上が発展させたグレコ帝国は？」

「もちろん維持しつづける。だが、いつかは代替わりをしなければならない。息子のホセを知っているだろう。今、カリフォルニア大学で経営学を学んでいる。いずれは、グレコ帝国を継ぐことになる」

マー大人は油断のない目つきになった。

「帝国には、裏の顔もある」

グレコはかすかにほほえんだ。

「あなたの心配には及ばない」

「いや」

マー大人は、グレコを見据えた。「大いに憂慮するね。大切なのはバランスだ。これは中国人の基本的な考え方だ。バランスがすべての基本だ。あんたは、ロサンゼルスの麻薬市場をコントロールできるだけのシェアを持っている。それが崩れたら、裏社会のバランスが崩れる。何が起きるかわかっているのか?」

「戦争だ」

グレコはこともなく言ってのけた。

「迷惑だな。現在、小競《こぜ》り合《あ》いはあるものの、裏社会のバランスはそこそこに保たれている」

「心配ない。私が日本に住むとしても、引退してからのことだよ。それまでに、次の世代のことは考えておく」

「引退してからだって？　それが何年先のことか知らないが、その頃日本がどうなっているかわからんぞ」

「どういう意味だね、大人」

「どこの国だって繁栄は長くは続かない。大航海時代のポルトガル、スペイン、イギリスを見ろ。彼らは植民地を作り、搾取《さくしゅ》によってこの世の春を謳歌した。だが、その歴史は長くてせいぜい三世紀だ。日本は、いまや当時のスペインやイギリスと同じだ。アジア各国に経済的な植民地を作り上げ、暴利をむさぼっている。第二次世界大戦後の信じがたい復興は、そうしてなし遂げたものだ。しかし、多くの植民地がスペインやイギリスから独立したのと同様に、そのうち、アジア諸国は経済的な独立を遂げるかもしれない。日本の相対的な資本力が落ちてきている今、そうした経済的な独立は急速に進む可能性がある。いずれ、韓国とわが中国にその座を取って代わられるさ」

「経済的な衰退は、かえってのんびりとしたいい国を造るかもしれない」

「そうだな。スペインやポルトガルを見るとそう言えなくもない。だが、日本の国民は世界一贅沢なのだよ。エアコンと水洗トイレが付いた部屋にしか住もうとしない。そしてその国民性はきわめて危険だ」

「危険？　従順な国民だと聞いているが」

「だから危険なんだ。政治家の暴走を止めるような国民性ではない。すべて政治家の思うがままだ。仮に、経済的な行き詰まりを打開するために、あるとき政府が戦時経済体制に移行しようとしたら、国民はおとなしくそれに従うだろう」

「戦争を起こそうとする政府の方針を黙認するというのか?」

「する」

マー大人は断言した。「過去の大戦はいずれもそうして起きた。日本人は、自分たちが政治家を選んでいるという自覚がない。そして、国が決めることにきわめて従順だ。政府を自分たちの支配者だと思っているのだ。そのことを、日本語ではオカミというらしい。だから、重大な国の決定に国民はまったく責任を感じない。ただ、じっと耐えて従うだけだ」

マー大人は、皮肉な笑いを浮かべた。「だから、彼らは中日戦争の謝罪をしようとしない。誰も責任を感じていないのだ。あれは、日本人にとっては過去の出来事でしかなく、しかもオカミの決めたことだった」

グレコは、心の中にある野望が次第にはっきりしたものになっていくような気がした。彼は、ある種の満足を覚えて言った。

「それは、支配者が誰であっても素直に従うという意味だろうか?」

「基本的にはそうだろうね。政治家がどんな連中だってかまわないんだ」

「日本では金融をはじめとするさまざまな自由化政策を取りはじめている。それは、われわれ海外の資本が入りやすくなることを意味している。つまり、競争力が年々落ちている日本の企業を日本から追い出すことだって不可能ではないわけだ」

「簡単ではないが、まあ不可能ではない。それとても、政治家の愚かさの現れなのだが、国民は何も行動を起こさない。金融の自由化は、構造的な不況の打開策になり、資本の空洞化を是正するなどという戯言《ざれごと》に、国民はあっさりだまされている。まあ、早晩日本は駄目になるにしても、金融その他の自由化はそれに拍車をかけるね。まさに自殺行為だ。日本の企業は初めて世界経済の厳しさを知ることになるだろう。赤ん坊が社会に放り出されるようなものだ。何せ、あんたのような男と戦わねばならんのだからな」

「まさに、願ってもない成り行きだ」

「自由化の後は、あんたはやすやすと日本に新たなグレコ帝国の城を築くことができるだろうね」

マー大人は、そこまで言って独り納得するようにうなずいた。「なるほど……。あんたは、日本に城を築いておいて、堂々と乗り込もうという腹だね。将来日本に住みたいというのはそういう意味なのか」

「そういうことにしておこう」

マー大人は、ふさふさした白い眉の下にある細い眼を見開いてグレコを見つめた。その眼は、真冬の鋼鉄のように冷たく鋭かった。グレコは、その眼を見ても恐ろしくはなかった。

マー大人と渡り合えるだけの実力を持っているという自負があった。

「私に危害が及ばなければ、何をしようとあんたの自由だ」

「日本の政治について訊きたい」

「政治など専門外だが……」

「日本の政治は、古いOBが牛耳《ぎゅうじ》っているという話を聞いたことがあるが本当なのか？　選挙は飾り物に過ぎず、今でも政界の黒幕という存在が政治を動かしているというのは……」

「半分は本当だが、半分は幻想だ」

「どういう意味だ？」

「選挙が飾り物になっているというのは本当だ。多くの日本人は本気で政治家を選ぼうとはしない」

「それは、黒幕がいるからじゃないのか？　誰を選ぼうが、その黒幕が政治を動かしてしまう」

「それが幻想だ。いいかね？　戦後日本の政府を担ってきた政党は、それほどたいしたものではない。所詮、金融の保護政策によってプールした金を自由に操り、土建屋と不動産屋を肥え太らせることにしか能のない政党なんだよ」

「しかし、それが長期政権を握ってきたのだろう？」

「戦後の復興には役に立ったのだろうな。しかし、国際的なビジョンも経済的な展望も何もない政党だ。行き当たりばったりの土建屋政党だよ。もっとも、あの政党が今日まで政権を担ってくれたおかげで、日本の衰退の時期が早くなったがね」

「どうして政権を維持できたのだろう」

「選挙に莫大な金を使う。そして、当選した後に、政治家は地元に公共事業という形でせっせと金を落とす」

「どこの国でもやっていることだと思うが……」

「日本ではそれがすべてなのだ」

「それでよく国が運営できたものだ。やはり黒幕の存在が大きいのか？」

「黒幕をえらく気にしているようだが、そんなものを恐れているのは、今の与党くらいのものだよ。いや、すでに日本には政治を牛耳るほどの黒幕などいやしない。国を維持してきたのは、官僚だよ。日本には、わが中国ではすでに機能しなくなっている科挙のような制度がいまだに生きているそうだ。東京大学の法学部がそれだ。そこに入り、国家公務員キャリアの試験にパスした者たちが、実際に国を運営している」

「難しい行政の問題はすべてその連中が片づけてくれるというわけだ」

「そういうことだ。あの国は、選挙も飾り物なら、政治家も飾り物だ」

「それは私にとって明るい材料だ」

「何を考えている？　日本を乗っ取ろうとでも言うのか？」

マー大人は鼻で笑った。

グレコも笑顔でこたえた。

「いけないかね?」

マー大人は天井を仰いで笑った。

「グレコ帝国の城を築くだけでは足りないというのか? 欲の深い男だ」

「そう。私の欲は底無しなのだ」

「面白い冗談を聞かせてもらった。どんな人間にも、一国を乗っ取る力などない」

「わかっている。もちろん、冗談だよ。だが、日本の政府が金次第というのは、やはり私にとっては朗報だな」

マー大人はいきなり真顔になった。

「乗っ取ることは不可能でも、その国の中枢に影響力を持つことは不可能ではない」

グレコは何も言わなかった。

「くれぐれも言っておくが、大き過ぎる獲物に槍を投げると、返り討ちにあうはめになる」

「ご忠告は承っておくよ」

「おかしなことに血道をあげ、このロスの秩序を乱すようなことがあったら、私があんたを許さない。足元をおろそかにしないことだ」

「心配するなといったはずだ」

「その言葉は忘れないぞ。われわれ華僑の口約束は契約書と同じ効力を持つ」

「あなたのやり方は心得ているつもりだ」

「いいだろう。ならば、これ以上は何も言うまい」

「もうひとつ質問させてくれ。今度はかなり現実的な話だ」

「何だ？」

「チャイニーズ・マフィアだ。今日本には多くのチャイニーズ・マフィアが入り込んでいると聞いている。彼らはなかなか派手にやっているようじゃないか」

マー大人は、珍しく不快感を顔に出した。彼は、吐き捨てるように言った。

「流氓どもの話か」

「同じ国の仲間だろう」

「もちろん日本にも仲間はいる。だが、流氓は仲間じゃない」

「ほう……。それはどういう意味だ？」

「流氓というのがどういう連中か知っているか？」

「さあな」

「食い詰め者だよ。もともとは農村部から都市に出てきた人々のことを言った。そういう連中は職にあぶれてやくざ者に身を落とした。礼節も何もない連中だ」

「それが日本に渡ったと……」

「そうだ。その連中が新宿などで抗争を繰り返している」

「香港のマフィアや台湾のマフィアがその連中と手を組んでいるという話を聞いているが……」

「利用しているのだ」

「私が知りたいのは、新興の流氓たちのことではない。香港のマフィアや台湾のマフィアが日本で何をやっているかだ」

「いろいろな思惑があるな。香港が中国に返還され、香港マフィアたちは活動を制限されつつある。新たな活動の拠点を見つけなければならない。日本はもってこいの場所だ。金がうなっているからな。台湾の連中も事情はだいたい同じだ。彼らは、かつて香港とのコネクションを重視していた。魅力的なマーケットだったから、竹連幇などは香港の三合会と手を結んでいた。しかし、香港が返還されることで魅力的なマーケットを失うことになった。日本は彼らにとっても重要な拠点になりつつある。香港や台湾のマフィアたちは、日本の不動産などを次々と手に入れて、本格的なビジネスの準備を始めている」

「本格的なビジネス？」

「今まで、ヤクザが独占していたようなブラックビジネスだ」

「当然、利権の争いも起きるな」

「今は過渡期なんだよ。新参者が新宿あたりで暴れている」

「竹連幇や三合会の連中は、本格的に新宿に進出しているのか？」

「大物は新宿で銃を撃ったりはしていない。本国からたまにやってきて、一流ホテルのスイートルームに泊まるんだ」

「新宿には、何人かの大物がいると聞いたことがあるが……」

「チンピラの親玉に過ぎない。私も竹連幇や三合会には知り合いがたくさんいる。しかし、新宿にはいない」

「日本の警察は驚くほど手ぬるいと聞いている」

「竹連幇や三合会の連中が日本に魅力を感じている理由のひとつがそれだ。台湾でも香港でも警察は実力で制圧しようとする。組織と戦う姿勢がある。特に、台湾では天道盟の関係者が政治家になったり警察の要職についていたりするから、竹連幇や四海幇はやりにくくなっている」

「天道盟というのは台湾で生まれ育った人々が作った組織だな？」

「そうだ。竹連幇や四海幇はもともと大陸から来た人々の組織だった。当然のことながら対立が起きる。天道盟は新興勢力だが、瞬く間に組織を拡大し力を付けた。新宿にも進出しているよ」

　グレコは満足げにうなずいた。

「あなたの説明は、これまで私が聞いた情報と一致している」

「ということは、あんたの情報網も悪くないということだ」

「そのようだな」

「やがて、流氓たちが日本のブラックビジネスを牛耳る。それはいわば地ならしだ。地ならしを終えたところで、本当の大物が乗り込んでいく。そうなれば、日本の裏社会はチャイニーズ・マフィアのものとなるだろう」

「それは、あなたにとって望ましいことなのだろう?」

「どうでもいいことだ」

「そうは思えないな」

「私たち古い華僑は、どんな場所でも利益を得ることができる。どこにいても祖国の結束がある。凋落《ちょうらく》が待っている日本など眼中にないよ。新宿で抗争を繰り返しているのは目先の利益にしか興味がない連中だ」

「なるほどね」

グレコは言った。「ならば、この私が日本をいただいても文句はないな」

マー大人はただ笑っただけだった。

リムジンに戻ったグレコは、隣の席に座ったマルコという名のボディーガードに尋ねた。

「チャイニーズ・マフィアどもが日本を支配すると、日本の文化はどうなるだろうな」

「さあ……」

マルコは物静かにこたえた。彼は、単なるボディーガードではない。グレコが最も信頼している部下の一人だ。思慮深いがいくらでも残忍になることができる。顔面にはいくつもの傷があり、その眼には数知れない修羅場をくぐった男だけが身につけられる鋼のような無表情さがある。

「私は日本の文化を愛している。それは中国の文化とは一風違ったものだ。どう言ったらいいか……。中国の文化が極彩色の巨大な文化だとしたら、日本のは淡色で小さな文化だ。自然と人情を大切にする文化だ」

「強いものは弱いものを呑み込みますよ」

「そのとおりだ。だからこそ、私はチャイニーズ・マフィアの日本進出を憂慮しているのだよ」

「チャイニーズ・マフィアを排除することは、グレコ帝国が日本に進出するという点においてもメリットがあります」

「そのとおりだ。日本人が守ろうとしないのなら、この私が日本の文化を守ってやろうじゃないか」

9

高垣《たかがき》巡査は、二十七歳の刑事課捜査員だった。中野署に配属されて、まだ一年目だ。彼は、捜査本部で組まされた本庁の部長刑事を心の中でひそかに熊と呼んでいた。奥平《おくだいら》という名だが、毛深くてずんぐりした体型をしており、のそのそと歩き回る姿は熊そのままだった。その熊がなかなか口うるさい。

高垣巡査は、何とか早く捜査本部が解散してこの熊から解放されないものかと思いつづけていた。

捜査本部では、捜査を円滑に運ぶために地域に詳しい所轄署の捜査員と本庁の捜査員を組ませる。また、たいてい若手はベテランと組まされるのだ。

彼らは、第二の殺人の被害者である王明美のルームメイトを訪ねていた。

新大久保にあるこざっぱりとしたアパートだった。１ＤＫに二人で住んでいた。

「揚丁華《ようちょうか》さんだね？」

熊が戸口に現れた若い女性に言った。

相手の女性は、警戒心をあらわにしている。敵意と言ってもいいと高垣は感じた。だが、高垣はその女性の表情よりも気になることがあった。彼女は、Ｔシャツしか身につけていないようだった。長い形のいい脚がTシャツのすそから伸びている。つややかで色が白い。Tシャツの胸を押し上げている膨らみはその形がはっきりとわかった。乳首が愛らしく突き出ている。

相手が返事をしないので、熊は警察手帳を出して言った。

「王明美《おうめいび》さんのことについてちょっと訊きたいんだけどね」

「それ、ミンメイのこと？」

「そうです」

「殺したやつ、わかったのですか？」

「まだなんだ。それで話を聞きに来たというわけだ」

「ちょっと待ってください」

ドアが閉まった。再びドアが開いたときには、彼女は長いバスローブを羽織っていた。高垣は少々残念に思った。

「お邪魔してかまわんかね？」

熊がすでにドアの中に身をねじ込むようにして言った。

揚丁華は、迷惑そうな顔をしたが、どうぞと言った。

中国の女性は、日本の女性よりはるかにはっきりと不満を表情に出す。そのことを高垣は知っていた。

奥の部屋にベッドが二つ並んでいる。ダイニングキッチンを生活の場として共用していたようだ。テーブルがあり、刑事たちは椅子を勧められた。

揚丁華は、かなりの美人だった。憔悴《しょうすい》しているように見えるが、それでも彼女の若さがまさっており、美しさを損《そこ》ねるにいたってはいなかった。

高垣はなんだかいい気分になったが、熊は揚丁華の見かけなど、まったく気にしていないようだった。

「警察の人には、もう全部話しました」

揚丁華が言った。「もう、話すこと、ありません」

熊は、鷹揚《おうよう》にうなずいた。

「王明美さんは、新宿のクラブに勤めていたんだね？」

揚丁華の眼が落ち着かなくなった。

「それが問題なのですか？」

「問題だな。就学ビザで来日しているんだろう？　不法就労ということになる」

「ただのアルバイトです。アルバイトしないと、生活できません」

「まあいい。そのことは措いておこう。訊きたいのは王明美の友達のことだ」

「友達、たくさんいます」

「特別な男友達のことを訊きたい。王明美さんは、誰かと付き合っていたかね？」

「なぜ、そんなことを訊きますか？　それ、殺人事件と関係ありますか？」

警戒心が強まった。揚丁華は、緊張の度合いをますます高めていく。高垣は、熊が揚丁華をいじめているような気がしてきた。まず最初に、不法就労のことを持ち出して、揚丁華にプレッシャーをかけた。

よくやるよ……。

そう思いながらも高垣は、熊のやり方に腹が立ってきた。

「関係あるから尋ねている」

「私、知りません」

「同じ男の人から、頻繁に連絡があったようなことはなかったかね？」

「わかりません」

「そいつはおかしいね。この部屋でいっしょに住んでいたんだろう？」

「王明美は真面目な子。そういう話しませんでした」

「話をしなくても何となくわかるだろう」

「わかりません」

「あんたもアルバイトしているのか？」

「なぜ、そんなこと訊きますか？」

「質問しているのはこっちだ。あんたも王明美と同じようなアルバイトしているのか？」

揚丁華は、唇を嚙んだまま何も言わなくなった。

「上等だな。ここでしゃべりたくなかったら、警察署まで来てもらってもいいんだぞ」

「なぜ、私が警察に行かなければなりませんか？」

「不法就労について取り調べる」

揚丁華は困り果てたようだった。誰も助けてはくれない。自分の立場の弱さに腹を立て、当惑している。

高垣はなんだかいたたまれない気持ちになってきた。

いくらなんでも、熊のやつ、やり過ぎじゃないのか？

「私、知らない。本当よ」

「そう言い張るやつも、警察署に行けばたいていのことを思い出すんだ。さ、服を着ろ」

「なんで、どうして？」

「いいから、さっさとしろ。訊きたいことはたくさんあるんだ」

「いいかげんにしてください」

ついに高垣が言った。

熊はすさまじい目つきで高垣を睨んだ。

「てめえ……。何のつもりだ？」

「僕たちに、こんなことをする権利はないんですよ」

「誰に向かって口きいているつもりだ？　俺に文句つけるなんざ、十年早い」

高垣は、熊を無視して揚丁華に向かって言った。

「心配しなくていい。君は警察署になんか来る必要はない。しゃべりたくなければしゃべらなくてもいい」

「ふざけてんのか、てめえ。俺の捜査をぶち壊す気か？」

「僕たちは容疑者の取り調べをしているわけじゃありません」

「俺のやり方が気に入らないというのか」

「気に入りませんね」

「ようし、わかった」

熊は高垣と揚丁華を交互に睨み付けると言った。「なら、おまえの好きにしろ。俺は知らん」

熊は立ち上がると、部屋を出ていった。揚丁華はあっけにとられていた。高垣は溜め息をつくと、揚丁華を見て言った。

「だいじょうぶだ。僕たちは君に協力してほしいだけだ。王明美を殺した犯人を捕まえたいんだ。それだけだよ」

揚丁華は、今の一瞬の出来事で高垣を信用したようだった。彼女はうなずき、椅子に座り直した。

「こたえられる範囲でいい」

高垣は言った。「質問にこたえてくれないか？」

「明美の彼氏の話、人に話すと私が危ない……」

高垣は、ゆっくりと大きくうなずいた。

「いいんだ。話したくないことは話さなくていい」

揚丁華はしばらくためらっていたが、やがて言った。

「彼女の彼氏、新宿あたりでは有名ね。私、名前は言えない。でも、大きな中華レストランのオーナーね」

「王明美さんとはどこで知り合ったんだろう？」

「その人、明美が勤めていたクラブも持っている。店に遊びに来たとき、明美を気に入ったね。でも、私、付き合うのやめろと言った。その男には何人も女がいる。明美はその一人。そんな付き合いは本当じゃない」

「そうだな……」

明美は、その男の愛人の一人に過ぎなかったということだ。

「でも、その男いつも明美を呼び出したよ。仕事を休ませることもあった。明美はたくさんお小遣いがもらえるので、呼び出されるといつも出掛けた」

「付き合いはどれくらい続いていたんだ？」

「半年くらい……」

「なるほど……」

「あんな男と付き合うから殺された……」

揚丁華は、悔しそうに言った。

「別に王明美さんが悪いわけじゃない。悪いのは殺したやつだ」

「犯人、捕まえて。でないと、私、悔しくて眠れない」

「彼氏と揉めていたような様子はないか？」

「モメテイタ……？」

「喧嘩していたとか……」

揚丁華はきっぱりと首を横に振った。

「喧嘩はしていない」

「いなくなる直前のことを教えてくれ。最後に会ったのは？」

「明美、夕方に出掛けたね。店を休むかもしれないと言っていた」

「それはいつのことだ？」

「月曜日」

「二十二日の月曜日だね？」

「そう」

王明美が殺されたと見られている日だ。

「その彼氏との待ち合わせかな？」

「違う。女の人と会うと言っていた」

「女……？　どこで？」

「帝都プラザホテルのロビー」

「彼女の友達か？」

「知らない。本当よ。詳しい話は知らない」

高垣はほほえんで見せた。

「いいんだ。知ってることだけ教えてくれれば。王明美さんは、女性と帝都プラザホテルで待ち合わせをしていた。そして出掛けていった。それが彼女を見た最後だったんだね？」

「そう。それが最後」

唐突に丁華は涙を浮かべた。高垣はうろたえた。最後という言葉が無神経だったかもしれないと思った。

「わかった。よく話してくれた」

高垣は立ち上がった。潮時だと感じたのだ。丁華は充分にしゃべってくれた。

高垣が別れを告げて部屋を出ようとしたとき、丁華はもう一度言った。

「犯人を捕まえて」

高垣はうなずいた。

「約束するよ。きっと捕まえる」

部屋を出ると、ドアの脇に奥平部長刑事が立っていた。

奥平は無言で歩きはじめた。高垣はその後に続いた。アパートから百メートルほど離れると、奥平が言った。

「どうだ？　俺の計画はうまくいっただろう？」

「ええ。彼女は僕を信用していろいろとしゃべってくれました」

高垣は奥平に、今聞いた話を細大漏らさずに伝えた。奥平はうなずいた。

「王明美が勤めていたクラブのオーナーが誰かを調べれば、その彼氏の正体がわかるな……」

「ホテルのロビーで待ち合わせをしていた女というのが気になりますね」

「うん……。ホテルに当たってみるか。目撃者がいるかもしれない」

「しかし、あんな芝居をする必要があったんですか？」

「うん？　揚丁華のことか？　そりゃそうだ。おまえさんにはわからんだろうが、中国人はなから俺たちのことを信用していない。信頼関係を築くには長い時間がかかる。てっ取り早く信頼されるには、誰かが悪者になるのが一番だ」

「僕は、見ていて本当に腹が立ってきましたよ」

奥平はにやりと笑った。

「揚丁華が若くていい女だからだろう」

熊め。

高垣は思った。食えないやつだ。たしかに熊の計画はうまくいった。ただ質問しても、揚丁華は口を閉ざしたままだったろう。

だが、高垣は気に入らなかった。揚丁華をだましたような気がしてしかたがなかった。そ
れも刑事のテクニックだと熊は言う。

そんなテクニックは学びたくないものだと、正義感に燃える若い刑事は思った。早く、この熊から解放されたい。高垣はまたしてもそう思うのだった。

「ええ。覚えています。中国語で会話されていましたし、ふたりともたいへんきれいな方だったので……」

ティーラウンジのウェートレスの一人が言った。

高垣と奥平が帝都プラザホテルにやってきて話を聞いた人たちの九人目がこのウェートレスだった。そのウェートレスは王明美の人相を写真で確認した。

「中国語で会話していた？」

奥平が尋ねた。

「ええ。二人とも中国語を話していました」

「相手も中国人だったということか？」

「そう見えましたが……」

「どんな感じの女だった？」

「そうですね……。髪が長くて、細身の方でした」

「身長は？」

「座ってらしたんでよくわかりませんが、すらりとした長い脚をされてたんで、低くはないと思います」

高垣は、ぴんときて思わず尋ねた。

「モデルのような感じでしたか？」

「モデル……？　ええ、そう言われてみれば、そんな感じでした」

奥平が急に不機嫌そうになった。

「もう一度顔を見れば、わかるかね？」

「さあ、自信はありませんが……」

「もし、確認の必要がある場合、署までご足労願えるかい？」

「ええ……」

奥平は礼を言うとそそくさとウェートレスから離れた。高垣は慌てて後を追った。

高垣には奥平がなぜ急に不機嫌になったかわからなかった。

熊は急に振り返ると言った。

「ばかやろう」

「は……?」

「てめえ、大切な証言をひとつふいにしやがって」

「何のことです?」

「モデルのような感じでしたか、だと? よくもあんな間抜けな質問ができたもんだな?」

「呉白媛の部屋を尋ねたという女性を思い出したんですよ。会議でその話が出たでしょう?」

「だから言ってるんだよ、このばか。おまえがあほな質問をしなければ、向こうから言いだしたかもしれない。モデルのようだったとか、まあ、その類の表現が聞けたかもしれないんだ。だが、おまえの口からモデルのようだったかと尋ねちまった。その時点で誘導尋問になっちまう。心証を得られなくなっちまったんだよ」

高垣はようやくそのことに気づいた。しかし、素直に非を認める気にはならなかった。熊の言い方に反発を感じた。

「それはたいした問題じゃないでしょう。とにかく、呉白媛の部屋を訪ねた女性と、王明美が会っていた女性は特徴が一致している。そのことが重要なんじゃないですか?」

「俺たちは、探偵じゃねえんだ。俺たちが納得しても始まらない。まず検察を納得させ、その後、公判を維持できる材料をかき集めるのが仕事なんだ。面《つら》洗って出直せ」

熊はのっしのっしと大股でホテルの外に歩き去った。高垣は、打ちのめされた気分だった。素直に謝らなかったことを後悔しながら、熊の後を追っていた。

夜の会議にはまだ間があるのに、青山翔が捜査本部に顔を出して百合根を驚かせた。そういえば、昨夜は、遅くまで残っていた。

捜査会議に出るのを渋っていた青山とは思えなかった。

「どういう心境の変化です？」

百合根は、部下の積極的とも取れる態度に気を良くして言った。「プロファイリングをやる気になってきましたか？」

青山はきょとんとした顔で百合根を見た。警戒心のまったくない顔だ。無垢な美少年という感じだった。

「何のこと？」

「最近、捜査本部にいることが多いじゃないですか」

「ああ……。ここ、なんだか居心地がよくなってきてね」

百合根は気づいた。

日がたつにつれて、部屋の中は雑然としてきていた。捜査本部の幹部たちは整理整頓を心掛けるようにとは言うが、捜査員たちは忙殺されている。それに何より疲れ果てており、部屋の中を掃除する余裕などない。庶務担当の警官が何とか片づけようと試みるが、やがて、それが虚しい努力であることがわかってくる。

日を追って書類が増えてくる。捜査員たちが着替えた衣類が丸めて隅に置かれている。部屋に泊り込む捜査員も出始め、身の回り品が持ち込まれる。

店屋物の食器が、店員の回収を待って出入り口付近に置かれていたりする。

そして、独特の臭いに満ちていた。

体育会系の部室のような汗の臭い。だが、流れるさっぱりとした汗の臭いではない。ストレスにさいなまれた男たちが発する、脇の下をじっとりと濡らすような汗の臭いだ。それに煙草のヤニと店屋物の残り汁の臭いが混じる。

なるほど、青山にとっては科捜研より居心地がいいのかもしれない。

百合根はそう思った。

青山は、単に居心地のいい場所を求めてここへやってくるだけなのだ。まるで、暑い夏の日に、犬が地面に腹をべったりとくっつけているようなものだ。感覚的に動いているに過ぎない。

青山の秩序恐怖症は、潔癖症の裏返しだ。本来、彼は潔癖症なのだ。だが、彼は、心理学、それも臨床心理学という理性を強いられる分野に進んだ。

潔癖症が秩序恐怖症に転化するきっかけはその理性なのではないだろうかと、百合根は思った。

どんな性癖であれ、それにある程度素直に従っていれば病的なまでの症状にはならない。自分の中の性癖と戦おうとするとき、葛藤が生まれ、神経症のきっかけが芽生える。

青山は、自分自身を心理分析したことがあるのだろうか？

百合根はふとそう思った。

おそろしく頭のいい若者だ。それくらいの試みは経験しているだろう。雑然とした場所に居心地のよさを感じるというのは、その精神分析の結果、彼が自ら発見した葛藤の解決方法なのかもしれない。

潔癖症にしろ、秩序恐怖症にしろ、何かの代償に違いないと百合根は思った。彼は、いや、STのメンバーたちはいずれも、心理的な不安を抱えているからこそ、普通の人が感じないようなことを感じ取ることができ、普通の人が考えないようなことを発想することができるのだ。

青山がプロファイリングをまだやる気になれないというのは、怠慢のせいではない。青山は何かを感じ取っているのだ。百合根はそれを理解していた。

警察という組織では、忠誠心が重視される。個人の都合や思惑は無視されることが多い。

青山翔をはじめとするSTのメンバーのような連中にはやりにくい組織だ。百合根はSTのメンバーを信頼していた。理解できているかと言われれば自信がなくなるが、少なくとも彼らの能力は認めていた。

その能力を発揮するために、警察内での防波堤になるのが自分の役割だ。百合根はそう感じていた。今の立場で彼にできることはそれしかなかった。

夜の捜査会議直前に、赤城左門、黒崎勇治、結城翠の三人が現れた。

「山吹さんは？」

百合根は赤城に尋ねた。

「さあな。今日は研究所へは来てないよ」

「どうしてです」

「日曜だ」

「捜査員たちは土日もなく働いています」

「仕事があれば、俺たちもそうするさ。現に俺たち三人は、科捜研で待機していた。山吹は、用があったんだよ」

「用があった？」

「通夜がダブったんだそうだ。親父さんと二人で手分けして経を上げなければならなかった。もうじきやってくるだろう」

捜査会議が始まり、奥平部長刑事が発言した。自信たっぷりのしゃべり方だ。いかにもベテランという感じで、気負いもなく淀みもない。

高垣は、奥平の報告を複雑な気分で聞いていた。

帝都プラザホテルを出てから、奥平は高垣とひと言も口をきいていない。

熊め。僕に愛想を尽かしたというわけか。高垣は、ただ奥平に反発を感じているだけではない。

へまをやったことは認めていた。素直に謝れなかった自分の態度をも責めていた。

悔しいが熊に謝らなければならないな。

高垣はそう思っていた。だが、そのきっかけがなかった。

熊は僕を無視している。

くそっ。たしかに失敗だったさ。だが、たいした失敗じゃない。熊は大人げない。

「……というわけで、第二の被害者、王明美が勤めていたクラブのオーナーが、もし、魏孫沢と対立する関係にあるとしたら、俄然《がぜん》、報復殺人の線は濃厚になると思われますが……」

奥平は報告を続けている。

まるで一人で聞き込みをしてきたような口ぶりじゃないか。高垣はそう思った。

誰でも報告するときはそういう言い方をする。しかし、今の高垣にはどうしてもそう感じられてしまうのだ。

「それと、もう一つ。王明美が待ち合わせをしていたという女性ですが、第一の被害者である呉白媛の部屋を訪ねていた女性と特徴が似通っているように思われます。こちらの線もたどってみるべきだと思いますが」

あのとき、呉白媛の部屋を訪ねたモデルのような女を思い出したのは手柄だと思っていた。だが、熊は、それくらいは当たり前のことだという態度だった。

たしかに、僕は経験がない。だけど、一所懸命やってるんだ。それを熊のやつは……。

高垣はうつむいたまま心の中で熊を罵《のの》しろうとしていた。そうすることで、自分の傷を癒そうとしているのだ。

司会進行役の永作課長が言った。

「奥平さんは、その女性の線を当たってくれ。王明美の男関係のほうは、また新宿署や本庁の協力が必要なようだ。情報をかき集めよう」

百合根の右隣で、菊川がうなった。

百合根はそっとそちらの様子をうかがった。菊川はその気配を察知したように小声で話しかけた。

「どうやら、おまえさんたちの言うとおりにしてよかったようだな」

「は……？」

「俺は二件の殺人事件を別々に捜査したほうがいいと言った。呉白媛の事件に専念したかったからだ。しかし、あんたの部下はこの帳場でいっしょに捜査したほうがいいと言った。こうして、二つの事件をつなぐ要素が次々と出始めている」

「チャイニーズ・マフィアの件に目を付けたのは菊川さんですよ」

菊川は、横目で百合根を睨んだ。

「気づかってくれるというわけか。警部殿は思いやりがおありになる」

「別に気づかっているわけじゃありません。STは通常の捜査に関しては素人です。しかし、科学捜査に関してはプロなのです。お互いに補いあうことで捜査の効率が上げられると思うのです」

菊川は何も言わず、視線を正面に戻した。百合根は、菊川が今言ったことをどう思ったか気になっていた。だが、会議の途中とあってこれ以上話し合うことはできなかった。

突然、青山が言った。

「三件で連続殺人と呼べるかどうかが鍵だな……」

百合根は思わず尋ねていた。

「それはどういうことです？」

「プロファイリングでは、一般的には被害者が三人いることが連続殺人の条件となっている。でも、研究者の中には四人は必要だという者もいるし、二人でも充分だという人もいる」

百合根は混乱した。

「それは、今かかえている二件が連続殺人かどうかという意味ですか？」

「そうだよ」

「いったい、何を言ってるんです？　同一犯人による殺人でないことは明白だと……」

百合根は、またいつかと同じ議論になりそうなので、言葉を呑み込んだ。

「予言しようか？」

「予言？」

「少なくとも、もう一件、殺人事件が起きるよ」

驚いて百合根が質問しかけたとき、部屋に山吹才蔵が駆け込んできた。僧衣のままだった。斎場からそのまま飛んできたようだ。

「や、どうも遅れまして」

捜査員たちは山吹の出で立ちを見てぎょっとしている。

永作課長が言った。

「会議は終わりだよ」

百合根は、顔から火が出るような気分でうつむいているしかなかった。

10

「変死体だ。おそらく殺しだ」

捜査本部に駆け込んできた捜査員が言った。刑事課に無線が入ったのだ。

本部に残っていた捜査員たちは、一斉に動きはじめた。夜明けからそれほど時間がたっていない。六時を過ぎたばかりだ。

百合根も汗くさい毛布を脱いで身を起こした。彼は誰かが部屋に持ち込んだソファで仮眠を取っていた。

二十九日月曜日の朝だ。

「現場は、中野区本町二丁目……。清願寺境内。発見者は寺の職員だ」

誰かが大声で告げていた。

「行ってみようじゃないか、警部殿」

赤い眼をした菊川が言った。

百合根は、青山翔の予言を思い出していた。青山は、少なくとももう一件、殺人事件が起きると断言したのだ。

青山の頭の中には、すでに何かが構築されつつある。それがプロファイリングを拒否しているのだ。百合根はそう信じることにした。

現場は、山手通りに面した寺の境内だった。山門から入ると雑木林を背景にした本堂がある。左手が庫裡《くり》で、住職の家族はそこに住んでいる。

本堂の裏手、つまり雑木林が見えているほうに墓があるという。

死体の発見者は寺の職員だった。昔で言えば寺男というところだろうか。通報したのもその職員だ。年齢五十三歳。寺に住み込みで働いており、独身だということだ。

「被害者は女性。年齢、二十歳から二十五歳。白人。衣服に乱れはありません。首に絞めた痕があることから、それが死因と思われていますが、詳しくは解剖の結果を待つ必要があります。免許証その他、身分を証明するものは身につけていませんでした」

機動捜査隊員が百合根と菊川に告げた。

中野署強行犯係の捜査員が近づいてきて菊川に言った。

「これ、おたくらの事件かね？」

この捜査員は、捜査本部には参加していない。つまり、この死体も他の二件の殺人事件と関連があるかどうかを尋ねているのだ。

「どうだろうね」

菊川は疲れ果てた様子でこたえた。寝不足が彼をいっそう不機嫌にさせているようだった。「被害者は白人女性だって？」

「ああ。おそらく南米系だ。服装からして立ちん坊じゃないのか？」

「古臭い言い方だな。ストリートガールって言うんだろう」

「どんな言い方したって正体は変わりゃしないよ」

「うちの帳場で扱っている二件は、どちらも被害者が中国人女性だ。南米系となると、ちょっと毛色が違うような気がするな」

「二件の殺人に刺激された模倣犯かもしれんよ」

「あり得るな」

「いや、これは、おそらくこれまでの二件と関連した殺人です」

百合根が言うと、ふたりの刑事は初めてそこに百合根がいることに気づいたように振り返った。

「ST、知ってるだろう？」

菊川が中野署の捜査員に言った。

「ST……？　ああ、科学特捜班とかいうやつ……」

「そこのキャップやってる百合根警部殿だ」

中野署の捜査員は、百合根を値踏みするように見てから言った。

「へえ、そりゃどうも……」

相手は名乗らなかった。

「警部殿。なんで、これが他の二件と関連した殺人だと思うんだね？」

菊川が尋ねた。百合根は、しどろもどろになった。

「同じ中野署管内ですし……、その……、やはり被害者は若い女性なわけで……」

「報復の報復というわけか？」

「え……」

「王明美は、呉白媛殺しの報復殺人だった。それが捜査本部の今の流れだ」

「あ、いや……」

報復に、またしても女を殺したということになるのだろうか？

マフィア同士の抗争なら、幹部などの暗殺にエスカレートしていきそうなものだ。

いや、それよりも、これが他の二件と関連した殺人だと百合根が言ったとき、彼の頭にあったのは、青山の予言だった。

つまり、百合根は咄嗟《とっさ》にチャイニーズ・マフィアの報復殺人ではなく、これが連続殺人だと思ってしまったのだ。

そんなことはあるはずもなかった。

第一の殺人では、被害者の呉白媛の衣服は乱れていた。その上、めった刺しにされていたのだ。第二の殺人では、被害者は全裸で捨てられていた。死体から乳房が切り取られていた。だが、今回、被害者の衣服に乱れはないという。殺人、死体遺棄という点では第二の王明美殺しと似ているが、共通点はあまりなさそうだった。そして、第一と第二の被害者の体内からは、違った血液型の精液が検出されている。

百合根は、青山のひと言のせいで、根拠もなく軽率な発言をしてしまったと、自分を責めた。

「すいません」

百合根は言った。「続けざまに殺人事件が起きたもので、つい……」

「しっかりしてくれよ、警部殿」

菊川が言った。「まあ、事件に入れ込むあまり、何もかもが関連しているように思えてくることがあるもんだ。経験を積むことだね」

「はあ……」

「経験だけでは解決しないこともあるよ」

背後からそういう声が聞こえ、菊川と中野署強行犯係の捜査員は振り返った。中野署の捜査員は、ぽかんとした顔でその声の主を見つめている。

見とれているのだ。百合根にはすでに誰の声かわかっていた。

青山が言った。

「キャップの見解も、間違いじゃないかもしれない」

「どういうことだね、坊や」

菊川が尋ねた。

「連続殺人」

「ばかをいうな」

菊川はしかめ面をした。

「僕、本気ですよ」

「あきれたもんだ。あんた、これまで捜査本部で何をしていたんだ？」

「考えていたのさ。いろいろとね……」

「考えていただと？　いい諺《ことわざ》を教えてやろうか？　下手《へた》の考え休むに似たりというんだ。俺たちはな、考える前にやることが山ほどあるんだ。机に座って考えていたって、事件は解決しないんだよ」

「考えずに歩き回ったって解決しないよ」

菊川は相手にできないというふうに、かぶりを振った。

「ホトケさん、拝んだのか？」

「まだだよ」

「おしゃべりしている暇があったら、早く行ってこいよ。運ばれちまうぜ」

「僕はまだ死体を見ていない。そこでだ。ひとつ、賭けをしない？」

「賭けだと？」

「衣類が乱れていないと言ったね。だけど、おそらく、被害者は乱暴されているよ。膣内に精液が残っているはずだ」

菊川は鼻で笑った。

「その賭けには乗れねえな。被害者はおそらく娼婦だ。娼婦ってのはどういう商売か知ってるんだろうな、坊や」

「知ってるよ。だからさ、娼婦なら体内に精液が残るようなことをする？」

菊川が青山を睨み付けた。何かを考えているのだ。百合根には、菊川が何を考えているか想像がついた。娼婦が客と避妊具を使わずに寝る可能性を考えているのだ。それはほぼあり得ないことに思えた。

「ようし」

菊川が言った。「何を賭けるんだ？」

「僕が言ったとおりだったら、少しは僕たちの意見に耳を傾けてほしいな」

百合根は、菊川がどうこたえるか興味津々だった。第二の殺人が起こったとき、菊川は別々に捜査すべきだと言った。結果としては二つの殺人を結ぶ要素が見つかりはじめた。つまり、青山の意見のほうが正しかったと見ていい。

「わかった」

菊川は言った。「賭けに乗ろうじゃないか。俺が勝ったら、絶対服従だぞ」

青山は、満足げにほほえんだ。前髪がふわふわと揺れた。

STの全員がそろったのは、青山が現れて十分後のことだった。

赤城と黒崎がざっと死体を調べ、例によってごく短い言葉のやり取りを行った。その結果、赤城が言った。

「絞殺だな。紐状のもので絞められている」

青山が念を押すように赤城に尋ねた。

「扼殺《やくさつ》じゃないんだね?」

「ああ。手で絞めたんじゃない。紐を使っている」

「ふうん……。第二の殺人のときも扼殺じゃなく絞殺だったね」

百合根は尋ねた。

「それが何か意味があるんですか?」

「あるかもしれないし、ないかもしれない」

「もし意味があるとすれば……?」

「扼殺は指の跡が残る。手の大きさがある程度判別できるし、それから体の大きさもわかる場合がある」

「犯人はそれを警戒したということですか?」

「可能性はある。それと、力が弱い場合、扼殺よりも絞殺のほうがやりやすい」

「僕にはわかりませんね」

「何が？」

「青山さんの言葉を聞いていると、あくまで三件の殺人が同一犯人による連続殺人だと言っているようです。どうしてそう考えることができるのか理解できないんです」

「だから、何度も言っているでしょう。そう考えているわけじゃないって。その可能性も否定しきれないんだよ。チャイニーズ・マフィア同士の報復？　そう、それも否定できない。でも、そちらのほうは刑事さんたちが考えている。同一犯人による連続殺人というのは、どう考えても可能性は少ないよ。でも、ゼロじゃない。充分に検討せずに、否定するなんて科学的じゃない。僕は科学者なんでね」

「誰も考えていないから、考えてみる。そういうことですか？」

「まあ、そういうことかもしれない」

百合根にはただそれだけとは思えなかった。事実、青山はもう一件殺人が起きると予言して、それが的中したのだ。そして、菊川に賭けを挑んだ。被害者は性的に乱暴されているとまたしても予言したわけだ。

いや、予言ではなく予測か……。

百合根は思った。青山が当てずっぽうに予言をしているわけではないことは明らかだ。彼は、何かの推論によって事実を予測しているのだ。

「第二の殺人との共通点といえば、死体が神社仏閣に遺棄されたということね」

結城翠が言った。

彼女は、今日も胸の開いたミニドレスを着ている。口の悪い捜査員が、ひそかに、被害者と翠のどちらが娼婦かわからないなどと噂していたが、もちろんそのこそこそとした話声は彼女の耳に届いていた。

「いや、共通点と言えるかどうか……」

そう言ったのは山吹才蔵だった。

「どういうこと？」

「あなたは今、神社仏閣とひと言で言ったが、この両者は性質がまるで違うのです。もともと、神社というのは、祭事を行う場所です。つまり、簡単に言えば神とのコミュニケーションの場所なんです。その最大の役割はご託宣《たくせん》を受けること。つまり占いです。一方、仏閣、つまり寺は修行の場です」

「今はたいして違わないじゃない。神仏混淆《こんこう》というんでしたっけ？　奈良時代から仏と神が習合していったと歴史の時間に習ったことがあるわ」

「たしかにそういう一面もあり、神と仏の境がなくなりつつあったこともあります。しかし、さまざまな時代を経て、再び、神道は仏教とはっきりと区別されるに至ったのです。現在では、その性格の違いは明らかです」

「難しいことはわかんないわ。何が言いたいの？」

「別に難しいことを言おうとしているわけじゃありません。簡単なことです。冠婚葬祭を考えてみればいい。一般の人が葬式をどこでやり、結婚式をどこでやるか」

「まあ、結婚式でお経を上げる人はあまりいないわよね」

「仏式の結婚式というのもちゃんとありますよ。私が結婚することになれば、結婚式で経を上げてもらうことになります。また、死者を祭る神事があることも事実です。しかし、一般には、あまり神社で葬式はやらない」

「つまり、神社に死体を遺棄したのと、寺に遺棄したのでは、意味合いが違うと言いたいの？」

「違うような気がしますね」

「それ、興味あるな」

青山が言った。「説明してよ」

「神事というのは、さきほども言ったように、神とのコミュニケーションです。神社というのは、神が一時的に宿る場所。したがって、穢《けが》れを著しく嫌います。神事を執り行うには禊《みそ》ぎをして穢れを一切取り除いてから行わねばならない。そして、死体《むくろ》というのは、神道にとっては穢れなのです。その神経症的なまでの潔癖さは、神を畏怖するところから来ている。日本の神は祟《たた》りの神だからです。王明美の事件のとき、神社に死体を置いていったことについて、ひどく悪趣味な冗談だと私が言ったのはそういう意味です」

「寺に死体を置いていくのとは違うということ?」

「寺に穢れの思想はありません。仏教はもともと自分自身の人生を見つめるもの。つまり修行の教えにほかなりません」

百合根も二人の会話に興味を持ちはじめていた。神社仏閣に死体を遺棄したというのは、考えようによっては共通点と言える。青山は何かを感じ取ったようだ。それが何かはわからない。ただ、百合根は、青山が興味を持ったということ自体に関心があった。

「じゃあ、こういうこと?」

青山が言った。「寺に死体を捨てるというのは、神社に捨てるのに比べると異常性が少ないと……?」

「異常であることには違いはありません。死体遺棄なのですからね。しかし、心理的に言えば、そう、あなたの言うとおり、大きな開きがあるような気がします」

「なぜ?」

「祟りですよ」

「祟り?」

「日本人の精神的土壌は、きわめて深遠です。それは、祟りを恐れる心と、あの世の霊魂を恐れる心です。それが、それぞれ神道と仏教に受け継がれました。神社の神は祟りの神。仏教の仏はあの世の仏です。それは、原始的なシャーマニズムとアニミズムが転化したものです。仏教の教えは日本の土着のアニミズムを受け入れることによって変容しました。シャーマニズムは、卑弥呼に代表される古代民族の宗教観であり、アニミズムはアイヌなどの先住民族の宗教観だったのです」

「かいつまんで言ってよ」

「祟りを恐れる心とあの世を信じる心は今でも日本人の心を強く支配しています。日本人には無神論者が多いなどと言われますが、それは大きな間違いで、この二つの宗教心があまりに深遠で日常と結びついているために、表面的に無神論に見えてしまうのです」

「つまり、特定の宗教を信じるとか信じないとかいう以前に、そういう宗教観がしみ込んでいるということ？」

「そうです。日本人はみな祟りを恐れています。日本は治安がいいと言われますが、もともとはそうした宗教観のせいかもしれません。いいですか？　神社を汚すと祟りがあると感じるのが普通なのです。祟りを恐れる気持ちは、現実の法律よりも人々に強く作用することが多いのです。神社に死体を捨てるなど、祟りを恐れぬ所業です。私が異常性を感じると言ったのは、そういう意味です」

「寺に死体を捨てるのは？」

「死体遺棄はたしかに異常な行為ですが、精神的にはそれほどの異常性を感じませんね。むしろ、手厚く葬ってやってくれという、犯人の罪の意識さえ感じられます」

「うーん、またわかんなくなってきたな」

青山が言った。「祟りを恐れる気持ちね……」

「何がそんなに問題なんです？」

百合根は青山に尋ねた。「たしかに異常ですが、だいたい、死体を凌辱して遺棄するような異常な犯人なんですよ」

青山は、悲しげな表情で百合根を見た。百合根にはその表情の意味するところが理解できなかった。

「キャップ……」

青山は出来の悪い子供に言い聞かせるような口調で言った。「異常な犯人などという曖昧な言い方をしてもらっちゃ困るな」

「え……」

「もし、これらの殺人が連続殺人と仮定すれば、王明美殺しはある典型的なパターンと一致する。そんな話をしたことがあったね」

「ええ。淫楽型と呼ばれるパターンです」

「淫楽型の現場は秩序型か無秩序型か知ってるよね」

「秩序型です。ある程度の計画性を持っているのが普通です」

「そう。なぜかといえばね、淫楽型の犯人はその性的な部分にのみ異常性が集中しているからなんだ。それ以外の日常感覚にそれほど異常は見られない」

「しかし、すべてのケースがパターンに当てはまるわけじゃないでしょう?」

「だからさ、あの事件はどの点をとっても淫楽型にぴったり当てはまる。今、山吹さんが言った異常性を無視すればね」

「異常性が一つ付け加えられたというだけじゃないですか」

「いや」

青山は言った。「それだけじゃないね。僕の中でひどく座りが悪いような気がするんだ。すごく違和感がある」

「どうしてです?」

青山はぽかんとした顔で百合根を見た。百合根は何かばかな質問をしてしまったかのように落ち着かない気分になった。

青山が言った。

「さあ、どうしてだろうね」

結城翠がくすっと笑った。百合根は自分が笑われたのかと思った。だが、翠はまったく別のほうを見ていた。遠く離れた山門のそばで菊川と顔見知りらしいどこかの捜査員がぼそぼそと立ち話をしている。翠はそれを見ていた。

「何だい？」

青山が翠に尋ねた。翠は愉快そうな笑顔のまま言った。

「菊川のオヤジ、青山君と賭けをしたんだって？」

青山がうなずいた。

「ああ。それがどうかした？」

「相当気にしているようよ。被害者が性的に乱暴されているかどうか、しっかり調べてくれ、なんて念を押している。どういうこと？」

「被害者は間違いなく乱暴されているよ。そしてＳＭまがいの拷問も受けているはずだ」

「何を賭けたの？」

「負けたら、彼は僕らに屈伏するのさ」

百合根は驚いた。

「あなた、ただ話に耳を貸せと言っただけじゃないですか。屈伏だなんて……」

「結果的にそうなるさ」

「おもしろいわね。自信過剰のオヤジにはいい薬だわ」

翠が言った。「でも、がっくり落ち込んだりしたら、ちょっとかわいそうね。そうなったら、慰めてあげようかしら」

それを聞いて女性恐怖症の赤城が心底不愉快そうな顔をした。

その夜、検死報告や解剖の結果が捜査本部に届いた。

紐状のもので首を絞められたのが死因だった。そういう場合に通常見られる引っかき傷、つまり吉川線が見られない。その理由は手首の痣《あざ》のような痕から想像された。被害者は、手首や足首をロープのようなものできつく縛られていたのだ。

打撲傷や擦過傷が多数見られた。拷問を物語っている。

そして、被害者の膣内と下着から精液が検出された。血液型はA型だった。

その報告を聞いた菊川は、たちまち不機嫌になった。むっつりと黙り込んで正面の幹部たちを見据えたまま身動きをしなくなった。百合根は、青山の顔を見た。青山は、いつもと変わらない表情だった。捜査本部の中では退屈そうにしている。勝ち誇ったような様子もない。

青山にとっては、当然の成り行きだったということか……。

百合根はそう思った。

さらに、永作課長による報告が続いていた。

「被害者は、年齢二十歳から二十五歳の南米系と見られる白人女性。身長百六十センチ、体重五十キロ。現在、新宿署の協力を得て身元割り出しに努めています。風体から見て、街娼だった可能性が強く、新宿署生活安全課にある記録と照合しています。また、入管にも問い合わせています。殺害の犯行時刻は、昨夜深夜から未明にかけて。殺害の場所は、発見の場所とは異なっていると見られています。つまり、殺人ならびに死体遺棄ということになります。現時点ではこんなところですが、何か質問は？」

百合根の右手前方で一人の捜査員が手を挙げた。熊のような風体の刑事だ。たしか、奥平という本庁の部長刑事だったなと百合根は思った。

奥平は言った。

「その殺人も、過去の二件の殺人と関連があるということですかね？」

永作課長は事務的にこたえた。

「今のところは、あくまでも参考として経緯《いきさつ》を報告している。これが関連ある殺人かどうかの結論は出ていない」

「ひとつの帳場で二件の殺人を抱え込んでいる。ただでさえ人が足りなくてあっぷあっぷなんですよ」

「誰だってそんなことはわかっている」

永作課長の口調が冷やかになった。「だが、関連ある殺人だという可能性はある。はなから無視はできないだろう」

「どうしてです？　中野署管内で起きた事件だからですか？　しかしね、過去二件の被害者は両方とも中国人ホステスだ。だが、今度は南米系の娼婦でしょう。共通点があるとは思えませんね」

「だが、手口は共通している。王明美の事件と同じく絞殺で、死体を遺棄している。王明美の場合は神社だったが、今度は寺だ。神社仏閣に死体を捨てるというのも共通している」

「残留していた精液の血液型がまた違う。今度はA型でしょう。模倣犯ですよ。私はそう思います」

「そうかもしれない。だが、その根拠がない。過去の二件だって、当初、別々の事件として扱おうとしていた。だが、捜査を進めるうちに、チャイニーズ・マフィアが絡んだ事件という可能性が出てきた」

「じゃあ、今度のヤマも、私らが引き受けることになるんですか?」

「応援は要請するよ」

池田理事官が言った。「本庁からも人を連れてくるし、近隣の署からも応援を募る。捜査本部を拡充する」

奥平は、まだ何か言いたそうだったが、池田理事官にそう言われては言い返すことはできない。

皆苛立ってきている。百合根はそう感じた。捜査が思ったように進展しない。それに加えて、警察をあざ笑うようにまたしても殺人事件が起きた。捜査員たちは、苛立ち、腹を立てている。もともと争いごとが嫌いな百合根はこういう雰囲気が苦手だった。

やはり、自分は警察官になど向いていないのだろうか……。こういうとき、ついそんなことを考えてしまう。周囲の警察官たちが自分とは異質な人種に思えてしまうのだ。彼が警察庁を志望した動機は正義感だった。だが、警察というのは、単純な正義感だけでは渡っていける社会ではないのかもしれない。百合根はこれまで幾度となくそんなことを考えた。考えてもどうしようもないことだが、男気だの度胸だのを声高に自慢する周囲の警察官たちを見ていると、どうしてもそんな気がしてしまうのだ。

百合根は、菊川が何を考えているか気になっていた。そっと様子を見ると、菊川はさきほどとまったく同じ姿勢で正面を睨み付けていた。

「……ということは、今回の殺しも、チャイニーズ・マフィアのしわざということになるんですか？　報復のまた報復というような……」

別の捜査員が言った。

「その可能性はある」

永作課長が言った。「いずれにしろ、まず被害者の身元を割り出すことが先決だ。他にこの件について質問がなければ、王明美殺しの件について、進展があったようなので報告してもらう」

永作課長は、捜査員の一人に目配《めくば》せした。本庁の捜査員だった。彼は自分の出番はまだかとそわそわしていた。

「王明美の男関係が判明しました」

その捜査員は、周囲の反応を楽しむように間をとってから続けた。「永尊、四十六歳。台湾出身の流氓です。中華料理店『松軒楼《しょうけんろう》』のオーナーで、そのほかにも、台湾クラブをいくつか持っています。王明美はそのひとつに勤めていました。新宿署生安課のリストに載っており、揚丁華の証言と一致する人物です。愛人が数人おり、その一人が王明美であったと思われます。永尊は、竹連幇《ジュリエンパン》と関わりがある人物として新宿署がマークしていました」

捜査本部全体がざわめいた。

これで、陳麗の話――三合会に関わりのある人物と、竹連幇に関係する人物の抗争という構図が裏付けられたことになる。

「その男と王明美の関係の裏付けは？」

「それはまだはっきりとは取れていませんが、ほぼ明らかだと思います」

「裏取りを急げ」

「わかりました」

「こりゃあ、決まりかもしれんな」

池田理事官が言った。「魏孫沢と永尊両名にウチコミ掛けるか？」

「そうですね……」

永作課長は、考えながら言った。「家宅捜索の令状《オフダ》は降りるでしょうね……」

「何か出てくるに違いない」

捜査本部がにわかに活気づいた。苛立ち疲れ果てていた捜査員たちは、目標がはっきりしてきたことで元気を取り戻したのだ。捜査員は猟犬と同じだ。獲物が見えると、疲れも忘れて活力を得る。

香港マフィアと台湾マフィア。表面上は手を組んでいながら、裏で抗争を続ける。よくある話だ。

構図がはっきりしたこともあり、捜査は、報復殺人という筋に沿って流れはじめた。

「よし、魏孫沢と永尊に捜査の的を絞ろう。どうやら、それが近道のようだ」

永作課長はそう言って会議を締めくくろうとした。

「ちょっと待ってよ」

そう言って捜査員一同の注目を集めたのは、青山だった。

百合根はひやりとした。また青山が捜査員たちの反感を買うようなことを言いだすのではないかと心配だった。

「STさん、何か？」

永作課長は少々迷惑そうな顔で言った。

「例の女の人はどうなったの？」

「女の人？」

「呉白媛と王明美の両方に接触した女性だよ」

「それは、彼が当たっている」

永作課長は、奥平を指さした。

「その女性を突き止めるのに、もっと力を入れたほうがいいと思うけどな」

「もちろん、そちらにも力を入れる。しかし、呉白媛のアパートを訪ねた女性と、王明美と待ち合わせしたという女性、その両者が同一人物であるという確証はない」

「だからさ。その確証をつかむためにも、その女性の捜査に力を入れるべきだと言っているんだよ」

永作課長は、冷やかに青山を見つめると言った。

「言ってることの意味がよくわからんが……」

「ものすごく気になるんだよ」

永作課長と池田理事官が顔を見合わせた。永作課長はお手上げだとばかりに、池田理事官に任せることにしたのだ。

池田理事官が青山に言った。

「何か根拠があってのことなのかね？」

「根拠ねえ……」

青山は、ぼんやりと宙を眺めてから、理事官に視線を戻して言った。「いや、形になる根拠はないな……」

「だが、専門家としての何かの根拠があるのだろう」

「だから、専門家として気になるわけで」

「それでは話にならないんだ。捜査本部の方針に従ってもらわなければ困る」

「捜査はチームワークだということはよくわかっていますよ。でもね、あらゆる可能性を検討しなければならないという面もあるでしょう?」

百合根は、不思議なことに青山に頼もしさを感じはじめていた。

捜査がチャイニーズ・マフィアの抗争という筋に、あまりに急速に流れていこうとすることに危惧を抱いていたのもたしかだった。青山はその極端な流れにブレーキをかけようとしているのだ。ここで助け船を出すのが自分の役割だ。百合根はそう思った。だが、青山の発言はあまりに根拠にとぼしい。無駄な抵抗に思えた。

何かを言わなければならない。とにかく、何かひと言を……。

百合根がそう思ったとき、突然、菊川が言った。

「じゃあ、こうしたらどうです?現在、奥平がそっちの捜査をやっているわけでしょう?俺とSTがそっちを手伝う。つまり、その女の捜査をやるわけです。それなら、捜査にさほど影響は出ない」

永作課長は意外そうな顔で菊川を見ていた。まるで裏切られたような表情だった。

池田理事官は、菊川を見つめ、永作課長に何か耳打ちをした。永作課長も菊川を見たままうなずいた。

池田理事官が言った。

「いいだろう。たしかにその女のことも無視はできない」

会議が終了した。

百合根は不思議な気分だった。菊川が青山寄りの発言をした。

菊川は百合根の視線を感じたのか、ぼそりと言った。

「捜査に混乱をきたすわけにはいかねえ。ああでも言わねえと収まりがつかんだろう」

「僕は何にも言ってませんよ」

「言わなくたって、何考えてるかわかるさ。勝ち誇ったような気分なんだろう？」

「そんなことはありません」

菊川は大きく深呼吸をしてから言った。

「しゃあねえだろう。賭けに負けちまったんだから」

「僕は勝ち負けなんて考えていません。捜査が間違った方向に進まなければいい、そう考えているだけです」

「警部殿はおりこうさんだ。ということは、警部はチャイニーズ・マフィア同士の抗争という線は間違っていると言いたいのか？」

「そうじゃありません。あまりに急速にそっちのほうへ傾くのが何か危険な気がするのです」

菊川は百合根を睨んでいた。何かを考えているのだ。やがて、菊川が言った。

「そうだな。いずれにしろ、事件の全貌はまだ見えていない。問題は最後に笑うのが誰かということだ」

11

リリィ・タンは、時計を見た。午前十時半。ホテルのルームサービスに朝食を運ばせ、コーヒーを飲みおえたところだった。

ロサンゼルス時間の午後五時ちょうどに、ジュリアーノ・グレコあての報告の電話を入れることになっていた。リリィ・タンは、ホテルの部屋から電話を掛けた。

ジュリアーノ・グレコは時間にうるさく、一分でも遅れることを好まない。秘書が出てすぐにジュリアーノ・グレコに代わった。

「報告を聞こう」

グレコは挨拶もなしに言った。いつものことなので、リリィ・タンは別に気にしなかった。

「化粧品部門については、充分にわが社が参入していく土壌があると思います。かつて、日本の大手化粧品会社は、巨額な宣伝費を投じてイメージ戦略に努めてきました。一流デパートなどにインストラクターを派遣する一方、再販制で自社商品へのプライオリティーを構築する戦略を取ってきました。しかし、コンビニエンスストアが急速に増加し、若い層の購買行動が変化し、またバブル経済の崩壊等により化粧品に対する購買行動も変化してきたのです。消費者は安価で品質がよく、しかも気軽に購入できる商品を求めています。それは、グレコ社の化粧品部門の戦略と一致しています」

「わかった。資料を添付して今言ったことを書類にまとめてくれ」

「はい」

「もう一件のほうはどうだ？」

「おおまかなことしかわかっていません」

「わかっているところまででいい」

「日本のドラッグ市場は、長い間ヤクザが牛耳ってきました。基本的に今のところその構図は変わっていません。しかし、ヤクザが扱うシェアは年々減りつづけています。さらに、これまでヤクザが手を付けなかった若い購買層が開拓されています。今では、高校生や中学生が覚醒剤などを購入する例が増えています。ヤクザのシェアに食い込み、新しい購買層を開拓しているのは、日本に急増した外国人です。さまざまな勢力が入り乱れており、整理することが難しいのですが、おおまかにチャイニーズ・マフィアの系統と、南米系に分けられると思います。南米系はイラン人などを巻き込んでいます」

「チャイニーズ・マフィアのことは、こちらでも情報を得ている。実際にはどういう具合なんだね」

「台湾マフィアと香港マフィア。これが二大勢力だと思います。その他に大陸系のマフィアがいますが、それほど組織化されているようではありません。台湾系と香港系は、それぞれ雑多な小グループを抱えていて、互いに争っています。ときには、同じ系列内で抗争をする例もあるようです」

「こちらの得ている情報とそれほど違ってはいないようだ。それで、南米系のほうはどうなんだ？」

「コロンビアのカルテルの生き残りが日本にやってきているという情報を得ています。手ごわい連中です。彼らは中国人と直接ことを構えたりはしないようです。その代わりに、彼らはイラン人を組織の末端に加えており、直接の取引をやらせたりしているようです。チャイニーズ・マフィアと直接衝突するのは南米人ではなく、イラン人なのです」

「コロンビアのカルテルとイラン人か……。どうやって結びついたのだろうな」

「イラン人は組織力を持っています。彼らは、高校生などの若い世代に薬を売るのがうまい。カルテルはそこに目を付けたのです。イラン人の売人のほうも、常に供給源を求めています。また、イラン人は南米系の娼婦に近づいてボディーガードを申し出、そのまま情夫になるケースも多いと聞いています」

やや間があった。グレコは頭の中で情報を整理しているようだ。

「短期間に多くのことを調べてくれた。今後もその調子で頼む」

「承知しました」

「ところで、私は日本の警察に興味を持っている。犯罪に対する検挙率が世界で一、二を争う高さだと聞いている。一方、腰抜けだという説もある。どう思うね」

「日常生活で警察の威圧感を感じることはありません。彼らの拳銃は、女性の護身用程度のものでしかなく、それを使用することも極端に少ないようです。犯罪の検挙率の高さは、警察の力というより、日本人の国民性に因《よ》っているのではないかという気がします」

「捜査能力のほうはどうなのだろう」

「日本の捜査員はスタンドプレイを嫌うようです。アメリカのように新聞やテレビで捜査員の名前が公表されることはまずありません」

「それではやる気も起きんだろうな」

「日本人とアメリカ人のメンタリティーの違いかもしれません。日本の刑事は、目立つことをやりたがらないようです」

「私はその謙虚で勤勉な日本人の国民性も気に入っている。いつの日にかそんな国民の上に君臨してみたいものだ」

「はい」

「では仕事を続けてくれ」

「承知しました」

電話が切れた。

受話器を置くと、リリィ・タンはしばらくじっと手元を見つめて考えていた。

謙虚で勤勉な国民性。

グレコは日本人をそう評した。彼は表面的にしか見ていない。リリィ・タンはそう感じていた。日本でそれほど長い日数を暮らしたわけではない。にもかかわらず、リリィ・タンはうんざりしていた。

表と裏。日本人を端的に表現するには、これ以上の言葉はない。日本人と接するときには常に裏を考えなければならない。どんな日本人も、リリィ・タンには親切にしてくれる。しかし、それが彼らの本心かどうかはわからないのだ。

日本にやって来た当初、リリィ・タンは、人々の感情表現が穏やかで実に過ごしやすい国だと感じた。だが、その印象が次第に変わってきた。本心がわからないという不安に駆られはじめた。

以来、彼女は日本人は世界一信用できない国民だと信じるようになった。

「わかりました。前向きに考えましょう」

商談の相手がそう言ったとき、アメリカでは事実前向きに何かを考えることを意味している。しかし、日本ではそうとは限らないのだ。それが断りの言葉であったりする。

そして、昼間の理性的な顔の裏には、夜の恥知らずの顔がある。男たちは、夜になるとたちまち酒好きになり、好色になる。そして、彼らは厳然とした差別意識を持っている。女を買うとき、性差別だけでなく明らかな民族差別をあらわにする。

街角に立つ東南アジアや南米の女性を見下している。日本人の女性と同様には扱わないのだ。

もしかしたら、自分もそうした差別の眼で見られているのかもしれない。リリィ・タンはそう思いはじめた。そうなると、日本はとても居心地の悪い国となった。

外国人に対する差別とコンプレックス。グレコはこの事実に接したとき、どう考えるだろう。

リリィ・タンはそんなことをぼんやり考えていた。しかし、それは彼女の考えるべきことではないと結論付けた。

彼女はバスローブを脱ぎ捨て、見事な肢体を鏡に映すと、ジバンシーのコロンを景気よく吹き掛け、身支度をはじめた。

「菊川班長が助けてくれりゃ百人力ですがね……」

熊のような風体の奥平が言った。「あの連中は使い物になるんですか？」

彼は、少し離れたところで手持ち無沙汰な様子で腰掛けているSTたちのことを言っているのだ。すでに他の担当の捜査員たちは出掛けている。彼らは、この先の方針をはっきりさせるために本部に残って打ち合わせをすることにしていた。

「言葉に気をつけろ」

菊川は不機嫌そうに言った。

「何でです」

「聞こえるんだよ」

「聞こえる？　こんなに離れて小声で話しているんだ。何言ったってだいじょうぶですよ」

「嘘だと思うなら、あの女の悪口を言ってみろ」

奥平はそっと結城翠を見た。

「悪口だなんて……。あんな女滅多にお目に掛かれませんよ」

「好みか？」

「あんないい女、嫌いだなんて言うやついませんや。一度、お相手したいものだ」

そのときはっきりと翠の声が聞こえた。

「お断りよ！」

奥平はぎょっと翠のほうを見た。翠は、嘲《あざけ》るような調子でほほえんでいる。そのほほえみが妙に妖艶だ。奥平は鼻面をどつかれた熊のような顔で菊川を見た。

「どういうことです？」

「だから言っただろう。聞こえるんだって……」

「へえ……」

「さ、連中といっしょに打ち合わせを始めるぞ」

菊川はSTの連中に近づいた。奥平はすっかり毒気を抜かれた様子だった。

「俺たちの目的は、謎の美女を見つけることだ」

菊川が言った。「今、奥平と彼の相棒がその捜査をしている。ええと、名前なんたっけ？」

「高垣です」

「奥平と高垣にはそのまま捜査を続行してもらおう。俺と警部殿が組んで彼らと手分けをする。さて、奥平、どこから手を付ける？」

「今、帝都プラザホテルの聞き込みをやっています。王明美とその女が待ち合わせていたのがホテルの喫茶室。目撃者も複数いるはずです。ホテルの宿泊客だった可能性もあります」

「それが一番の早道だな。とにかく王明美と待ち合わせていたという謎の美女を発見するんだ。見つけさえすれば、呉白媛の部屋の前で女を見かけたという出前持ちに面通しをさせることもできる」

「いいなそれ。気に入ったよ」

青山が言った。

菊川が睨むように青山を見た。

「何がだ?」

「謎の美女という言い方。なかなか素敵だよ」

「気に入ってくれてうれしいぜ」

菊川は嚙みつきそうな顔で言った。「これからずっとそう呼ぶことにするよ」

「それで、僕たちはどうすればいいの?」

「あんたたちは、警部殿とワンセットだ。一般職だからな。手帳も手錠も拳銃も持っていない」

「つまり、菊川さんと行動を共にするということ?」

「そういうことだ」

「わあお」

「何が、わあおだ。文句あるか?」

「とんでもない。楽しみだよ」

菊川は青山を無視して奥平に言った。

「人数が必要なら少し回そうか?」

奥平はSTのメンバーを見て言った。

「いや、素人がいっしょだとかえって面倒だ」

「わかった。俺たちは、もう一度その王明美のルームメイトに会ってみよう。何という名だったかな？」

「揚丁華」

「新大久保のアパートだったな」

「そうです」

「よし」

菊川は一同の顔を見回して言った。「出掛けよう。なんとしても謎の美女を見つけてみようじゃないか」


高垣は、絶望的な気分だった。ホテルは小さな一つの街だ。出入りする人は多い。そこにいる人々は行きずりの人でしかなく、出会う人を覚えている人は少ない。

従業員も同様だ。毎日、膨大な数の人に出会う。そして、彼らはホテルに出入りするすべての客の素性《すじょう》を把握しているわけではないのだ。

喫茶室で、謎の美女を覚えていたウェートレスにもう一度話を聞いた。話の内容は前回と変わらなかった。新しい情報はない。

ドアマンやベルキャプテンなどに尋ねてみたが、彼らは謎の美女のことを特に気にしてはいないようだった。他に気にすることがたくさんあるのだろう。ホテルにはお得意さんが何人もいるはずだ。芸能人や文化人といった連中もやってくる。彼らはまずそうしたＶＩＰのことを気にしなければならないのだ。ホテルの中をうろついていると、何だか自分たちが場違いな場所にいるような気がしてくる。

彼は、こうした豪華で落ち着いた雰囲気の中にいるとどうしても気後れしてしまうのだった。

もちろん、支配人に会って協力を要請してある。だが、高垣はそれだけですべてが許されたとは思っていなかった。どこへでもいつでも平気で顔を出す奥平のことが気恥ずかしかった。

熊はのそのそと平気で歩き回る。ホテルの従業員は概して協力的だった。慇懃《いんぎん》な態度で接してくれる。しかし、迷惑に思っているのは明らかだった。

「写真の一枚もありゃあな……」

一回りして、ロビーのソファに腰を下ろすと、奥平が言った。「顔も名前もわからないんじゃ、雲をつかむような話だ」

「そうですね」

「こうなりゃ、宿泊している中国人の女の部屋を片っ端から当たってみるか……」

「それは無茶ですよ。ホテルが許してくれるはずがない」

「宿泊客のリストくらいはもらえるかもしれない」

「どうでしょう。プライバシーの問題が絡んできますからね。ホテルの信用に関わるでしょう。それに謎の美女が宿泊客とは限らない」

「おい」

「は……」

「てめえは何なんだ？」

「え……」

「ホテルの人間か？　刑事だろう。刑事は相手の都合なんて考える必要はねえんだよ。何としてでも欲しいものを手に入れる。それでいいんだ。なぜだかわかるか？　俺たちは正しいことをしているからだ。誰に遠慮することもねえ」

高垣は、今初めて奥平の行動原理を知ったような気がした。奥平は口うるさい厭味《いやみ》な男だ。だが、自分のやっていることが正しいという信念を持っている。だから、迷ったり、ためらったりせずに済むのだ。

それは、高垣にとって、重要な瞬間だった。警察官の心得といったような話を初任科のころから何度も教えられた。しかし、それはうわべだけのものだった。奥平のひと言は、驚くくらい心に響いた。

「さ、もう一度支配人に会いに行こう。これ以上ふたりでうろつき回っても埒《らち》があかねえ」

奥平は立ち上がった。

高垣も慌てて立ち上がり、言った。

「あの、奥平さん……」

「何だ……？」

「昨日のこと、すいませんでした」

「昨日のこと……？」

「ウェートレスを尋問しているとき、その……、モデルのような女と僕が言ったことです」

「おう。ああいうへまは二度とやるな」

奥平はオフィスに向かって歩き出した。

やっぱり嫌なやつだな。

高垣はそう思った。しかし、謝ったことで気分が軽くなっていた。そして、警察官としては、奥平のことを認めてもいいかなと思いはじめていた。

支配人は相変わらず慇懃な態度だったが、決して首を縦に振ろうとしなかった。

五十がらみのスマートな紳士だ。頭の脇に白いものが混じっている。それがまた優雅な印象を引き立たせている。ホテルマンはかくあるべしといった男だった。

「もちろん、出来る限りの協力はすると申しました。しかし、それは限度を越えているように思うのですが」

「必要なことです。九月二十二日から今日までの中国人女性の宿泊客のリスト。そして、彼女らの部屋を訪ねて話を聞くこと」

奥平は引かなかった。「これは、殺人事件の捜査なのです。ご協力ください」

「その女性は容疑者なのですか？」

「そうじゃありません。しかし、何かを知っている可能性がある。私らはなんとしてでも彼女を見つけなければならないのです」

「令状をお持ちなら、何も言わずに指示に従いますよ」

「強制捜査となれば、さらにご迷惑がかかるかもしれない。刑事たちが大挙して押し寄せてきて、部屋を片っ端からノックして歩くことになる。だから、こうしてお願いしているのです」

支配人は考え込んだ。いろいろなものを天秤にかけているに違いないと高垣は思った。難しい選択だ。自分が支配人の立場でなくてよかったと彼は考えていた。

「中国人女性の宿泊者リスト」

やがて支配人は言った。「その他に何が必要ですか？」

奥平の表情に勝利の笑みが一瞬浮かんだのを高垣は見逃さなかった。

「喫茶室に、目的の女性の顔を知っているウェートレスがいます。彼女を連れて部屋を訪ねたいのですが……」

「部屋の中には絶対に足を踏み入れない。それを約束していただけますか」

「もちろんです」

「わかりました。ご協力しましょう」

「恩に着ます」

そう言った奥平の口調が、それほどありがたがってはいないように高垣には聞こえた。

現在宿泊している中国系の女性はそれほど多くはなかった。中国、台湾、香港、合わせて十四名だった。うち、七名が台湾在住、五名が香港在住、中国から来た女性宿泊客は二名しかいなかった。

そのほとんどが昼間は外出している。奥平と高垣は、すべての部屋を訪ねるのに夜の九時までかかった。ウェートレスには勤務時間後も頼み込んで残ってもらった。

高垣は、ウェートレスに対して申し訳ない気持ちでいっぱいだった。警察の都合で彼女の時間を奪っているのだ。彼女にも予定があったかもしれない。

奥平は平気な顔をしているが、高垣は奥平ほど割り切って考えることはできそうになかった。

九時過ぎにすべての中国系女性の宿泊客を訪ね終えた。しかし、結果は空振りだった。ウエートレスは、謎の美女を見つけることはできなかった。

第一、リストの中で謎の美女の年齢に該当するのは、半分の七名だった。念のためにすべての部屋を訪ねたのだが、その中に謎の美女はいなかった。

ウェートレスには丁重に礼を言い、引き上げてもらった。

「もともと宿泊客じゃなかったか、すでにチェックアウトした客の中にいるかですね」

奥平は何も言わない。何かを考え込んでいる。間が持たなくなった高垣はさらに言った。

「リストを捜査本部に持ち帰って検討するしかないでしょうね。もしかしたら、謎の美女は、国に帰ってしまっているかもしれない……菊川さんたちが何か見つけてくれるといいけど……」

奥平はじろりと高垣を睨んだ。高垣は、また何か文句を言われるのかと思った。だが、そうではなかった。

「おまえ、謎の美女についてどう思う？」

「どうって……」

「事件と何か絡みがあると思うか？」

「その可能性があるからこうして足取りを追っているんでしょう」

「捜査本部全体では、あまり重視していない」

「そんなことはないでしょう……」

「いや、そうなんだよ」

「じゃあ、どうして僕たちが足取りを追わなければならないのですか？」

「いいか？　捜査には本筋というものがある」

「本筋？」

「そうだ。容疑者へ一直線に結びついている線だ。そこに割り当てられる捜査員てのは、いわば当たりくじだ。事件が解決した瞬間の充実感が違う。その他、消去法のための捜査というのがある。つまりだな、ある線がどれくらい可能性がないかを明らかにするための捜査だ。こいつは貧乏くじだぜ。だが、大半はそういう捜査に割り当てられるんだ」

「そんな……。それらすべてを総合して捜査じゃないですか。どれが当たりでどれが外れなんてないはずです」

「それがあるんだよ。本部の中の花形というのがある。誰だって花形になりたい。一歩でも本ボシに近づきたいと思うもんだ。そう思わないやつは刑事には向いていない」

奥平の言っていることはわからないではない。それが人情というものだ。しかし、それがどれくらい重要なことか高垣にはまだわからなかった。

奥平は捜査の世界だけに生きているような男だ。少なくとも、生活の中で仕事が占める割合が一番多いはずだ。だから、どうしてもその中でプライオリティーを付けたくなる。彼にとって一番大切なのは、捜査で手柄を上げることなのかもしれない。

それは警察官として当たり前のことなのだろうが、僕はそうはなりたくないな。高垣はなんとなくそう考えていた。

「それで、奥平さんは謎の美女のことをどう思っているのですか?」

「外れだよ。貧乏くじだ」

「そうでしょうか」

「そうだ。捜査会議の雰囲気でわかる。誰もそんな女のことは気にしていなかった。この事件の本筋は二人のチャイニーズ・マフィア。つまり、魏孫沢と永尊だ。あの女のことにこだわったのは、STの若いやつ一人だけだ」

「しかし、必要な捜査でしょう」

「そう。必要でないとわかるまでは必要な捜査だよ。それだけのことだ」

奥平は、謎の美女の足取りを追うという任務にそれほど情熱を感じてはいないようだった。にもかかわらず、支配人にあれだけの強固な態度で協力の申し入れをし、ウェートレスに無理を言って付き合わせた。

これでやる気を出したらどうなるんだろう。

高垣は溜め息をつきたい気分だった。そして、一方では、こう考えていた。

本当に謎の美女の足取り捜査は貧乏くじなのだろうか?

12

百合根は、ただ菊川に付いていくしかなかった。聞き込み捜査において、ぞろぞろと七人もの人間がいっしょに行動するというのは異常なことだ。菊川はそのハンディにじっと耐えているに違いない。

テレビの刑事ドラマだと、所轄の刑事たちは最新のスタイルの車に乗っている。それぞれが覆面パトカーという設定だが、実際には捜査本部の人間が使える車など限られている。菊川は電車を使っていた。

当然、百合根をはじめとするＳＴのメンバーも電車で移動した。新大久保の揚丁華のアパートまで来ると、菊川は翠に言った。

「あんた、警部殿といっしょに来てくれ。他の連中は下で待機だ」

「どうしてあたしだけ？」

菊川は翠から眼をそらすようにして言った。

「前回の実績があるからだ。あんたの耳が役に立つかもしれない。それに、相手は女だからな」

「了解」

菊川はほっとしたような表情を見せ、階段を昇った。どうやら、菊川は翠にどう接したらいいか決めかねているようだ。その次に百合根が続き、最後に翠が続いた。

ドアをノックすると、即座に返事があった。

「誰？」

「すいません。警視庁の者ですが、ちょっとお話をうかがいたいのですが……」

ドアが開いて、揚丁華が顔を出した。色が白くて、美人だ。だが、その眼に敵意があった。百合根は、その敵意にすぐさま反応したが、菊川はまったく平気なようだった。

「揚丁華さんですね？」

「もう、いっぱい話した」

揚丁華は冷たく言った。

「申し訳ありません。もう一度、うかがいたいのです」

「刑事さん、こわいよ」

「お話をうかがうだけですよ」

「前に来た刑事さん、私を警察に連れていくと言ったよ」

百合根は思わず菊川の顔を見ていた。菊川は気にした様子はなかった。

「だいじょうぶです。王明美さんが、帝都プラザホテルでお会いになった女性についてうかがいたいだけです」

「もうたくさん。私、何も知らないよ」

「王明美さんは、その女性について、何もあなたに話しませんでしたか？」

「何も話さないよ」

「どんなことでもいいんですけどね」

「お客さんだと言っていたよ。話したのそれだけ」

「お客さん？　勤めていたお店に来たということですか？」

「そこで仲良くなったと言っていた」

「王明美さんが勤めていたのはクラブですね。そういう店に女性が一人で来るのは珍しいんじゃないですか？」

「そんなこと、知らないね。私、関係ないよ」

菊川は百合根を見た。何か訊くことはないかと眼で尋ねている。百合根は、咄嗟《とっさ》にSTのメンバーのことを考えた。彼らが活用できるような情報はないかと思ったのだ。

「電話は留守番電話ですか？」

揚丁華は怪訝そうな顔で百合根を見た。

「そうです」

「拝見してよろしいですか？」

揚丁華は、抗議の姿勢を見せたが、やがて、仏頂面《ぶっちょうづら》のまま言った。

「どうぞ……」

百合根は上がり込み、電話機を見た。かなり古いタイプの留守番電話機だった。

「自動的に消去しないタイプだ。このテープの中に、王明美さんあてのメッセージが残っていないでしょうか？」

揚丁華は相変わらず不思議そうな顔で百合根を見ている。菊川も百合根の行動をただ黙って見つめていた。

「わからないよ、そんなこと」

「巻き戻して聞いてみてくれませんか？」

揚丁華は、もはや抵抗しなかった。不機嫌そうに留守番電話のテープを最初まで巻き戻すと、再生した。

次々とメッセージが再生されていく。中国語がほとんどだ。たまに、クラブの客らしい男性の日本語が混じる。

やがて、テープは最新の録音のところまできて無音になった。

「どうです？　それらしい女性のメッセージはありませんでしたか？」

「それらしい……？」

「王明美さんとホテルで待ち合わせた女性のものと思われるメッセージです」

「わからないよ」

「じゃあ、あなたが知らない女性のメッセージは?」

「それならひとつあったよ」

「それはどれです?」

百合根は再びテープを巻き戻して再生を始めた。

その声は、テープの後半に入っていた。女性の声による中国語のメッセージ。揚丁華が言った。

「これね。これ、知らない人」

「何といってるんです?」

「王さん、お留守のようなので、また電話します。そう言ってるね」

「名前は?」

「名前も何も言ってないよ」

百合根は振り返って翠の顔を見た。翠が言った。

「もう一度聞かせて」

百合根は、そのメッセージを再生した。翠はうなずき、即座に言った。

「女性、やせ型、身長百六十センチ以上。年齢は二十五歳から三十歳の間」

「なぜそんなことがわかる?」

菊川が言った。

「声の基本周波数と身長には特定の関数があるの。簡単に言うと周波数が高ければ身長は低く、周波数が低ければ身長は高い。基本周波数の平均が百三十程度だと、身長は約百七十センチなの。また、声帯の振動や、口腔の形による声の特徴から年齢がわかる。声帯は年々確実に老化していくし、年を取るごとに発声器官を長時間同じ形に保っていられなくなる。それが声やしゃべりかたの特徴となって表れるわけ」

「あんたの耳はそれを聞き分けられるというわけか？」

「サンプルを聞いているうちに覚えてしまったのよね」

「どの程度の確率なんだ？」

「九十八パーセント以上」

「本当かよ……」

菊川はいま一つ信用していないようだった。翠はさらに言った。

「高度な教育を受けているわ。職業は、常に人と接しているようなものね。そして、発音の特徴は広東語。英語を話し慣れている。おそらく日常会話は中国語より英語のほうが多いはずよ」

「それが本当だとしたら、魔法のようだな……」

「魔法じゃなく、科学よ」

菊川は、揚丁華に尋ねた。

「そのメッセージは広東語ですか？」

「いいえ。北京語です」

菊川は翠を見た。

「一つはずれたな」

翠は肩をすくめて見せた。

揚丁華が付け加えた。

「でも、たしかに広東語訛りがあるね。広東語しゃべる人、口をあまり動かさないし、言葉はっきり区切らないからすぐわかるね」

菊川は、すぐさま不機嫌そうな顔になった。

「それで、どうして英語を話し慣れていると思うんだ？」

「英語の発音の特徴は、口腔、鼻腔に音を響かせることなの。そして、子音をはっきりと発音する。自然と、鼻にかかったような話しかたになる」

「俺にはわからんがな……」

「あたしにはわかるの」

菊川は、揚丁華に言った。

「そのテープを、しばらくお預かりしたいのですが」

揚丁華は緩みかけていた表情をたちまち引き締めた。

「嫌です。渡したくありません」

「心配しなくていい。その女性の声の分析が終わったら、すぐに返却しますよ」

「私へのメッセージも入っています。聞かれたくありません」

「まいったな……。承諾していただけないのなら、裁判所からの令状を持って強制執行することになりますが……」

揚丁華の顔にたちまち怒りの色が浮かんだ。

「警察、すぐそういうことを言う」

「本当のことなんですよ」

「絶対に渡したくない。無理に持っていったら、二度と協力しない」

揚丁華は意地になっていた。

「必要ないわよ」

翠は言った。「すでに彼女の声は記憶したわ」

「そういうもんじゃねえんだよ、捜査っていうのは……」

百合根が揚丁華に言った。

「冷静になってください。僕たちは、王明美さんを殺した犯人を捕まえたくて協力をお願いしているのです。あなたに嫌がらせをしたいわけじゃないんです」

揚丁華は、値踏みするように百合根をねめつけた。厳しい目つきだ。

だが、揚丁華は百合根の言うことに耳を貸した。彼女は警察の態度に腹を立てていただけだ。理を諭《さと》せばきっとわかってくれるに違いない。百合根はそう信じることにした。

「王明美さんの怨みを晴らしたいとは思いませんか？」

揚丁華は、相変わらず百合根を睨んでいる。だが、その眼から次第に険が消えていった。

「怨みを晴らす？」

「そうです。犯人を捕まえるのです。そのためにあなたの協力が必要なのです」

「このテープは、犯人を捕まえるために必要なのですか？」

「必要です」

揚丁華はしばらく考えていた。

「このテープ持っていかれると、留守番電話、使えなくなります」

菊川は、アパートの下にいたSTのメンバーに向かって大声で言った。

「おい、誰か。その辺のコンビニ行って、マイクロテープを一個買ってこい」

菊川は、揚丁華から借りてきたテープをてのひらで弄《もてあそ》びながら言った。

「よく説得できたな」

「冷静に理屈を話せばわかってもらえる。そう考えたんですよ」

「俺に言わせれば、そいつも魔法みたいなもんだ」

「僕もSTのメンバーも魔法なんて使えませんよ」

「さて、こいつを分析して声の主の人物像を割り出すとして、だ……。それが、謎の美女かどうかを、どうやって確認するか……」

「そうですね……」

「この声が謎の美女だとしても、声だけじゃなあ……。足取りをどうやってつかむかだ……」

「帝都プラザホテルに行ってみませんか？　奥平さんたちが何かつかんでいるかもしれない」

「その前に、こいつの分析だ」

「あたしがやるわ」

翠が手を出した。「これから科捜研に行って分析結果を文書にしておくわ」

菊川は、翠を見つめて何事か考えている。やがて、彼は言った。

「いや、誰か別な者にやらせたほうがよくはないか？　あんた、さっき、声の主の人物像について九十八パーセント確かだなどと大見得を切った。分析の結果が違っていても、自分の説に合わせてしまう危険性がある」

「あたしは科学者よ。そんな真似はしないわ。科学者というのはね、見栄よりも真実の結果を重視するのよ」

「口では何とでも言える」

「あたしはどっちでもいいわよ。仕事が減ってラッキーだわ」

結局、菊川の言うとおり別の係員に分析を依頼した。菊川は、一刻も早く分析の結果を知りたいと言い、作業に立ち会った。百合根とSTのメンバーも立ち会うことにした。

テープの音源をデジタル信号に変え、ノイズを除去した上で、声紋を立体グラフにしていく。ほとんどの作業がコンピュータ化されている。係員は慣れた手つきでマウスを扱い、それに従ってディスプレイにグラフが描かれていく。

そのグラフを膨大なサンプルに照らし合わせていく。この作業もコンピュータのおかげでスピード化されていた。その日の夜にはおおまかな結果が出た。

「人物像がわかるか？」

菊川が係員に尋ねた。眼鏡をかけた実直そうな係員はディスプレイを睨んで言った。

「大雑把なことしかわかりませんよ」

「かまわん。教えてくれ」

「性別、女性。身長は百六十センチから百六十五センチの間。おそらくやせ型。年齢は、たぶん二十五歳から三十歳……。広東語訛りがありますね」

「英語が得意かどうかは？」

「もっとサンプルを当たらないと、ちょっと……」

「ここにいるお嬢さんが、この声の主は日常生活で英語を話しているに違いないというんだけどね」

係員は首を巡らせて翠のほうを見た。

「結城さんが言ったんですか？」

「そうだ」

「なら、確かです。彼女の耳は、この膨大な経費を掛けたシステムより確かなんですよ。これまでの実績がそれを証明しています」

菊川は、翠のほうを見なかった。敗北感を顔に滲《にじ》ませている。

「わかった。結果を文書にして、中野署の捜査本部まで送ってくれ」

「結城さんがいるんだから、私なんぞにこんな分析をさせなくてもいいのに……」

「いろいろと事情があってな……」

「彼女の耳は最高ですよ」

係員は翠に同僚の親しみとかすかな尊敬を含んだ笑顔を向けた。「昔は潜水艦のソナー手になりたかったんですよね」

菊川は翠に言った。

「ソナー手？」

「海の底では耳が眼の代わりなのよ」

「どうしてならなかった?」

「女が潜水艦に乗れる可能性はおそろしく低いの。それに、ちょっと無理な事情があってね」

「何だ、その事情というのは」

「あたし、閉所恐怖症だということに気づいたの。潜水艦には乗れないわ」

菊川は小さく溜め息をついた。

「人生、なかなかうまくいかないもんだな……」


科捜研を後にしたのは、九時過ぎだった。彼らは帝都プラザホテルに向かった。ロビーに着くと、疲れ果てた体《てい》の奥平と高垣が見えた。

目ぼしい収穫がないのは、百合根の眼にも明らかだった。

「これはこれはぞろぞろと……」

奥平が言った。

菊川が短く尋ねる。

「どうだ?」

「王明美と謎の美女が待ち合わせをしたという日から今日までの、中国系女性宿泊者のリストをもらいました。現在宿泊しているのは全部当たりましたが、空振りです」

「顔を知っていると言ったウェートレスは？」

「いっしょに付き合ってもらいましたよ。ねえ、係長《ハンチヨウ》。こりゃあ、貧乏くじですね」

「見つかりそうにないか？」

「国に帰っちまったのかもしれません。捜査の本筋からは外れているみたいだし……」

菊川は難しい顔をした。責任を感じているのかもしれないと百合根は思った。

菊川は青山との賭けにこだわっていた。それで謎の美女のことを捜査すると言い出したのだろう。ならば、責任はSTにもある。百合根はそう感じた。

「だが、その女がもし、被害者の二人と会っているとすれば、何か関わりがある可能性がある」

菊川はそう言ったが、その口調は歯切れが悪かった。

「しかしですね、係長《ハンチヨウ》、捜査の本筋はチャイニーズ・マフィアの抗争でしょう。女が絡んでいたとしても、それはたいして重要な役割を果たしていたとは思えないんですがね。自分は、魏孫沢か永尊の家宅捜索《ウチコミ》のほうに参加したかったですよ。何か出れば、それで決まりでしょう。自分らのやっていることは徒労じゃないですか？」

菊川は何を言ったらいいか考えているようだった。奥歯を嚙みしめている。菊川の考えも奥平とほぼ同じなのだと百合根は思った。いまさら部下に指摘されたくはないのだ。

そのとき、青山が言った。

「心配することないよ。たぶん、魏孫沢と永尊の家宅捜索では何も出て来ない。こっちがビンゴという可能性もある」

　奥平と菊川は同時に青山のほうを見た。

　菊川が言った。

「ビンゴだと？　そりゃどういう意味だ？」

「こっちが本筋かもしれないということ」

　菊川が目をむいた。

「おまえは何を根拠にそんなことを言ってるんだ？　俺はたしかにおまえとの賭けに負けた。だから、おまえの言うことに付き合った。だが、もうたくさんだ。あらゆる可能性を考えるだと？　当たり前だ。俺だって考えてるさ。その上で言わせてもらうがな。おまえは俺たちに何一つ根拠を示そうとしない。てめえは、遊び半分でやってるだけだ。俺たちは真剣なんだ。こいつらを見ろ。こんな時間まで謎の美女を捜し回ってへとへとなんだよ。おまえは好き勝手にほざいていればいいさ。だが、そのために汗水流さなきゃならない人間がいることを、少しはわきまえてほしいな」

　青山は、菊川が激昂する姿をぼんやりと眺めている。まったくこたえた様子はない。百合根は、はらはらしていた。

「そういうふうに思われていたなんて、傷つくな」

「おまえが傷つくだと?」

「僕は傷つきやすいんだよ」

「笑わせるな」

「どうすれば納得してくれるの?」

「仕事をしろよ、仕事を。おまえの仕事は何なんだ? プロファイリングとやらじゃねえのか?」

「プロファイリングなんて信じないんじゃなかったの?」

「当てにはしていない。だが、おまえはそれをやる義務がある。プロファイリングで俺たちを納得させるんだ。もう振り回されるのはたくさんだ。今後は、納得した上でないと動かん」

「わかったよ」

青山が言った。「説明してみるよ。でもね、まだ材料が不足しているから、ちゃんとした説明になるかどうかわかんないよ」

「けっこうだ。少なくとも、おまえが何を考えているかわかる」

「わかるかなあ……」

「何だと?」

「とにかく、ここじゃ落ち着かない。考えがまとまらないよ」

「ふん、STさんは贅沢でらっしゃる。オーケイ、本庁の会議室でも押さえるさ」

「捜査本部の人には聞かせなくていいの？」

「俺たちを納得させるのが先決だ。さ、本庁へ引き返すぞ」

菊川が出口のほうへ体を向けたとき、翠が言った。

「待って……」

皆が翠のほうを見た。

「何だ？」

菊川が苛立たしげに尋ねた。翠は眉根に皺を寄せて一点を見つめている。

「あの声……」

「声だ？」

「王明美の留守電に残っていた声よ」

「何だと？」

菊川は翠の視線の行方を追った。百合根もそちらを見た。フロントの方向だ。一人の女性がフロントの係員と会話している。かなり離れており通常ならば、その話し声など聞こえない。

「間違いないわ」

翠が言った。「あの女の声よ」

13

高垣は、彼らがいったい何を言っているのかわからなかった。

あの女の声？　いったい何のことだろう？　そう言えば、この本庁の菊川という警部補は、あのSTの巨乳ちゃんがおそろしく耳がいいと言っていた。

つまり、ここからあの女の声が聞こえたということか？　そんなことが本当にあり得るだろうか？　ここからあのフロントまでは三十メートル以上ある。女は特に大声を出していたわけじゃない。

留守電の声というのは何だ？

何のことかわからないが、彼らの態度からすると、どうやら、あの女が謎の美女ということなのかもしれない。

菊川は百合根と奥平を伴って、フロントのところにいる女に近づいた。

それにしても、いい女だな。

高垣は思った。STの巨乳ちゃんも美人で魅力的だが、また違ったタイプだ。エレガントという言葉がぴったりだ。髪が長く、すらりとしていてプロポーションがいい。

菊川が声を掛け、女が振り返った。

美人だ。謎の美女という呼び名にふさわしい。なるほど、モデルといわれても納得できる。

彼女が本当に謎の美女なのだろうか？　だとしたら、どうしてリストに載っていなかったのだろう。宿泊客ではないのだろうか。

しかし、彼女は、たしかにフロントで鍵を受け取った。リストに載っていた中国系の女性は、すべて調べた。外出から帰るのを待って部屋を訪ねたのだ。

高垣は、そばに立っている翠に言った。

「君、あそこで話していることが聞こえるのか？」

「聞こえるわ」

「へえ、どういう仕掛けなんだ？　どこかにマイクか何かを仕掛けてあるのか？」

「生まれつき耳がいいの。それだけよ」

「信じられないな……」

「信じてくれなくてもいいわ」

「どんな話をしている？」

「名前、住所、旅行の目的……。菊川さんがそういうことを質問している。名前は、リリイ・タン。住所はロサンゼルス。旅行の目的はビジネスだそうよ」

「ロサンゼルス……。そうか、中国系アメリカ人か……。それでリストから洩れていたんだ」

「彼女、日本語もなかなかうまいわ」

「留守電の声って、どういうことだ？」

「殺された王明美の留守電に彼女の声が入っていたのよ」

「間違いなく彼女の声か？」

「九十五パーセント以上確実ね」

「呉白媛のマンションを訪ねたモデル風の女というのも彼女のことだろうか？」

「これからそれを質問するところよ」

高垣は、リリィ・タンのほうを見た。

こんなに優雅で美しい人が、殺人事件に関わっているはずはない。高垣はそう考えている自分に気づいて、あわててその考えを頭から締め出した。

僕は美人に弱いからな……。

これじゃ刑事は勤まらない。

「ビジネス？」

菊川がリリィ・タンに尋ねた。「さしつかえなければ教えていただきたい。どういう仕事ですか？」

「化粧品のマーケティングです。わが社は、日本で化粧品販売に新規参入する計画を持っています」

「失礼、わが社とおっしゃいますと？」

「グレコ・コーポレーション」

「聞いたことがあります。でも、グレコ社はレストラン・チェーンの会社じゃなかったんですか？」

「メインの会社はレストラン・チェーンです。しかし、多くの種類の企業を含んでいます。化粧品会社もそのひとつです。グレコ・コーポレーションは、グレコ・ジャパンを通じて、コンビニエンスストアで販売する化粧品を考えています」

「それでは、日本国内ではそのグレコ・ジャパンの人たちといっしょに行動されているわけですか？」

「いいえ。私は、自由に一人で調査活動をするようにと、グレコ社長から直接命令を受けています」

「ほう……」

「女性の眼で、自由に調査活動をするのです」

「なるほど……。ちょっと、この写真を見ていただけますか？」

菊川は捜査本部で配付された王明美の写真を取り出した。

リリィ・タンはその写真を受け取り見ると、神妙な顔つきになった。

「その方に見覚えはありませんか?」

「知っています」

菊川はうなずいて、さらに呉白媛の写真を取り出した。

「こちらはどうです?」

リリィ・タンは同様に写真をさっと見つめてから言った。

「知っています」

「そうですか。どこで会ったか覚えていますか?」

リリィ・タンは、菊川の顔をじっと見つめて言った。

「私は新聞に眼を通しますし、テレビのニュースも見ます。その二人が殺人事件の被害者であることは知っています。だから、遠回しな質問をする必要はありません」

「こいつは失礼」

菊川は言った。「この写真の女性の名前は知っていますか?」

「知っています。王明美《ワンミンメイ》です」

「こちらは?」

「呉白媛《ウーパイイエン》」

「王明美にはどこで会いましたか?」

「ここで待ち合わせしました。このホテルのカフェテリアで」

「どこで知り合ったのです？」

「彼女が勤めている店です」

「台湾クラブですよ。女性が一人で行くような店じゃない」

「グレコ・ジャパンの男性社員に協力をお願いしました。クラブに連れて行ってもらったのです」

「王明美があなたたちの席に着いたのですね」

「そうです」

「呉白媛とは？」

「同じです。やはり、呉さんが勤めているクラブに、グレコ・ジャパンの男性社員といっしょに行きました。そこで知り合ったのです」

「そして、あなたは、呉白媛の自宅を訪ねたり、王明美とここで待ち合わせをしたりした……」

「そうです」

「偶然とは思えないのですがね」

「私も驚きました」

「なぜ、呉白媛の自宅を訪ねたのです？」

「話を聞くためです。仕事の一環です」

「仕事の？」

「はい。日本にはアジア系の外国人女性が大勢います。私は、グレコ・コーポレーションの化粧品戦略には、彼女らが大きな部分を占めると考えています。彼女たちが化粧品に何を求めているか……。そうしたことをインタビューするのです。安価で良質で、しかも二十四時間開いているコンビニエンスストアでいつでも手に入る化粧品。私たちはそういう商品を考えており、こうした商品は、日本の女性だけでなく、外国から働きに来ている女性たちにとっても魅力的であると信じています」

「王明美にも同じことを？」

「そうです。私は中国系です。日本語より中国語のほうが得意です。だから、まず、中国系の女性と友達になって話を聞こうと考えたのです。呉さんも王さんも、私の生き方に興味を持ってくれました」

「どんな生きかたです？」

「香港で生まれ、アメリカへ移住して、ビジネスの世界で生きる……。そうした生き方です」

「それで、呉白媛とはどんな話をしました？」

「いろいろです。呉さんは、私がアメリカでどういう生活をしているのかを聞きたがりました。私は化粧品について、さまざまな質問をしました」

「王明美とは?」

「だいたい同じです。王さんは、どうしたらアメリカへ移住できるのかを何度も私に尋ねました」

「二人に変わった様子はありませんでしたか?」

「別に何も感じませんでした。私は彼女たちと知り合って間がなかったのです。もし、彼女たちに何か変わったことがあったとしても、気づかなかったのかもしれません」

菊川は溜め息をついた。

「あなたが会いに行った二人の中国人女性が相次いで殺された。われわれがどう思っているか、わかりますか?」

リリィ・タンは平然と言った。

「私が事件に関係していると疑っているのだと思います」

「そう。先程も言いましたが、私には偶然とは思えないんですよ」

「私が会ってインタビューをした中国人女性があの二人だけならば、疑われても仕方がないと思います。しかし、彼女らは、私がインタビューした多くの中国人女性の中の二人に過ぎないのです」

菊川はじっとリリィ・タンの顔を見つめた。

「何人もインタビューしたわけですか？」

「当然です。マーケティングのために来日しているのですから。呉さんが勤めていたクラブ、王さんが勤めていたクラブ。その両方のホステスさんの多くに話を聞きました。あの二人が特別なわけではありません」

菊川は急に疲労感を顔に滲ませた。百合根にはそう感じられた。

菊川がまず奥平の顔を見た。何か質問することはあるかと無言で尋ねているのだ。奥平は言った。

「彼女たちと個人的な話をしましたか？」

「ええ。多少は……」

「二人は、男性の友人について何か話しませんでしたか？」

「男性の友人？　付き合っているボーイフレンドという意味ですか？」

「はい」

「いいえ。呉さんも王さんも、ボーイフレンドのことは何も言いませんでした」

「では、あなたは、彼女らが誰と付き合っていたか知らなかったのですね？」

「知りませんでした」

奥平は小さく何度もうなずいていた。菊川が百合根を見た。

百合根はリリィ・タンに尋ねた。

「呉白媛さんの部屋を訪ねたとき、何か飲まれましたか？」

「何か？」

「ええ。呉白媛さんは、何か飲み物を出してくれましたか？」

リリィ・タンは記憶をまさぐっているようだった。しばらく考えていたが、やがて彼女は言った。

「何か出してくれたと思います。ですが、覚えてません。私は、インタビューの内容に夢中でしたし、知り合ったばかりの人の部屋で緊張もしていましたし……」

覚えていない……。

誰かの部屋を訪ね、出された飲み物を覚えていないなどということがあるだろうか。百合根は、自分に当てはめて考えてみた。そんなことはあり得ないような気もするし、あって不思議はないような気もする。

「そのとき、呉さんが何か飲んだかどうかも覚えていないのですか？」

「覚えていません」

百合根はそれ以上は追及できなかった。

遠く離れた場所で、翠は実況中継のようなことをしていた。刑事たちの質問の内容とそれに対するリリィ・タンのこたえをSTのメンバーと高垣に知らせていたのだ。

百合根が呉の部屋での飲み物について尋ねたことを知ると、青山がつぶやいた。

「さすがキャップだな……」

やがて、刑事たちは、日本滞在の予定と、滞在中の住所を尋ねてリリィ・タンのもとを離れた。リリィ・タンは、あと数日間日本にいる予定でこのホテルに宿泊しているとこたえた。

「何だい、その飲み物がどうのこうのというのは……」

高垣が青山に尋ねた。

「残っていたグラスがちょっとね……」

「グラス……？　何のことさ？」

「あとで全部話すよ。菊川さんからそう言われているからね」

菊川たち三人が戻ってきた。青山は菊川に言った。

「警視庁へ戻る？」

菊川が眉をひそめて青山を見た。

「僕の話を聞きたいんでしょう？」

「ああ、そうだったな……」

菊川は力なく言った。「だが、もう謎の美女は見つかった。そして、俺は彼女が結局事件とは関係なかったと考えている」

「どうしてそう思うのさ？」

「疑うに足る証拠がないからだ。彼女の話はすべて筋が通っている。彼女の言っていたとおりさ。会ったのが呉白媛と王明美だけだったら疑う理由もある。しかし、あのふたりは、リリィ・タンにとっては不特定多数の中の二人に過ぎなかった」

「彼女の話はすべて筋が通っている？　飲み物のことはどうなの？」

「警部殿が尋ねたことか？　どうだっていいだろう」

「忘れたというのは都合がいい言い訳だよ。何かを偽装しようとしたとき、後で嘘がばれないように忘れたというのはよくある話だ。国会で喚問に掛けられる悪徳政治家の決まり文句であり、なぜ政治家がそう言うかというと、便利だからさ」

「リリィ・タンが何かを偽装していたというのか？」

「そうは言ってないけど、そういうこともあり得るよ」

「飲み物が何だっていうんだ。俺は警部殿がなんであんな質問をしたのかわからんし、おまえが何でそんなことにこだわるのかもわからん」

「だからさ、納得するために僕の話を聞きたいんじゃないの」

　菊川は時計を見た。

　彼は疲れ果てている。目の下に隈《くま》ができているし、顔の脂が浮いていた。顔色は悪く、背中が丸くなっている。しゃんと立っていることすら辛いのだ。

「今日は謎の美女を発見できた。ちょっとした収穫じゃないか」

菊川は言った。「それで今日のところはよしとしよう。話を聞くのは明日でいい。さ、皆自分の家へ帰るんだ。たまには布団でゆっくり眠ったほうがいい」

菊川は落胆しているのだ。百合根はそう思った。リリィ・タンが空振りだという印象を受けたのだ。たしかに彼女を疑う理由は見つからない。

しかし、被害者二人と事件直前に会っていたことは事実なのだ。百合根はその点を指摘しようと思った。しかし、菊川の顔を見てそれをひかえることにした。

菊川だって、それくらいのことは考えているに違いない。その上で、リリィ・タンはシロだと踏んだのだ。

ベテラン刑事の勘というやつなのかもしれない。菊川は、話の内容だけでなくリリィ・タンの態度を観察していたに違いない。刑事というのは一流の心理学者でもあるという。犯罪者の緊張は言外の態度に必ず表れる。刑事はそれを見逃さない。

結局、謎の美女は事件とは関係なかった。菊川はそういう心証を得たのだ。百合根は、その判断に文句をつける気になれなかった。落胆は疲労感を募らせる。菊川はぐったりと疲れているのだ。

今日のところは菊川の言うとおりにしたほうがいい。どうせ、青山の話を聞かされても、頭が働かないに違いない。

「いい判断ですね」

山吹が言った。「人は夜よりも朝のほうが頭がいいと昔の諺にもあります」

結局その日は解散し、それぞれに帰路についた。


翌朝の捜査会議では、第三の被害者の身元が発表された。

サブリナ・リソ、二十七歳。コロンビア人で、逮捕歴はないものの、新宿署生活安全課にマークされていた。新大久保で仕事をする娼婦で、麻薬・覚醒剤の売買にも関係している疑いがあった。

「新宿署の生安課が内偵していたとはついているな……」

池田理事官が言った。「麻薬・覚醒剤の売買に関係していたというのは、具体的にはどういうことなんだ？」

書類を睨みながら、永作課長が言った。

「彼女が客を取る。そのときに、客が欲しがれば売人を呼ぶという段取りだったようです」

「売人というのは、チャイニーズ・マフィアか？」

「いえ、新宿署によると、イラン人だそうです」

「イラン人？」

「ムハマド・ヤシン。イラン人の元締めの一人で、サブリナ・リソはその愛人と見られています。よくあるケースらしいですね。イラン人がボディーガードをしてやると言って娼婦に近づくのは……」

「今度はイラン人か……」

百合根は、会議の流れに集中していた。一晩の熟睡は、そこそこの効果があった。昨夜まで疲れ果て、気分が落ち込んでいた。今は、少なくとも前向きの気分でいられた。

菊川もどうやら気を取り直しているようだ。ベテランらしい余裕を持って会議に臨んでいる。

STの連中は相変わらずだった。やる気があるのかないのかわからない。

「魏孫沢と永尊の家宅捜索令状のほうはどうなっている?」

池田理事官が永作課長に尋ねた。

「もうじき降りるでしょう」

「そのイラン人の元締め……」

「ムハマド・ヤシンですか?」

「ああ、そいつにも家宅捜索を掛けてみちゃどうだ?」

「住所が不明なのだそうです。常に居所を転々と移しているらしい」

「これは、どう考えればいいのかな? 台湾マフィアと香港マフィアの愛人が殺された。そして、今度はイラン人の売人の愛人だ」

池田理事官は難しい顔をした。「なぜ、すべて愛人なのだ？」

「女のほうが殺しやすいからじゃないですか？」

永作課長が言った。「それに、愛人を殺すというのは相手に与えるショックが大きい。そういう計算もあるかもしれません」

「その後、魏孫沢や永尊の動きは？」

「新宿署の協力を得て張り込んでいますが、特に目立った動きはありません」

「互いに愛人を殺されて、チャイニーズ・マフィアどもは頭に来ているはずだ。一触即発だぞ。衝突を事前に防ぐためにも、家宅捜索を急いだほうがいい」

菊川が発言した。

「新宿署や、本庁の捜査四課、国際捜査課、それに生活安全課などがマークしているはずです。連絡を取り合う必要があります。もし、内偵中の案件があれば、彼らは黙ってはいないでしょう。勝手に家宅捜索など掛けたら、目ん玉ひんむいて怒鳴り込んできますよ」

「そっちのほうは、私がやっておく」

池田理事官が言った。「これは、チャイニーズ・マフィアを叩くいいチャンスかもしれない。ついでに、ぜひとも、そのムハマド・ヤシンとかいうイラン人も何とかしたいもんだな」

「待ってください」

菊川が言った。「俺たちは殺人の捜査をしているんですよ。チャイニーズ・マフィアやイラン人のことは、他の連中に任せておけばいいでしょう」

「もちろん、殺人の捜査だ」

池田理事官が言った。「魏孫沢、永尊、それにムハマド・ヤシンは重要参考人だ。容疑を固める必要がある」

「ムハマド・ヤシンはどういう点で重要参考人なのです？　彼は愛人を殺された側ですよ」

「こういうことも考えられるさ。ムハマド・ヤシンは魏孫沢や永尊と利害関係で対立があった。中国人とイラン人が対立するのはよくあることだ。そして、実は、これは三《み》つ巴《どもえ》の殺人だった」

「三つ巴ですって？」

「そう。例えば、だ。もともと、最初の殺人がムハマド・ヤシンの差し金だったと考えたらどうだ？　だが、魏孫沢は常に対立している永尊の仕業と考える。それで報復の殺人をしたわけだが、今度は、永尊がそれをムハマド・ヤシンの仕業と考えた……」

菊川が目を閉じてかぶりを振った。

「本気ですか？」

池田理事官は菊川を見つめ、それから永作課長を見た。そして、自分の推理がとてもありそうにないことだと気づいたようだった。居心地悪そうに身じろぎすると、池田理事官は言った。

「まあ、今のはあくまでも例えばの話だ。あの三人に何らかの関係があるかもしれない。それを突き止めるためにも、彼らに直接話を聞く必要がある。そうは思わんかね？」

菊川は、じっと何事か考えていた。目を細めている。何か気に入らないことがあるに違いない。そういうときにする表情であることに、百合根はすでに気づいていた。

「本ボシを挙げるつもりがあるのなら」

菊川が言った。「ほかにもやるべきことがあると思いますがね……」

「やるべきことだって？」

池田理事官は気分を害したようだった。「何のことを言ってるんだ？」

「いろいろですよ。例えば手口捜査です。すでに、呉白媛殺しと王明美殺しについては、それぞれに共通点のある過去の事件をリストアップしてある。そういう前科《マエ》のあるやつを洗うことにもっと力を入れたらどうです？」

「もちろん、それは続行している」

永作課長が言った。

その眼と口調が、少しばかり冷やかだった。百合根はそう感じた。かつて、永作課長と菊川は、同じベテラン刑事同士という共感を持ち合っていた。プロ同士の連帯感みたいなものだ。

それが微妙にずれはじめた。菊川の発言が、ベテランらしさを失いつつある。永作はそう感じているのではないだろうか。百合根にはそう思えた。

たしかに、菊川は何かに動揺している。動揺というのが言い過ぎにしても、戸惑いがある。それが、発言の裏に見え隠れする。

もともと、菊川はチャイニーズ・マフィア同士の報復殺人という線を支持していた。しかし、ここに来て妙に慎重になりはじめたのだ。

永作課長はそれが不満なのかもしれない……。

「何もわれわれは、魏孫沢と永尊だけを追っ掛けているわけじゃない」

永作課長は言った。「だから、あんたが謎の女を捜査するのも許可した。さ、その結果を発表してもらおうか」

菊川はメモを見ながら説明を始めた。

「氏名はリリィ・タン、二十九歳。現住所は、アメリカはカリフォルニア州ロサンゼルス市内。商用で来日しています。グレコ・コーポレーションの社員で、化粧品関連の市場調査にやってきているということです……」

それから菊川はリリィ・タンとのやりとりを細かく報告した。

永作課長と池田理事官は眉根に皺を寄せてじっと菊川の顔を見つめていた。

「……というわけで、呉白媛と王明美は、リリィ・タンが面接調査をした多くの中国系女性の中の二人に過ぎないということになります」

「殺人事件には関係ないということか?」

永作課長が尋ねた。

「そう考えていいでしょうね」

菊川は力なくこたえた。「彼女が殺人に関係する理由がありません」

「実行犯を手引きしたとかは考えられないかね?」

「可能性は少ないと思いますね。呉白媛と王明美は別の男によって殺害されています。別々の男性をリリィ・タンが手引きするというのはちょっと……」

「筋が通らないか……」

「そう思いますね」

「じゃあ、謎の美女の件は、継続捜査の必要がないということだな」

「ええ、まあ……」

菊川の態度は曖昧だった。どうも歯切れが悪い。何を考えているのだろうと百合根は訝《いぶか》った。

「筋は通るよ」

青山が唐突に発言した。

捜査員たちが注目する。STは、いろいろな意味で捜査員たちの関心を集めている。その大半があまり好意的ではない関心だ。

　永作課長が青山に尋ねた。

「筋が通るってどういう意味だね?」

「考えようによっては、筋が通る」

「謎の美女のことかね?」

「そう」

「実行犯を手引きしたという点について?」

「そう」

「どういうふうに筋が通るんだね?」

「二件の殺人を彼女が計画したのだとしたら、筋が通るよ」

　捜査員たちの中から失笑が洩れた。永作課長は短く溜め息をついた。青山はまったく気にした様子もなく、さらに言った。

「あるいは、彼女が二件の殺人を実行したのなら……」

　この発言には、捜査員だけでなく、STの仲間たちも驚いた表情を見せた。

　捜査員の中にはついに笑い出す者まで出た。永作課長が言った。

「彼女が殺人を実行しただって? リリィ・タンという女が、二人の女性を殺し、性交をして膣内に精液を残したというのか? あの女が両性具有だとでも言うのかね?」

「まあ、それもまったくあり得ないことじゃない。でも、もっと簡単に考えれば、手術をして見かけだけ女に変えたということだってあり得る。見かけは女性だけど、男性器を持っている人なんて、新宿二丁目あたりに行けばいくらでもいるよ」

「両性具有でもオカマでもいい。それはあり得んことじゃないと認めるよ。だが、血液型が違うのはどういうわけだ？　リリィ・タンは日によって血液型が変わる特殊体質なのか？　そんな話は聞いたことがない」

「僕だって聞いたことないよ」

「菊川さん」

永作課長は言った。「あんたがついてるんだ。もっとましなことを言うように指導してくれ」

菊川はちらりと青山を横目で見ただけだった。

14

「いやあ、俺、他人事《ひとごと》ながら、恥ずかしくて冷や汗が出ましたよ」

奥平が言った。

百合根にしてみれば、冷や汗どころではない。あの場から消えてしまいたかった。これまで百合根は、青山がどんなことを言おうが弁護する側に回っていた。それが、彼の立場だったし、それ以前に青山を信頼していたからだ。

しかし、今回ばかりはかばいようがなかった。百合根は菊川の機嫌が気になっていた。捜査本部を出ると、菊川は百合根、奥平、高垣、それにSTの五人といった顔ぶれを連れて、警視庁へ戻った。会議室を押さえてあった。

会議室へ入るまで、菊川はひと言も口をきかなかった。怒っていて当然だと百合根は思った。わざわざ警視庁に会議室を押さえたのも、捜査本部のある中野署には居づらかったからかもしれない。

会議室には、折り畳み式の細長いテーブルが二列に置かれており、その両側にパイプ椅子が並べられていた。皆はそれぞれの場所に座った。

「さて……」

菊川が言った。「話を聞こうか」

青山が正面に座った。

「ええと、どこから話をしようかな……」

「最初からだ」

「どこが最初かわからないんだよ」

「最初の事件だ。おまえの仕事をするんだよ。プロファイリングだ」

青山はさっと肩をすぼめた。

「わかったよ。じゃあ、まず最初の事件だ。被害者、呉白媛、三十二歳。中国系。職業、クラブホステス。殺害の場所は、死体の発見場所と同一と思われる……。現場の様子は乱雑。凶器は被害者宅にあったと思われる包丁。現場に放置されていた。体内からB型の精液を検出。被害者には過剰な殺傷痕があった……」

青山は淡々と述べはじめた。菊川は何も言わず青山の話を聞いている。身じろぎもしない。集中しているのだ。

青山の話を理解するためか、あるいはあら捜しのためなのか、百合根にはわからない。奥平と高垣は物珍しげな顔つきで話を聞いている。

百合根には、青山が述べている現場と死体の特徴が、ある典型であることがわかっていた。

「この殺人の犯人が、他にも人を殺したことがあると仮定する。つまり、そういう性癖を強く持っていて、連続殺人をしていると仮定するわけ。そうすると、この事件は、幻覚型と呼ばれるパターンに一致する」

「ゲンカクガタ……？」

「幻に覚えるの幻覚。犯罪を秩序型と無秩序型に分けると、無秩序型に入る」

「犯人の特徴は？」

「通常、犯人の性別は男性。このタイプの顕著な特徴は、現実との接触がまったくないこと。犯人は、幻覚や幻聴によって人を殺すんだ。多くの場合、幻聴は神ないしはそれに近い存在の声として認識される。つまり、誰かの声に命じられて殺人を犯す。法廷において、精神障害による心神喪失とされることが多い」

「つまり、そういう男が中野あたりをうろついているということだ。過去の犯罪歴を洗えば、必ず見つかるはずだ」

菊川が言うと、すかさず奥平が付け加えた。

「現場周辺の病院も当たったほうがいい」

阿吽《あうん》の呼吸というやつだ。百合根はそう思った。

青山は、二人の言うことをあっさり無視して話を進めた。

「次に王明美のケース。被害者は、二十五歳の中国系。日本語学校に通うかたわら、クラブホステスのアルバイトをしていた。殺害の場所と死体の発見場所は別と見られる。つまり、死体遺棄。過剰な殺傷痕があり、拷問の痕も見られる。乳房が切り取られていた。死因は紐状のもので首を絞められたことによる窒息。体内から、O型の精液を検出……」

「そういうことは充分にわかっている」

菊川が苛立たしげに言った。「余計な講釈はいい」

「情報を整理して考えをまとめているんだ。我慢してよ。呉白媛のケースと同様に、王明美を殺した犯人も、他に殺人の経験があると仮定する。つまり、連続殺人犯と仮定すると、ひとつのパターンに当てはまる。犯行現場は秩序型で、凶器等証拠の湮滅《いんめつ》を図っている。犯人は淫楽型と呼ばれるパターンの典型だ」

「淫楽型……？」

「殺人によって性的興奮を得るタイプだ。このタイプにとって大切なのは、殺害に到る過程だ。つまり、より多くの性的興奮を得ようとするために、殺害に時間をかける。残酷な拷問などに興奮する。これは、素早く殺人を実行しようとする幻覚型とは対照的だ。時として、人肉食の傾向も見られる。犯人は無口なタイプで他人との関わりを持ちたがらない。でも、幻覚型のように完全に現実との関わりを絶っているわけではなく、社会生活は普通に営んでいる場合が多い。会社の同僚や学校の同級生からは、おとなしく目立たないタイプと思われているはずだ」

「サディスト野郎というわけだ」

「そして、第三の殺人。被害者はサブリナ・リソ。二十七歳の娼婦だ。王明美と同じく絞殺されている。殺害現場と死体発見の場所が異なっている。つまり、犯人は死体を移動している。死体には拷問の痕があり、体内から精液が検出されている。精液の血液型はA型。王明美のケースと共通点が多いように思えるけど、ちょっと違う。被害者の着衣は乱れていなかった。おそらく、拷問して殺害したあとに、きちんと着せ直したんだろうね。秩序型の犯罪で、この犯人を連続殺人犯と仮定すると、権力・支配型ということになる」

「こいつも典型的なパターンなのか」

「教科書に載っているくらいに典型的だね。権力・支配型は、他人を屈伏させることで性的な快楽を得る。彼らにとって、被害者の生死を支配することが最も完全な支配なんだ。このタイプは、淫楽型同様に殺人の過程を重視する。相手を屈伏させることが目的だからだ。だから、同様に拷問もする。犯罪は計画的だ。手近な凶器を使用することが多く、特に絞殺することが多い。社会生活についてはまっとうなことが多く、知的レベルも高い傾向にある。自分のやっていることが犯罪であることを充分に知っていて、それでも犯罪行為を選択するのが、このタイプだ」

「なるほど……。ちったあ役に立ちそうじゃないか」

「……とまあ、ここまでなら、素人にもできる。ちょっとでもプロファイリングの勉強をすれば、これくらいのことはわかるさ」

「何だって?」

「今言った三人の犯人像に、僕は疑問を持っている」

「どういう疑問だ?」

「第一に、今のプロファイリングは、三人が連続殺人犯だと仮定したときに初めて成立する。だが、彼らが連続殺人犯であることを示す要素は何も見つかっていない」

「だから、手口捜査をやっているんじゃないか」

「第二に、あまりに典型的過ぎる」

「典型的過ぎるって？」

「誰が見ても、それぞれの型にあてはまる。事実、うちのキャップが呉白媛のケースと王明美のケースについてそれぞれのタイプを言い当てていた」

「それがどうしたというんだ。そのパターンというのは、多くの犯罪を分析して割り出したものなんだろう？」

「そう。西洋人がね」

「西洋人が……？」

「プロファイリングのための学問的素地は、社会学と心理学で培われた。エミール・デュルケームは構造的・機能的研究法のきっかけを作ったし、ロバート・マートンは社会と個人の間にある緊張を取り上げ、逸脱行動について説明した。また、逸脱理論に関しては、一九三〇年代にシカゴ学派と呼ばれる一群の科学者たちがそれぞれに詳しく説明を試みた。心理学はフロイトやユングによって大きく発展したことは誰でも知っている。プロファイリングというのは社会学と心理学を基礎としている。そして、実践的にそれを利用しようとしてきたのは、アメリカの司法当局なんだ。僕がさっき言った幻覚型、淫楽型、権力・支配型といった分類もアメリカの学者がアメリカの犯罪を分析して作ったものだ」

「何が言いたいのか、俺にはわからんな」

百合根も同様の気分だった。青山が何を言おうとしているのかわからなかった。だが、彼がなかなかプロファイリングを始めようとしなかった理由と関係あるに違いないと思った。

青山の口調は相変わらず淡々としている。まるで、自分がしゃべっていることに関心がないみたいだ。

だが、決してそうではないことを百合根は知っている。青山は必死で頭脳を回転させているのだ。

「僕は、時間的にも地理的にも接近しているこの三つの事件が偶然である確率を考えてみた。偶然に、あるエリア内で、残虐な事件が連続して起きる可能性はそれほど大きくない。偶然でないとしたらどうなるだろう？　三つの事件の犯人が別々であるという可能性は、ある一つの要素によって大きくなる。つまり、模倣犯だ。最初の事件を誰かが真似し、二つの事件をまた誰かが真似した。その可能性は、まったくの偶然よりは大きい。でもね、ある要素がそれを打ち消している。この三つの事件には明らかな共通点がある」

「三人とも外国人女性だ。そして、マフィアの情婦……」

「僕が関心を持つのはそういう共通点じゃない」

「じゃあ、何だ？」

「三つとも、プロファイリングの入門書に出てくるようなある典型に合致しているという点」

菊川は眉根に皺を寄せ、青山の顔をまじまじと見つめた。それから奥平の顔を見た。菊川は、奥平が自分と同じくまったく理解できないような顔をしていたので、安心したように青山に視線を戻した。

「おまえは、俺を煙に巻こうとしているのか？　要点を言ってくれ、要点を」

「これだけ見事にパターンどおりの犯罪が連続して起きる可能性というのを考えてみてよ」

百合根は、青山が何を考えているのかおぼろげに理解しはじめていた。

「偽装ですか？」

百合根が言った。青山はかすかにうなずいた。絹のような髪がふわふわと揺れた。

「さすがにキャップだね」

「偽装だと？　どういう偽装だと言うんだ？」

「誰かが、連続犯罪のパターンに似せて殺人事件を起こした……」

菊川はしばらく無言で青山を見つめていた。やがて、彼は言った。

「一人の犯人による連続殺人と言っていたのは本気だったのか……」

「もちろん」

「まだわからねえ。俺には根拠が理解できん」

「まず、僕は最初の事件で奇妙な違和感を感じた。部屋は乱雑に荒らされていた。誰もがそれを無秩序だと感じた。でも、僕にとってその一見乱雑な部屋がとても不快だった」

「乱雑な部屋を見たら誰だって不快に思うだろう」

菊川が言ったので、百合根が慌てて説明した。

「青山さんは、秩序恐怖症なのです」

「何だそれは……」

「整然としたところにいると落ち着かないんです。不安神経症の一種だということですが……」

ここで、それが潔癖症の裏返しだなどと説明しても始まらない。菊川にはおそらく理解できないだろう。「とにかく、そういう症状があるのです。青山さんは乱雑で無秩序なものほど心地よいと感じるのです」

菊川は青山を見て言った。

「すると、何か？　つまり、呉白媛殺しの現場を見て、不快に感じるはずはないのに、不快だったということか？」

「そう」

「俺にはあまりたいしたことには思えないんだがな……」

「僕にとっては重要だよ。つまり、プロファイリングをやる立場にとってはね」

「ほう、一応、仕事のことを考えていたというわけか」

「もちろんだよ。無駄なことをやりたくないだけさ」

「どういうふうに重要なんだ？」

「あの部屋は、一見乱雑に見えるけど、実はある秩序を持っていた。これを見てよ」

青山は、鞄から封筒を取り出した。それには大きく焼かれた写真の束が入っていた。呉白媛殺害現場の写真だった。

青山はそれをテーブルの上に並べると、説明を始めた。

「よく写真を見てよね。テーブルはひっくり返っているし、棚代わりのカラーボックスも倒れて、いろいろなものが散乱している。雑誌も何かの伝票も、ボールペンやなんかも……」

「どう見ても乱雑にしか見えない」

「必ず、小さなものの上に順に大きなものが乗っている」

「何だと？」

菊川は並んだ写真を見つめた。他の連中もそれに倣《なら》った。

「重なり合っているものを見てよ。例えば、ほら、ここだ。タクシーのレシートの上に手帳が乗っかり、その上に雑誌が乗っている。こっちの写真は雑誌の上にクッションが乗りその上にカラーボックスが倒れかかっている。さらに詳しく見ると、散らばっているものの重なり具合から、部屋の奥から順に散らかしていったのがわかる。ほら、同じくらいの大きさのものが重なっているところを見てよ。必ず出入り口付近のほうが上に乗っている」

「偶然じゃないのか?」

「これが偶然に起きる確率はひどく低いはずだ。厳密に計算はしていないけど、数億分の一、数十億分の一になるはずだ」

「それはどういうことなんだ?」

「つまり、犯人が、小さいものから順に部屋にばらまいていったということだ。それは手際よく部屋を乱雑に見せる方法のように思う。犯人はおそろしく計画的で秩序だった行動をとる人間だ。それを感じたから、僕は不快だったんだ」

菊川は何も言わずに写真を睨み付けている。百合根は、青山が言ったことが本当かどうか冷静に検証していた。間違いはなかった。さらに青山は言った。

「僕は何となく不快を感じていただけだ。しばらくの間、なぜ不快なのかわからなかった。ヒントをくれたのは、黒崎さんだよ」

STのメンバーが黒崎勇治に注目した。無口な黒崎は何も言わない。百合根が気づいて言った。

「コップと口紅ですね」

「そう」

菊川が百合根と青山を交互に見つめた。

「何だそりゃ……」

「黒崎さんは、現場にコップが一つしか落ちていないことに気づいた。コップからはウイスキーの臭いがした。そして、そのコップにはかすかに口紅が付いていた」

「それがどうかしたのか？」

「普通なら気にしないよね。でも黒崎さんは気になった。それは直観が何かを訴えているからだと、僕は思った。被害者は化粧をせずに口紅だけをつけていた。それは、それほど親しくはないが、あまり気を使わずに済む相手に会っていたことを物語っていると、女性である結城さんが教えてくれた。誰かと会っていたのだとしたら、コップが一つなのは不自然な気がする」

「それほど親しくはないが、あまり気を使わずに済む相手……。それが犯人だと言いたいのか？」

「僕はそう思うね」

「呉白媛はその犯人と一緒に、昼間っから酒を飲みはじめた」

「あるいは、客には別の飲み物を出して、自分だけウイスキーを飲んだのかもしれない。いずれにしろ、客が来ているのに、自分だけ酒を飲みはじめるのは不自然な気がする」

「客が来る前から飲んでいたのかもしれない。勧めたが、その客は断った……」

「そうかもしれない。でもね、ホステスが一人で昼間から酒を飲むことは少ないと思う。職業柄、毎日、二日酔いみたいな状態だろうからね。やはり、客と話しているうちに興が乗って二人で飲みはじめたと考えるのが自然な気がする」

「確証はないし、確かめようもない。被害者はすでに死んでいる」

「実際はどうだったかということよりも、コップのことがヒントになった。それが僕にとっては重要だったのさ。つまり、僕はこう考えたわけだ。もし、呉白媛が犯人といっしょに酒を飲んでいたのなら、二人分のコップが転がっているはずだ。でも、それはなかった。考えられることは、犯人がコップを片づけたということだ。手掛かりを消すために。そして、幻覚型の犯人なら手掛かりを消すようなことは絶対にしない」

「凶器は残っていたんだぞ」

「だから、そこがポイントだよ。犯人はわざと凶器を残したんだ。幻覚型の殺人事件に見せかけるためにね」

　菊川の表情が次第に真剣さを帯びてきた。奥平はまだ狐につままれたような顔をしている。高垣はただ必死に話についてこようとしているようだった。

「そういう眼で見ると、第二の殺人である王明美の事件にもおかしな点が見えてくる。王明美は拷問をされた痕があった。拷問は淫楽型や権力・支配型の特徴だ。死体に損傷を与えるかどうかが、その二つの大きな分かれ目となる。王明美は乳房を切り取られていたから、一般的なプロファイリングだと淫楽型だということになる。ところが、王明美に加えられた拷問の痕が問題だった。それを指摘したのも黒崎さんだった」

菊川、奥平、高垣の三人が同時に黒崎を見た。やはり黒崎は何も言わない。しゃべることはすべて青山に任せているという態度だった。

青山が言った。

「淫楽型は楽しむために拷問をする。だから時間をかけてじっくりとやるんだ。相手をいたぶることが目的だから、拷問を加える箇所は全身に及ぶ。でも、王明美に加えられた拷問の痕は、そういう感じじゃなかった。短時間に効率よく相手にダメージを与えるやり方だ。まるで、プロが何かを尋問するときにやるような……。黒崎さん、そうだよね」

黒崎はうなずき、ようやく重たい口を開いた。

「天突《てんとつ》、華蓋《かがい》、膻中《だんちゅう》、鳩尾《きゅうび》……。すべて、正中線に並んでいる。幽門は左脇腹、章門は右脇腹……。さらに腕の大腸経、大腿部の胆経……。いずれも急所だ」

菊川は黒崎に言った。

「そこに傷があったというのか?」

「打撲の痕があった」

「そこを打つとどうなる?」

「いち早く相手を無力化できる。鳩尾などを突くと気絶させることもできる」

青山が、その黒崎の言葉に触発されたように言った。

「淫楽型の殺人者は、相手を気絶させるのを好まない。相手が恐怖におののき、悲鳴を上げ、苦しむところを見て興奮するわけだからね。王明美を殺した相手は、二つの目的で打擲を加えたのかもしれない。まず、拷問の痕を残して淫楽型の犯罪に見せかけること。そして、王明美を捕らえて殺害の場所まで連れて行くために無力化する必要があった……」

「殺害の場所？」

「そう。呉白媛の場合はそれは必要なかった。幻覚型の殺人は、死体を移動しないのが普通だ。でも、淫楽型や権力・支配型の殺人は、対象を誘拐して多くの場合、自宅で殺害する。だから、死体を遺棄しなければならない」

「自宅でだって……？」

「そう。自宅、あるいは自分の家の敷地内にある納屋や倉庫が犯行場所に選ばれることが多いとされている。楽しみを人に邪魔されたくないからね。こういうところをとってみても、この分類はアメリカの犯罪を分析してできたものだということがわかる」

「なるほど、住宅事情か……」

「日本の、それも特に東京のような都会では住宅事情が許さないからね。日本でも淫楽型や権力・支配型と思われる連続婦女暴行殺人事件や、幼児虐殺事件が起きている。でもこういう場合、自宅の代わりに自動車が使われる」

　奥平が半信半疑という表情で尋ねた。

「ややこしいことはわからんが、つまり、王明美の場合も偽装だったということか？」

「乳房を切り取ったのもそのためだね。淫楽型の典型とされるある事件の模倣のような気がする。一九六九年に逮捕されたジェリー・ブルードスの事件だ。ジェリー・ブルードスは六八年から六九年の間に四人の女性を暴行殺害したけど、そのうちの二人の乳房を切り取り、合成樹脂で型を取って暖炉の火で鋳造したんだ」

「サブリナ・リソの事件はどうなんだ？」

奥平は明らかに青山の話に興味を持ちはじめていた。

「王明美の場合と明らかに区別するために、死体は衣服を着けたままの状態で遺棄された。一度乱した衣類をきれいに着せ直したのかもしれない。少なくとも、下着を直しているよね。被害者は下着をちゃんと着けていたけれども、膣内から精液が検出されているんだから……」

菊川は慎重な態度になっていた。

「王明美は神社に遺棄され、サブリナ・リソは寺に遺棄されていた。これには何か意味があるのか？」

「その点についてヒントをくれたのは、山吹さんだ。神社と寺は心理的に大きな違いがある。神社仏閣ということで、犯人の心理の中で何か共通点があるのかと思ったが、山吹さんに言われてなるほどと思った。神社で葬式を行う人はいないし、寺で結婚式を挙げるのも一般的ではない。祟りを恐れるために神社には穢れを持ち込まない。死体は神道においては穢れということになる。一方、寺に死体を持ち込むのは、日常的な感覚だ。体を放置するのは心理的にもすごく異常なことで、寺に放置したのは、あくまでも心理的にいうとそれほど異常なことではない。だから、僕は最初、混乱してしまった。これでは、理屈が合わない。論理が成り立たない。まるで別の犯人がやったようだ。しかし、このことが逆に犯人像を絞る手掛かりになったんだ」

「おまえは、あくまで、同一犯人による犯行だと言うのだな？」

菊川はもはや青山の言うことをばかにしてはいなかった。

「その言い方は正確じゃない。同一の存在。この言い方が正しい」

「どういう意味だ？」

青山は初めて、少しばかり困った顔をした。

「どう説明したらいいか……。僕は、この事件の方程式が、解を二つ持っているような気がする」

「何のことだかわからん」

「つまり、大小二つの解が存在する。そんな感じだ。だけど、その二つを別々に考えると答えが見えなくなる。あくまでも同じ方程式の二つの解なんだ」

「おまえさんは理系だろうが、俺たちゃ数学なんぞさっぱりなんだ。わかりやすく説明してくれ」

「今の説明が一番わかりやすかったんだけどな……」

「それは、おまえさんにとってだろう。どんな犯人像なのか、それを教えてくれればいい。神社と寺がどうしたんだって?」

「神社と寺に死体を捨てるという心理的な差異はただ一つの理屈で簡単に説明がつく。つまり、犯人は感覚的に神社と寺の差がわかっていなかった。そのことがどんな人物かを物語っている」

「もったいぶるなよ」

「外国人さ」

「外国人だって?」

「そう。おそらく外国人には神社と仏閣の区別がつかないだろう。もし、神社と仏閣が別のものだと頭でわかっていても、山吹さんが説明してくれたような感覚的な違いは理解できない。キリスト教圏では死者を弔うのも結婚式を挙げるのも教会だ。同様に、イスラム教でも両方を同一の教会でやるだろうし、仏教国ならば結婚式も葬式も寺で行う。日本人が日常的に神道と仏教を使い分けているなどということが信じられないはずだ」

「そうかな……」

「少なくとも、日本人であるより外国人の可能性が高いと思うよ。今までの説明でわかったと思うけど、犯人は欧米のプロファイリングを勉強している。おそらくアメリカのね。専門家じゃないだろうけどね」

菊川はまず奥平の顔を見て、それから一同の顔を見回した。他人の反応が気になるのだろうと百合根は思った。

百合根は、驚いていた。感動すらしていた。そして、気恥ずかしく思っていた。自分もプロファイリングを勉強した。しかし、それはやはりにわか勉強でしかなかった。青山の言うことが本当なら、百合根はまんまと犯人の偽装に引っかかったのだ。

青山は、百合根がしたり顔でプロファイリングの真似事をやり、どうしてはやくプロファイリングを始めないのかとやきもきしている間、じっと冷静に観察し、思索していたのだ。

やはりかなわないな……。

百合根はそう感じていた。そして、部下の気持ちを理解していなかったことを恥じているのだった。

「そして、三人の被害者はいずれも女性。これには少なくとも三つの意味がある。まず、犯罪を異常者の仕業に見せかけること。犯人が近づきやすいこと。そして、体力的な問題。この三つを考えると、犯人の性別が明らかになる。つまり、実行犯は女性だ」

「女性だって……」

「そう。女性に女性が近づくのならあまり警戒されない」

「だが、三人の被害者はいずれも、日常的に多くの男性と接する仕事だ。男性にだって近づくチャンスは大いにある」

「そう。仕事では大勢の男性と接する。だからこそ、個人的にはあまり会わなくなる。水商売の女性は自然に、男性に対して警戒心を持つようになる。これは心理学的にも明らかだよ。そして、王明美とサブリナ・リソの事件では、被害者を何らかの手段で殺害場所まで連れて行き、殺害した後、死体を運ばなければならなかった。犯人が女性だと考えると、対象が女性のほうがずっとやりやすい。相手が男性だと抵抗されたときに体力的に不安だし、死体を運ぶときも、男性のほうが体が大きく運ぶのがたいへんだ」

「待ってくれ」

奥平が言った。「女性のはずはないんだ……」

「そう」

青山はうなずいた。「女性は射精しない。でもね、その点についてもいくつかの可能性は考えられる。捜査会議で出た両性具有だの性転換だのというのも可能性のひとつではある」

菊川はかぶりを振った。

「両性具有だって、三種類の血液型に変化するはずはない。オカマだってそれは同じだ」

「そう。ポイントはまさにそれぞれの犯行において、違った種類の血液型の精液が検出されたという点だ。ご丁寧に血液型を変えて見せたんだ」

「それも偽装だというのか？」

菊川が尋ねると、青山はうなずいた。

「そう。男性の精液を集める手段なんていくらでもあるんじゃない?」

「しかし……」

「一番簡単なのは同衾《どうきん》することじゃない? これも男性より女性のほうがやりやすいのは明らかだ。つまり、犯人が女性である可能性を裏付けている」

「たしかに何らかの手段で採取した精液を、注射器か何かで被害者の膣内に注入するのは簡単だ。しかし……」

菊川は考えながら言った。「そういう精液と実際に膣内で射精した精液は区別がつかないものなのか?」

その質問に赤城がこたえた。

「区別はつかない」

「古いか新しいかの区別とか……」

「精液に関して言えば、膣内に残存しているものは化学的に反応しにくくなる。女性が生存している場合は特にそうだ。女性の体液によって侵されてしまうからだ。したがって、血液型などの検査をする場合、われわれはむしろ、外陰部周辺の皮膚や陰毛、衣類や紙などに付着して乾いた精液に注目する。だから、いつどういう状態で射精されたものかということまではわからない」

うっすらと無精髭が浮いた甘いマスク。そのけだるげな語り口は男の色気を感じさせる。赤城の表情は憂いに満ちている。

百合根には、ただ彼がうんざりしているだけだということがわかっていた。彼は女性との性的な関係を連想させる話題そのものが嫌でたまらないのだ。

「たしかにな……」

菊川はうなるように言った。「女性ならB型、O型、A型それぞれの男性と関係を持って、精液を採取することはそれほど難しくはないだろう……」

「ひとつの方程式が解けた」

青山が言った。「実行犯の条件と合う人物は、これまでの捜査では一人しかいない」

菊川が言った。

「リリィ・タン」

奥平と高垣は、打たれたように沈黙していた。

百合根はどうしてもひとつだけひっかかっていることがあった。彼は言った。

「どうして、リリィ・タンは三人を殺したのです？　しかも、そんなに複雑な偽装までして」

「動機は僕にはわからない。僕はあくまで、手口からプロファイリングをやっただけだからね」

「でも、青山さんは、第三の殺人を予言したじゃないですか」

「この殺人を計画した人物の性格をプロファイリングした結果さ。第一の殺人と第二の殺人だけじゃ犯罪の異常性が際立ってこない。どうしてももうひとつ殺人が必要だった。サンプルがそろって、はじめてそれぞれのパターンが明らかになってくる。連続殺人には、幻覚型、確信型、享楽型、淫楽型、スリル型、権力・支配型と六つのパターンがある。計画者は、本当ならこの六つすべての殺人を実行したかったのかもしれない。でも、それはあまりに危険が大きい。そこで最低いくつの殺人が必要か考える。二つでは足りない。三つあればパターンが見えてくる」

「なぜそんなことを……」

「計画者は偽装にこだわったんだと思うね。おそらくは完全主義者で、犯罪をゲームのように考えている。ゲームには対戦者が必要だ。対戦者に日本の警察を選んだのかもしれない。つまり、警察の捜査能力に挑戦する気持ちがあったに違いない。そして、その人物は犯罪に何らかの美意識を持っている。ちょっとばかりブラックユーモア的な美意識だ。王明美とサブリナ・リソの死体を神社仏閣に遺棄したのはそのためだろう。つまり、殺した被害者を教会の祭壇に安置するような気分だったんだ」

「僕はまだまだ勉強不足ですが……」

百合根は慎重に言った。「どうも、殺人を実行した人物の性格を考えると、そうしたゲーム性を楽しむようには思えないのですが……」

青山は満足げにうなずいた。

「それがさっき言った二つの解さ。キャップの言うとおり、三つの殺人の実行者はまったくミスなく偽装を完結している。手際のよさも見て取れる。細心の注意を払い、計画を淡々と実行するプロの横顔が見えてくる。それに対して、計画者は完全主義者で自信家だ。世の中すべてをゲームと考えているようなタイプで、自尊心も強く、自分の美意識にこだわる。少々偏執狂的な性格も感じられる」

「それはこういうことか？」菊川が尋ねた。「つまり、三つの殺人を実行したのはリリィ・タンだが、その背後にまだ誰かいるということか？」

「もっと極端に言えば、リリィ・タンはその人物の手足となって動いたに過ぎないでしょうね」

「なぜそこまでわかっていて捜査本部で言わなかった？」

青山はぽかんとした顔で菊川を見た。

「誰も僕の意見に耳を貸さなかったじゃないか。僕は言ったよ。リリィ・タンをマークすべきだって」

「ちゃんと説明しなかった」

「説明を求められればしますよ。ここで菊川さんに話したようにね」

「くそっ」

菊川は奥平と高垣に言った。「おまえたちは、帝都プラザホテルへ行ってリリィ・タンにへばりつけ。すぐに行くんだ。警部殿、俺たちは捜査本部に戻って幹部たちを説得しよう」

「俺たちはどうすればいいんだ?」

赤城が言った。

菊川がそっけなく言った。

「いっしょに捜査本部に来てくれ。もう一度説明してもらうことになるかもしれん」

「結城と黒崎をホテルのほうに回したほうがいい。結城の耳と黒崎の鼻は役に立つ。結城なら遠くからでも対象者の声を聞き分けられるし、黒崎なら対象者が変装していても臭いでわかる」

菊川は一瞬、抗議の姿勢を見せた。しかし、すぐに思いなおしたように言った。

「じゃあ、二人は奥平といっしょに行ってくれ。さ、急ぐぞ」

ばたばたと廊下を小走りに急ぎながら、菊川が百合根に言った。

「何だって外国人が日本でこんな事件を起こすんだ?」

「さあ……」

後ろから青山が言った。

「すべての計画的犯罪は、人の理性が起こすんだ」

「何だと?」

菊川が肩ごしに見ると、青山はいつになく悲しげな顔をしていた。

山吹が言った。

「この世の闇もそれを灯す灯明《とうみょう》も、すべて人の心の中にあります。犯罪を起こすのが理性ならそれを戒め、防ぐのも理性であるはずです」

15

「リリィ・タンのマークに人を回してください」

捜査本部には、幹部と庶務担当や連絡係の警官が数人残っているだけだった。彼らは皆菊川の声に振り向いた。

永作課長と池田理事官は、まじまじと菊川を見つめていた。だが、二人の反応は決して同じではないと百合根は感じた。

永作課長は、かすかな失望の色を見せていたし、池田理事官は苛立ちを露《あらわ》にしていた。二人は、菊川の変節をなじっているようだった。

永作課長が言った。

「リリィ・タンが事件とは関係ないと言ったのはあんただぞ」

「事情が変わったんです」

永作課長は皮肉まじりに言った。

「STの坊やに説得されたか？」

「そのとおりです」

永作課長が、相手にできないという調子で冷笑を浮かべた。菊川はかまわずに言った。

「今、奥平と中野署の若いのがSTの二人を連れて帝都プラザホテルに張り込んでいます。応援をやらないと……」

「待て待て……」

池田理事官が、百合根たちSTのほうをちらりと見た。永作に視線を戻すと言った。「STに説得されたって？　どういうことだ？」

「とにかく、まず応援を……。俺たちは、リリィ・タンを尋問しました。警察と接触したことで行動を開始するかもしれません。国外に逃亡する恐れもあります」

「逃亡だって？　君、落ち着くんだ。なぜ、リリィ・タンが逃亡しなければならない」

「リリィ・タンが三件の殺人事件の実行犯であると疑うに足る理由があります」

永作課長と池田理事官は一瞬絶句した。

その瞬間に、捜査本部に残っている人間全部の視線が菊川たちに集中したように百合根は感じた。

永作課長の眼に敵意が芽生えたような気がした。

「何をふざけたことを言ってるんだ。リリィ・タンてのは女だぞ。女が三人の被害者を惨殺して屍姦したというのか？　気でも違ったのか？　残っていた精液の血液型も全部違う。あの女が手引きして、三人の男を使ったというのならわかる。あの女が犯人だって？　しかも、あの三件が連続殺人だというのか？　私はあんたがもっとましな刑事だと思っていたよ」

「まあ、待て」

池田理事官が永作課長に言った。「STには専門家としての意見を聞くために来てもらっている。一応その意見にも耳を傾けるべきじゃないか？　菊川君は、STの言い分を聞いてリリィ・タンを疑いはじめたのだろう？」

「リリィ・タンが動き出す前に手を打ちたいんです」

菊川が二人を睨み付けるようにして言った。

「まず、応援を送ってください。説明はいくらでもします」

「今、魏孫沢と永尊の家宅捜索の準備に追われている。ムハマド・ヤシンの行方を追うのに人も割かなければならない。余分な人員は一人もいない」

永作課長が言った。「私はあんたにも家宅捜索のほうに回ってもらいたいくらいなんだ」

裏切られたという思いのせいで意地になっているのだろう。百合根はそう思った。菊川一人に説得を押しつけているわけにはいかない。百合根は言った。

「青山さん。私たちにしたのと同じ説明をできるだけ簡潔にもう一度ここでしてください」

「この人たちに話しても無駄かもしれないよ。少なくとも、菊川さんは、心理的に揺れ動いていた。だから、僕の話に耳を傾ける気になったんだ」

「説明してください。お願いします」

「まあ、キャップがそう言うのなら……」

青山は説明を始めた。「ええとまず、三つの事件が初歩的なプロファイリングにおいてどういうパターンに当てはまっているか……」

永作課長は、持っていたボールペンを不愉快そうに勢いよく置いた。

池田理事官は疑い深げな目つきで青山を見ている。

庶務担当や連絡係の警察官たちが残らず耳を澄ましているのがわかった。

熊のような風体の割りには、こういうときはきびきび動くんだな……。

高垣は奥平を見てそんなことを考えていた。帝都プラザホテルに到着すると、まず奥平はフロントでリリィ・タンの所在を確認した。リリィ・タンは出掛けていた。チェックアウトはまだしていない。部屋の荷物もまだそのままだという。

「帰りを待とう」

奥平が高垣に言った。「張り込むんだ」

「戻って来ますかね?」

「来ると信じるしかないな。リリィ・タンは尋問されたが、俺たちが納得したと思い込んでいるかもしれない。そう願いたいね」

「奥平さん、顔を知られていますよね」

「ああ、二手に別れよう。俺は物陰に隠れる。おまえさんは、ロビーで張るんだ。だが、気をつけろ。あのSTの坊やの話によると、リリィ・タンはプロらしい。おまえさんたちの顔もチェックしているかもしれない」

「わかりました」

奥平は黒崎に言った。

「あんた、俺と来てくれ」

その瞬間、高垣は少しだけ奥平が気に入った。結城翠と自分が組むことになり、気分がよくなったからだ。

こんな巨乳美人とだったら、張り込みも悪くないな……。

そんな高垣の気持ちを見越したように、奥平が言った。

「おい、鼻の下を伸ばしてまたへまをやるなよ」

「わかってますよ」

奥平は、ずんぐりした体を揺すりながら足早に去っていった。そのあとを、流れるような動きで黒崎が追う。その身のこなしはどこにも無駄な力が入っておらず、華麗ですらあった。

「張り込みって、どうやるの？」

そう言われて、高垣は翠の顔を見た。胸の谷間ばかりに気を取られていたが、顔はどちらかというと童顔といえるかもしれなかった。特に唇が愛らしい。

派手な印象があるが、厚化粧をしているわけではなかった。長い髪も自然なウェーブを描いている。

「文字通り張り込むんだよ。対象者が現れるまでじっと待つんだ」

「あまり人目に付いちゃいけないんでしょう？」

「まあ、そうだね」

「こんなところに突っ立っていたら、目立つわよ」

「ああ、君なら目立つだろうね」

「あら、それお世辞かしら？」

「いや、本当のことだよ」

「だったら、喫茶室へ入ってお茶でも飲まない？」

なかなか魅力的な誘いだった。これが仕事でなければな……。

「でも、お茶なんか飲んでいたら、熊にどやされる」

「熊？」

翠が笑った。その笑顔は小悪魔的だった。「それ、奥平さんのこと？」

「そう。密かにそう呼んでいる」

「かまわないわよ。喫茶室からもロビーは見えるわ」

高垣は、喫茶室のほうを見た。

こんな美人とお茶が飲めるチャンスなど滅多にない。それに、喫茶室にいるほうが確かに人目にはつかない。アベックがお茶を飲んでいるように見えるに違いない。

「よし、喫茶室へ行こう」

高垣は、捜査本部に来て初めてうきうきした気分で歩き出した。

「昨日はどうも」

席に着いた高垣は、女性の声で振り返った。リリィ・タンを探すために遅くまで連れ回したウェートレスがメニューを持って立っていた。

「あ、いや、どうも遅くまですいませんでした」

ウェートレスは意味ありげな笑顔を見せた。

「その後、捜査のほうはどうです？」

高垣はそっと周囲を見回した。席と席の間にゆったりとしたスペースが取ってあり、ウェートレスの声を聞き留めた客はいないようだった。

「捜査のことは内密にお願いしますよ」

「あら、じゃあ、これ、張り込み？　てっきりプライベートかと……」

ウェートレスはちらりと翠のほうを見た。その眼に嫉妬の色があった。単に翠の美しさに対する羨望だったかもしれない。高垣はそう思うことにした。

「そういうことです。だから……」

「あたし、刑事ドラマ好きなんです。捜査とか興味あるし……。いつでも協力しますよ」

「そいつはどうも……」

高垣と翠がコーヒーを注文すると、ウェートレスはまたしても意味ありげな笑みを浮かべて去っていった。

「非協力的なのも困るけど、捜査のことに妙に興味を持たれるのもね……」

高垣が視線を戻すと、翠は優雅にほほえんでいた。

「興味があるのは、捜査にではないかもよ……」

「どういう意味だ？」

「あの子、あなたに興味がありそう」

「なんだよ、それ……」

高垣はふてくされたようにそう言った。

僕は、あんたに興味を持ってほしいんだ。心の中でそう言っていた。

急に翠のほほえみが消えた。

じっと高垣を見ているようだ。高垣はひどく落ち着かない気分になった。

「何だよ……」

翠は何も言わない。ただ高垣の顔を見ている。

「どうしたんだよ……」

「し……」

翠が言った。「静かに……。リリィ・タンの声が聞こえる」

高垣は、翠が自分を見ていたのではないことに気づいた。彼女は、聴覚に神経を集中していただけなのだ。

「どこだ？」

高垣は、緊張を取り戻した。

「出入り口のほうよ。誰かと話をしている。おそらくドアマンか何かと……」

高垣は立ち上がろうとした。

「待って」

翠が言った。「やり過ごしたほうがいいんじゃない？　彼女がフロントに行くまで待ったほうがいいわ」

「そうだな」

高垣は、ロビーの広場のほうに顔を向けないようにして様子を見ていた。やがて、リリィ・タンが通り過ぎていった。昨日とは違ったスーツを着ている。おとなしいデザインのパンツスーツだった。色はモスグリーン。鮮やかなブルーのブラウスを合わせている。

変装もしていないし、警戒している様子もない。昨日尋問されたことをまったく気にしていないようだった。

だが、安心はできないと高垣は思った。ＳＴに言わせると、彼女は冷静沈着で油断のないプロらしい。

ここでへまをやってたまるもんか。

高垣は思った。

リリィ・タンが通り過ぎるのを待って高垣は立ち上がった。

「君はここにいてくれ。僕は熊に知らせてくる」

「その必要はないみたいよ」

「なんだって？」

翠は、ロビーの一角を見ていた。高垣はその視線を追った。奥平がじっと高垣のほうを見ていた。その眼が物語ることは明らかだ。高垣は、心の中で舌打ちをした。

くそっ。やっぱり、お茶なんか飲みに来るんじゃなかった。こりゃ、後でまた何か言われるな。

とにかく、奥平の指示をもらわなければならない。

「コーヒーが来たら、君、飲んでよ」

高垣は、千円札を二枚置いて喫茶室の出口へ向かった。

永尊は、六本木の全日空ホテルのスイートで、腹心の部下だけを呼び集めていた。特に信頼している部下は三人だけだった。

まだ四十代前半の永尊は、高級なスーツに身を包んでいた。イギリスから生地を取り寄せ、最高のテーラーで仕立てた背広だ。彼は、魏孫沢とはまた違ったタイプだった。家族を大切にする魏孫沢に対して、永尊は、独身主義だ。

流氓から身を起こして、今では台北と東京を行き来する生活だった。東京にいるときは、たいてい全日空ホテルに泊まっている。

彼は金を稼ぐのも好きだが、使うのも好きだった。身の回りの物に金を掛けたし、女や博打にも金を使った。典型的な成り金趣味なのだ。

だが、彼の収入と権力はそれを可能にしていた。

多忙の合間を縫って台北にある会員制のスポーツジムで汗を流すのを習慣としていた。実は、そのスポーツジムも彼が所有しており、お気に入りのインストラクターとベッドの上で汗を流したりもする。

おかげで、四十歳を過ぎた今でも二十代の頃とそれほど変わらない体型を保っていた。そのあたりも、魏孫沢とは対照的だった。

永尊は、偉そうに振る舞うのが好きだった。成り上がり者の特徴でもある。回りの者が気をつかうのを見て自分の権力を確認しているのだ。常にそうせずにはいられないのだった。

彼は、部下が差し出した電話の受話器を、両足を机に乗せたまま受け取った。

永尊は、ことさらに大物ぶったしゃべり方で言った。

「俺はひどく腹を立てている。わかるか？　魏孫沢」

電話の向こうで魏孫沢が言った。

「あなたが誰に、またなぜ腹を立てているかなど、私には興味はないね」

「あんたも同じ気持ちだと思っていたんだがね……」

「まあ、人生、嫌なことはつきものだよ」

「俺は、王明美を殺されて心底頭に来ている。今なら、地球全部を敵に回してもいいような気になっている」

「うらやましいな」

「何だと？」

「私もそれくらいに一人の女性に情熱を持てた頃もあった。だが、今は家族が何より大切だ」

「ふざけるな。俺は王明美に惚れていたわけじゃない。だが、あの女は俺のものだった。俺は、俺のものに手を出したり壊したりした者を許さない」

「愚痴を言うのならお門違いだ」

「俺は、おまえの差し金で王明美が殺されたと思っているんだ」

「なぜそう思う？」

「呉白媛が殺されている。あいつは、あんたの女だった」

「じゃあ、呉白媛はあんたの手の者が殺したということか？」

「冗談じゃない。俺が呉白媛を殺す理由などない。呉白媛がどこかの男をくわえこんだんじゃないのか？　その男が変態だったんだ。それで殺されちまったのさ。そんなことは俺の知ったことじゃない。だが、あんたは、呉白媛を殺したのが俺だと思い込んだ。それでその報復に王明美を殺したんだ」

「呉白媛を殺した後ろめたさがあるから、そんなことを言うんじゃないのか？」

「とにかく、だ。あんたが何と言おうと、うちのグループの中には、あんたが殺《や》ったと思っている者がいる。その連中はえらくいきり立っていてな。どうやら、俺にも止められそうにない」

「それは、宣戦布告と受け取っていいのか？」

「そういうことになるかもしれない」

突然、魏孫沢は笑い出した。永尊は、戸惑い、腹を立てた。

「何がおかしい」

「永尊ともあろうものがな……。女を殺されると頭に血が上って何もわからなくなるらしい。今まで見えていたものも見えなくなる。若さかな？　うらやましくもある」

永尊は歯ぎしりした。

魏孫沢のこうした物言いが腹立たしかった。いくら大物振ろうと、どうしても魏孫沢の泰然とした態度に接するとかなわないような気になってくる。それが面白くないのだ。

「ふざけるな。俺はやられたことは倍にして返す主義だ。俺を甘く見るなよ」

「あんたは今、周りが見えていない」

「言い訳のチャンスをやろうとしたのだがな……。あんたはそのチャンスをふいにした」

「頭を冷やせと言ってるんだ。今動き出したら、警察が黙ってはいない」

「日本の警察なんぞどうってことはない。どうせやつらは何もできないんだ」

「それは、裁判所の執行令状がない場合だ。令状を持った彼らはおそろしく強気になる。私の身辺に刑事がうろついているようだ。おそらくそっちも同様だろう」

「刑事だって……？」

「やつらは口実を得たのだ。私たちが互いに愛人を殺し合ったのではないかと考えているようだ。その容疑で家宅捜索を掛ける。だが、それは表向きだ。やつらは私たちのビジネスそのものを叩き潰したいのだ」

「俺は呉白媛を殺したりはしていない」

「私だって王明美のことなど知らん。だから、これは警察の口実なのだ。私だって、呉白媛を殺されて腹が立たなかったわけじゃない。だから、私なりに調べてみた。しかし、誰が殺ったのかいまだにわかっていない。あんたのことを疑ったこともあったさ。しかし、その後、あんたの愛人も殺された。天に誓って言うが、私の報復などではない。さらに、コロンビア人の娼婦が殺された。この娼婦は、ムハマド・ヤシンの愛人だ。ムハマド・ヤシンは知っているな?」

「知っている。くだらねえ野郎だ」

「だが、ドラッグの売買で大きな力を持ちはじめている」

永尊はにわかに慎重になった。魏孫沢は老獪《ろうかい》だ。だまされてはいけないと自分に言い聞かせた。

「だからどうだと言うんだ」

「少しは頭を使ってほしいものだな。誰が殺ったか知らないが、あんたみたいに頭に血を上らせるのはそいつの思うつぼだってことだ」

「どういうことだ？」

「歌舞伎町を一触即発の雰囲気にしたいのだ。できれば、大きな抗争を起こさせたいのかもしれない」

「そんなことをしてどうなる？」

「もし、あんたと私、そしてムハマド・ヤシンが入り乱れて戦うと、互いに大きな被害が出るだろう。身内の者が大勢死傷する。それだけじゃない。抗争が起きたとなると、警察が牙をむく。徹底的に取り締まりを始めるだろう。警察は私たちにさらなる被害を与えるだろう」

「いったい誰がそんなことをもくろんでいるというんだ？」

「わからん」

「話にならないな」

「調べたがわからんのだ。警察もまだつかんではいないようだ。少なくとも、私が話を聞いたときは、手掛かりがない様子だった」

「話を聞いただって？」

「そう。私もあんた同様に頭に来ていたんでね。少々強引な方法で調べた」

　永尊は、しばらく間を置いた。

　魏孫沢が言っていることは本当だろうか？　それを検討する時間が必要だった。永尊が黙っている間、魏孫沢も黙っていた。

やがて、永尊は言った。

「刑事がうろついていると言ったな?」

「監視されている」

「殺人事件の捜査のためか?」

「今のところはそうだろう。だが、彼らはやがてそれを利用しようとするに違いない。われわれが抗争の準備を始めたと見るや、すぐさま、殺人の捜査を口実に乗り込んでくる。令状があれば、われわれは拒否できない。当分、おとなしくしているのが利口だろう」

永尊は、再び歯ぎしりをした。

「くそっ。女を殺され黙っていろというのか?」

「仕方がない。誰がやったかわからんのだからな」

「いったいどういうことになってるんだ……?」

「さあな、だがこれだけは言える」

魏孫沢は、言い含めるようにゆっくりと言った。「誰かが歌舞伎町で何かをやろうとしている」

永尊は唇を嚙んでいた。

魏孫沢の言うことは筋が通っている。たしかに今うかつに動くのは得策ではない。しばらくどういうことになるか様子を見たほうがいい。

永尊はそう思った。

悔しいが、しばらくは魏孫沢の言うとおりにしよう……。

16

青山の説明をすべて聞きおわっても、永作課長は何も言わなかった。池田理事官も無言のままだ。

菊川は苛立たしげに言った。

「どうです？　これが専門家の意見ですよ。俺は充分に説得力があると思いますがね」

池田理事官が永作課長の顔を見た。永作課長は菊川を見ていた。その眼から敵意は消えていない。

百合根には永作課長の気持ちがよくわかった。

永作課長は、相変わらず意地になっているだけなのだ。同じベテラン刑事として信頼していた菊川が、信頼するに足りないと思っていたSTの側に付いた。そのことが面白くないのだ。

もちろん、冷静に考えれば青山の言うことにも一理あると思っているに違いない。だが、菊川に裏切られたような気がしてどうしても素直に認めることができないに違いなかった。

「どう思う？」

池田理事官が永作課長に尋ねた。永作課長は苦い顔をして言った。

「専門家の意見としてうかがっておきましょう。だが、あくまでも参考意見に過ぎないと私は思います。確証が何もない」

「リリィ・タンを当たりゃ確証はきっと出ますよ」

菊川が言った。「証拠よりも心証が大切な場合もある」

そのとき、電話が鳴り、じっと成り行きを見つめていた連絡係の警官が受話器を取った。

「菊川さんにです」

菊川が電話に出た。たちまち、菊川の苛立ちが募《つの》るのを、百合根ははっきりと感じ取った。

「奥平からです」

電話を切ると菊川は言った。「リリィ・タンが外出から戻りました。今のうちに応援が必要です。無線も必要だ」

「私は、STさんの意見はかなりの信憑性《しんぴょうせい》があると思う」

池田理事官が言った。

永作課長は、タイミングを計っている。百合根はそう感じた。説得された形になるのが悔しいのだ。あくまでも、納得したという形にしたいのだ。

　百合根が言った。

「殺害の場所の特定が必要です」

　池田理事官と永作課長が同時に百合根を見た。

「殺害の場所だって？」

　永作課長が尋ねた。

「そうです。王明美とサブリナ・リソは、殺されてから運ばれました」

「手掛かりがない」

　百合根は青山を見た。

　青山は相変わらず淡々とした口調で言った。

「見当がつかないわけじゃない」

　再び、全員が青山に注目した。

「こうした計画的な犯行の場合、殺害の場所をあらかじめ決めておくことも必要だと思う。そして、それは、簡単に人目に付かないような場所。周りに人がいない部屋などが望ましい。リリィ・タンはアメリカからやってきて土地勘がない。単独でそういう理想的な場所を探せるとは思えない。ホテルなどでは難しいと思う。人目があり過ぎる。では、どうするか……。僕がリリィ・タンなら、何かのつてを頼って探すだろう。何かそういう施設を持っていそうで、リリィ・タンの要求に即座にこたえてくれるようなって、……」

菊川が言った。

「グレコ社の日本支社だ。グレコ・ジャパンと言ったか……」

「しかし……」

池田理事官が言った。「もし、リリィ・タンが犯人だとして、それほど周到なやつなら、殺害場所に痕跡を残すような真似をするだろうか?」

「心配ない」

赤城が言った。

今度は全員が赤城に注目した。

「殺人が行われた場所で、痕跡を完全に消し去ることなど不可能だ。場所が特定できたら、俺が必ず何らかの痕跡を見つけてみせる」

百合根は、赤城の言葉に頼もしさを感じながら、永作課長に言った。

「青山さんのプロファイリングが机上の空論になるか、それとも確証が得られるか、ここは行動のときだと思いますが……」

皆が永作を見た。

永作は一同の顔を見回し、考えた末に言った。

「いいだろう。リリィ・タンの張り込みの態勢を整えよう。それと、グレコ・ジャパンといったか？　そっちは、菊川さんが当たってくれ」

菊川はうなずき、百合根に言った。

「警部殿。いっしょに来てくれ」


菊川と百合根に赤城、青山、山吹の三人が同行した。グレコ・ジャパンは、西新宿の高層ビルの一角にあった。四フロアを使っている。

菊川が、受付で、アメリカの本社から来ているリリィ・タンについて訊きたいと申し入れると、すぐさま広報担当が出てきた。

五十がらみの部長で、すっきりとしたみなりをしている。背広は高級そうだし、ネクタイのセンスも悪くなかった。靴はぴかぴかに磨かれている。

菊川たちは、応接室に案内された。

「リリィ・タンのことだとか？」

広報部長は、柔和な表情で語りかけた。人当たりはいいが、信用できないタイプだと百合根は思った。

菊川がうなずいた。

「タンさんは、帝都プラザホテルに宿泊なさっていますね」

「ええ。それが何か……」

「ほとんど単独で行動なさっているというのは本当ですか？」

「そのとおりです」

「来日の目的は？」

「新規に参入する化粧品部門のためのマーケティングです」

菊川はまたうなずいた。

「その仕事のために、グレコ・ジャパンで何か用意されましたか？」

「ご質問の意味がわかりかねますが……」

広報部長は、表情を変えない。

「一人で動き回るには、足が必要でしょう。車とか……」

「さあ、そういうことに関しては、私ではわかりかねますね」

「知っている人を呼んでください」

菊川の言葉は依頼ではない。要求ですらなく、命令に近かった。広報部長は、たじろいだ。

「いや、こういう場合の応対は、私に一任されております。私が話を聞いてきましょう。少々お待ちいただけますか？」

「待てません」

菊川ははっきりと言った。「直接、事情を知っている人に話を聞く必要があります」

「どういうことなのです？　いったい、何をお訊きになりたいのですか？」

「今質問しました。リリィ・タンのために何かを用意されたかどうか」

「何のための質問ですか」

「私たちは殺人事件の捜査をしているのです」

「殺人事件……」

広報部長の表情が曇った。菊川から目をそらし、百合根の顔を見た。百合根は、なるべく無表情を装っていた。うまくできたかどうか心配だったが、広報部長はすぐに菊川に視線を戻した。

「リリィ・タンが殺人事件に関与しているとおっしゃるのですか？」

「その点に関しては何も申し上げることはできません。私たちは急いでいる。事情を知っている人に会わせてください」

「待ってください。犯罪に関係した捜査ということになると、私どもとしては弁護士の立ち会いを要求しなければなりません」

「そういう時間かせぎをなさると、警察に敵対していると見なしますよ。警察というのはね、敵対するやつを決して許さないんですよ」

広報部長は、表情を閉ざした。こうしたことに慣れているようだと百合根は思った。しばらく考えていたが、彼は自分だけでは対処できないと思ったのか、失礼と言い置いて席を外した。

　広報部長が部屋を出て行くと、菊川はぼそりと言った。

「少なくとも、あの広報部長は何も知らないな……」

「何も知らない？」

「そりゃそうだろうな」

　青山が言った。「だからこそ、リリィ・タンは単独で行動していたんだ」

　菊川が言った。

「じゃあ、グレコ・ジャパンが彼女のために部屋を用意したというのも怪しくなってくるな……」

「いや……」

　青山はきっぱりと言った。「その点については可能性は大きいと思うよ。それに菊川さんは、さっきいい点を衝《つ》いた」

「何のことだ？」

「足のことだよ。リリィ・タンは車が必要だった。死体を運ぶためにね」

「なるほど……」

　広報部長が一人の男を連れて戻って来た。まるで一流ホテルのフロント係のような感じだと百合根は思った。慇懃さが板についている。

「リリィ・タンの件を担当しております、島松と申します」

名刺には支配人・島松英治とあった。

「支配人？」

菊川が尋ねた。

「はい。わが社はレストラン・チェーンを持っておる関係上、こういう役職があるのです」

「さっそくですが」

菊川は島松に言った。「リリィ・タンのために特に何か用立てましたか？」

「まず、ホテルを用意しました。帝都プラザホテルです。当社に近いということもあり、外国からのお客さんには、たいていこのホテルを用意します。滞在中の費用に関しては、わが社が持ちます」

「それ以外には？」

「車が必要だと言われて、社の営業車を一台回しました。役員用のハイヤーを用意すると言ったのですが、自分で自由に運転したいと彼女が言うもので……」

「その営業車はどこに？」

「さあ……。まだ、リリィ・タンが使っています。ホテルの駐車場じゃないですか？」

「その他には？」

島松は、ちょっと考え込んだ。

「他にはなかったと思いますが……」

「よく考えてください」

「いや、ありませんね」

菊川はじっと島松を見つめていた。百合根も島松を観察していた。嘘をついているようには見えなかった。

やがて、菊川は目を伏せて言った。

「そうですか……」

「どうやら、あまりお役に立てなかったようですね」

「いえ、そんなことは……」

菊川は落胆を必死に隠そうとしているようだった。「リリィ・タンさんの出発の予定をご存じですか？」

「いいえ。彼女はオープンの航空チケットを自分で持っています。自分で予約を入れていつでも帰ることができます」

「なるほど……」

百合根は、何か尋ねなければならないと思った。このまま、引き上げるわけにはいかない。

「今現在、グレコ・ジャパンには化粧品部門はないのですね？」

島松が、優雅に百合根を見た。

「まだございません」

「新たに部署を新設するのですか？」

「そういうことになりますね。しかし、部署というより事業本部ですね。そのための準備室を近々作ることになっています。リリィ・タンの来日の目的には、その準備室用地の視察も含まれていました」

「準備室用地……？」

百合根は思わず聞き返した。菊川も即座に反応していた。

「ええ……」

島松が、ふたりの反応に驚いたように言った。「わが社が持っている不動産のひとつです」

「ほう。それはどこにあるのですか？」

菊川が尋ねた。

「新宿中央公園の向こう側です。山手通りに面している建物でして……」

王明美とサブリナ・リソの死体が発見された現場寄りだ。百合根は、胸が高鳴るのを感じた。

菊川が尋ねた。

「それは、どういう建物ですか？」

「かつて、小さな開業医の病院だった建物です。数年前のことですが、事情があって閉院することになり、私どもがそれを買い取ったというわけです」

菊川も緊張の度合いを高めていた。

「リリィ・タンさんは、その元病院の鍵をお持ちですか？」

「はい。いつでも視察できるように、渡してあります」

「ビンゴだ」

青山が言った。

帝都プラザホテルのロビーに現れた四人の刑事の先頭が永作課長だったので、高垣は驚いた。すぐさま、奥平が駆け寄り彼らを目立たない場所に連れていった。

「応援が来たようだ」

高垣は、翠に言った。

奥平が小さな身振りで手招きした。

「行こう。呼んでいる」

高垣は、周囲に気を配りながらロビーを横切った。刑事たちは、エスカレーターの陰に集まっていた。

「課長さんがじきじきに応援ですか？」

奥平がそう言っているのが聞こえてきた。永作課長がこたえた。

「人手が足りないんだ」

永作課長は、小型のトランシーバーを取り出した。イヤホンが付いている。それを奥平と高垣に手渡した。

「二人に一台だ。二組に分けよう。リリィ・タンの向かいの部屋が借りられるかどうかフロントで確かめてくれ。一組はその部屋。一組はロビーだ。ロビーの組はまた二組に分かれる。いいな？」

高垣はフロントに走った。リリィ・タンの部屋の向かいは空いていた。予約が入っているがまだチェックインされていないという。予定を変更してもらい、中野署で借り受けた。

部屋の鍵を持っていくと、永作課長はうなずいて言った。

「さて、ここからは刑事の出番だ。STさんは引き上げていいよ」

翠は眉をひそめて言った。

「どういうこと？」

「捕り物になったら、あんたらじゃ無理だ。そういう訓練を受けていないのだろう？　第一、あんたたちは警察官ではない。警察官の職権行使ができないんだ」

高垣は何とか翠と離れずにいられないものかと思い、ひとこと言ってみることにした。

「この人の耳は役に立ちますよ」

永作はじろりと高垣を睨んだ。

課長は機嫌が悪そうだと高垣は思った。永作がこうした態度を取るのは珍しい。どちらかといえば、冷静なタイプだ。

「耳は役に立つかもしれん。だが、張り込みや捕り物に関しては素人だ。せっかくの張り込みをぶち壊しにされたらどうするんだ。ここからは訓練された者が必要なんだ」

「はあ……」

「奥平さんと高垣は面が割れているから、部屋のほうに回ってくれ。われわれがロビーに張り込む。さあ、ぐずぐずしてないで持ち場につくんだ」

奥平がエレベーターに向かった。高垣はその後に従うしかなかった。


「しょうがないわね……」

刑事たちが持ち場に散り、取り残された翠は言った。

「帰れというのなら、捜査本部に帰りましょうか?」

黒崎は何も言わない。だが、同意していないのは明らかだった。彼は、喫茶室のほうに歩き出した。

「ちょっと、どこ行くのよ」

「時間を潰す……」

「何のために？」

「リリィ・タンはきっと動き出す」

「だから、それは刑事たちにまかせればいいじゃない」

「俺はリリィ・タンに興味がある」

「そりゃ誰だってそうよ。だからこうやって張り込んでいるんじゃない」

「武道家としての興味だ」

「武道家としての興味？　リリィ・タンが何か武道をやっているというの？」

黒崎はうなずいた。

「なぜそんなことがわかるの？」

「王明美とサブリナ・リソに対する正確な殴打の痕。それに、普段の身のこなし……」

「だからって、ここにいてどうなるものでもないでしょう」

「万が一、刑事たちの包囲を逃れたら、俺が追う」

黒崎は喫茶室に入って行った。

「まったく、しょうがないわね……」

翠は溜め息をつき、黒崎に続いた。

菊川は、グレコ・ジャパンを出るとすぐに捜査本部に連絡して、元病院の捜索令状と、リリィ・タンが使用しようとしていた車の差し押さえ令状を請求するように頼んだ。池田理事官がすぐに手配すると言った。

そのまま、彼らは病院に向かった。教わった住所を訪ねると、その病院はすぐにわかった。古い建物で、贅沢に敷地を使っていた。建物の前には庭があり、その脇が駐車場になっている。

「こりゃ、もってこいの建物だな……」

菊川が言った。「敷地が広いので周囲の建物から離れている。中でどんな物音がしても聞かれる心配はない」

百合根はうなずいた。

「病院ならば、手術室があり、そこならば汚物や血を洗い流すこともできます」

「そうだな」

王明美は乳房を切り取られていた。死後切り取られたとしてもおびただしい血が出たはずだ。それに、殺された人間は糞尿を垂れ流す。

「警部殿は、STの連中とここを張っていてくれ。俺は、ホテルでリリィ・タンが使った車を確認してくる。車が見つかったら、警官を張り付かせる手配をする」

「わかりました」

「手配が済んだら戻ってくる。頼んだぞ」

菊川が去って行った。

百合根はその後ろ姿を見送った。日が傾き、風が冷たくなってきた。菊川がいなくなると急に心細くなった。いつしか、菊川を頼もしく思うようになっている。

赤城が重々しい溜め息をついた。

「どうかしましたか？」

百合根が尋ねた。

赤城は、病院を見つめていた。その建物は、古い洋館だった。すべての窓に板が打ちつけられている。まがまがしい印象があった。まさに幽霊屋敷といったたたずまいだ。

「リリィ・タンがここで人を殺しているところを想像しちまったんだ」

赤城がぼそりと言った。「まったく、女というのは恐ろしいな……」

17

菊川は、帝都ホテルの駐車場中を捜し回った。駐車場は地下一階と地下二階にあり、すべての車を見て歩くのに、三十分近くかかった。

だが、リリィ・タンの車はなかった。

リリィ・タンがホテルに戻ったという知らせを受けてから二時間とたっていない。あれからリリィ・タンはまた出掛けたのだろうか？

菊川はロビーにやってきた。

ぐいと背広を引っ張られ、振り向くと永作が睨んでいた。

「永作さん。あんたが来ていたのか……」

「こっちへ来い。張り込みをぶち壊す気か？」

「リリィ・タンは出掛けたんですか？」

「何を言っている。あれ以来動きはない」

「車がないんです」

「車？」

「リリィ・タンが使っていた車です。グレコ・ジャパンの営業車。ナンバーも控えてあります」

「会社に返したんじゃないのか？」

「いや、グレコ・ジャパンではまだリリィ・タンに預けてあると言っています」

「じゃあ、どこかに置いて来たんだろう」

「部屋を調べてみましょう」

「ばかを言うな。何のための張り込みだ」

「張り込みに気づいて逃走したのかもしれない」

永作は、事態が思ったより逼迫《ひっぱく》していることにようやく気づいたようだった。

「わかった。部屋を訪ねてみよう。先に行ってくれ。私はホテルに合鍵と部屋を開ける際の立会人を頼んでくる」

菊川はエレベーターへ急いだ。四基あるうちの一番右に飛び乗る。リリィ・タンの部屋は八階だった。エレベーターがやけにのろく感じられ、いらいらした。

リリィ・タンの部屋のドアを叩いていると、向かいの部屋から奥平と高垣が驚いた顔で飛び出してきた。

「どうしたんです、係長《ハンチョウ》」

奥平が訊いた。

「様子がおかしいんだ」

部屋の中から返事はない。菊川はさらにドアを叩いた。

「タンさん。開けてください。警察です」

反応なし。

ホテルの従業員を連れた永作課長がやってきた。

「鍵を開けてください」

菊川は、ホテルの従業員に言った。

「しかし、令状はお持ちじゃないんでしょう？」

「後ほどお見せしますよ。お願いします」

ホテルの従業員は、渋面を作り本意ではないことを示しながら合鍵を差し込んだ。

ドアが開くと、菊川は部屋に飛び込んだ。すでにベッドメイキングされている。部屋の左手に大きなスーツケースが置いてあった。クロゼットには二着のスーツがかかっている。引き出しの中には下着が入っていた。

バスルームのドアは開いていた。中には誰もいない。

「やはり、いない」

菊川は言った。

「いない？」

奥平が言った。「しかし、自分らは彼女がフロントを通ってたしかにエレベーターに乗ったのを確認しました」

奥平は蒼くなっている。

「エレベーターは四基ある」

菊川が言った。「どこかの階で乗り換えて、地下まで行ったに違いない」

「なぜです？」

奥平が言った。「彼女はなぜそんなことを……」

「おそらく、こちらの張り込みに気づいたんだ」

「そんな様子はありませんでした」

「やつはおそらくプロだ。出し抜かれたんだよ」

「何という失態だ」

永作課長が非難する口調で言った。菊川はさっと永作を見た。

「もっと早く手を打っていればこんなことにはならなかったんだ」

永作は一瞬腹立たしげな顔を見せたが、すぐに我に返って言った。

「そんなことを言ってるときじゃない。まだホテル内にいるかもしれない。手分けして探そう」

「いや」

菊川は言った。「車がない。おそらくホテルから出ているでしょう。行き先は多分、成田空港……」

「成田だって？」

「彼女は、オープンの航空チケットを持っているんです」

「しかし、この荷物は……」

「何もかも捨てて逃走したんです。いい判断です。彼女がプロだという証拠だ」

永作はもはや躊躇しなかった。電話に飛びつくと、捜査本部を呼び出した。

「緊急配備をお願いします。重要参考人のリリィ・タンが逃走した恐れがあります。車種とナンバーは……」

永作は菊川の顔を見た。

「カローラ・ワゴン。白にブルーの塗装。グレコ・ジャパンの社名が入っています」

菊川は車の特徴を告げ、さらにナンバーを告げた。永作はそれをそのまま復唱した。

「リリィ・タンは成田空港に向かった恐れがあります。千葉県警にも協力を要請してください」

永作課長が電話を切った。

菊川が言った。

「われわれも成田に向かいましょう」

「今からじゃ間に合うかどうか……」

「飛行機はすぐに飛び立つわけじゃない。ヘリが用意できるかどうか、本庁に訊いてみましょう」

永作課長が菊川をまじまじと見た。

「ひとこと言っていいか？」

「何です？」

「あんた、やっぱりいい刑事だよ」

翠と黒崎は、ロビーに菊川がやってきたのを見ていた。何やら様子がおかしいので、喫茶室を出て、フロントの近くで刑事たちが現れるのを待っていた。

菊川たちがエレベーターから降りてきたので、翠は声を掛けた。

「いったい、どうしたって言うの？」

菊川は歩を止めなかった。

「リリィ・タンが姿を消した。俺たちは成田に向かう」

「俺たちも行こう」

無口な黒崎が即座に言った。

菊川がこたえた。

「今はあんたらと言い争う気になれん。付いて来たけりゃ来な」


「ずいぶん、遅いな」

青山が言った。彼は、元病院の玄関先にある石の段に腰掛けていた。彼はすっかり退屈した様子だった。

赤城が言った。

「さっさと病院の中を検査しちまいたいな。水で洗い流したくらいなら、血液の反応が出る。すぐに痕跡は見つかるはずだ」

「待ってください」

百合根が言う。「令状か持ち主の同意がなければそれはできませんよ」

そのとき、百合根の携帯電話が鳴った。捜査本部の池田理事官だった。

「今、どこにいる?」

「リリィ・タンが使用したと思われる病院の前です。菊川さんを待っているんですが……」

「菊川君は、ヘリで成田に向かった」

「成田……? どうしてです?」

「リリィ・タンがホテルから消えた。車に乗って逃走したと思われる。STの結城君と黒崎君も同行した」

「結城さんと黒崎さんが……?」

「外勤警官をそこに向かわせた。君は外勤と交代で本部へ戻ってくれ」

「わかりました」

電話が切れた。百合根は状況を、赤城たちに説明した。

「成田だって?」

赤城が言った。「外国に逃亡するなら、他にも手はあるだろう。横浜から船に乗る手もあるし、新幹線で大阪へ言って関西空港から出国する手もある」

「いや、成田で正解だよ」

青山が言った。

「なぜだ？」

「リリィ・タンはプロだ。警察がどう動くかだいたい予想がつくはずだ。こういう場合、素人はいろいろ策を弄《ろう》する。そして墓穴を掘るんだ。プロは、単純で確実な方法を選ぶ。リリィ・タンは日本国内でぐずぐずしている危険をよく心得ているだろう。一番早く国外へ脱出できる方法を選ぶはずだ」

「僕は捜査本部へ戻ります」

百合根が言うと赤城はうなずいた。

「俺は、科捜研に戻る。いつでもこの建物を調べられるように準備を整えておく」

「お願いします」

「まかせろ。すべてこの俺が片づけてやる」

やがて、外勤警官二名が到着し、百合根たちは二手に分かれてその場を離れた。

捜査本部には、緊急配備の無線連絡が通信指令室を通して絶えず入りつづけていた。百合根は、池田理事官とともにその無線をじっと聞いていた。

七時五分。リリィ・タンの車が乗り捨てられているのが発見された。場所は東京駅付近。緊急配備されることを見越して、車を捨てて別な方法で成田空港に向かったに違いない。東京駅付近からなら、いくらでも方法はある。

リムジンバスに乗る方法。成田エクスプレスに乗る方法。上野まで行って京成スカイライナーに乗る方法。普通列車や快速、急行を含めれば、リリィ・タンの足を特定することは不可能だ。あとは成田空港を固めるしかない。

「リリィ・タンが使っていた車が到着し次第、化学的な検査が可能です」

百合根が池田理事官に言った。

「わかった。今、基本的な検分をやっている。それが済み次第、ここに運ばせよう。それより、病院だ。令状は明日になりそうだ。一刻も早く痕跡を見つけたい。そうなれば、リリィ・タンの容疑も固まる。持ち主はグレコ・ジャパンという会社だったな。捜査員を向かわせて捜索の同意をもらおう。そのほうが早い」

百合根はうなずいた。

「STはすでに待機しています。いつでも向かえますよ」

グレコ・ジャパンの同意が得られたという知らせを受けて、赤城、青山、山吹は病院に引き返した。ルミノール反応の試薬などを携えていた。

すでに、中野署の鑑識係が病院に向かっているという。鑑識係は、指紋や遺留品の徹底した捜査を開始する。毛髪や衣類の繊維など、ありとあらゆるものをかき集める。それが公判を維持するための証拠となるのだ。

赤城たちの役割は、リリィ・タンの容疑を固めるために、殺人の痕跡を見つけることだった。殺傷したときの血液や、偽装のときに使った精液などの体液を検出すればいい。

現場に向かう車の中で、赤城は言った。

「どんな犯罪もたいていは検挙される。殺人は、決して割に合わない。なのにどうして人は犯罪を犯すんだ？」

「社会と個人の乖離《かいり》」

青山が言った。「社会学者はそう説明している。社会を営むためにルールを定める。でもそのルールがすべての個人にマッチしているわけじゃない。犯罪というのはすべての個人に内在している。だからさ、犯罪というのは反社会的ではあるけれど、反人間的ではないんだ」

「犯罪と捜査はいたちごっこというわけだな」

「誰が罪を犯すかは言い当てることはできない。でも統計的にある特定の地域でどれくらいの犯罪が起きるかは、不思議なくらい言い当てることができる。つまりそれは、ある条件に置かれれば、誰でも犯罪を犯す恐れがあることを意味している」

「俺にもおまえにもその恐れはあるわけだ……」

「ワシントンが桜の木を切ったという有名なエピソードがある」

「正直に木を切ったことを白状したという話だな。ワシントンは正々堂々とした正直者で信頼できる人間だというエピソードだ」

「そう。人々は、木を切ったことを隠さなかったワシントンの態度が立派だと考える。でもね、僕は桜の木を切ったこと自体が気になってしかたがない。詳しい話を知らないので、それが過失だったのか故意だったのかはわからない。でも、もし故意だったとしたら、そのときの桜の木を切りたいという衝動、そして、それを実行するに至った心理的な論理に興味がある。実際に木を切ったわけだからね」

「つまり罪を犯したわけだ」

「そういうこと。犯罪が社会的にどういうことかを考えるのと、犯罪を犯してしまうというのはまったく別なことなんだ」

「煩悩ですな」

山吹才蔵が言った。「人は煩悩から逃れられません。煩悩から離れることを悟りと言いますが、なに、本当の悟りは、煩悩からは決して逃れられぬ我が身の悲しみを知ることなのです」

車が現場に到着した。

すでに中野署の鑑識係が、現場の保存と遺留品の採集にかかっていた。

赤城は鑑識係員から、建物の内部の様子を聞いた。

「建物は、病院と住居から成っています」

「一階部分の部屋数は？」

「七部屋。二階が入院病棟になっていたようですね。ベッド数はせいぜい二十というところでしょう」

「手術に使うような部屋は？」

「タイル張りの部屋がありました。たぶん、そこでしょうね」

「俺の獲物だ。誰も触ってないだろうな？」

「触ってませんよ」

「よし、そこから始めるぞ。俺にまかせろ」

赤城が建物の中に突進していき、青山と山吹はあわててその後を追った。

成田空港第二ビルに到着した永作課長と菊川は、手早く千葉県警の責任者と打ち合わせを済ませた。彼らは、ヘリコプターの中で、リリィ・タンの車が乗り捨てられていたという無線を聞いていた。

奥平と高垣は指示を受けて、第一ビルへ向かった。

ふたつの空港ビルの地下にあるJR線、京成線への連絡通路、リムジンバスの到着場所、すべての駐車場との連絡通路などには、すでに千葉県警の制服警官が配備されていた。空港内には私服の警官も多数張り込んでいる。

菊川と永作は、第二ビルのチェックインカウンターのフロアを見回ることになった。

翠はその様子を黙って眺めているしかなかった。警察官たちは、さすがに手際がよく、慣れない翠たちはその会話と動きについていけなかった。

翠と黒崎はただ、菊川の後に付いていくしかなかった。

「決まり文句を思い出したわ」

翠が黒崎に言った。黒崎は何も言わない。「袋の鼠……」

それを聞き留めた菊川が言った。

「ところがな、厳重な包囲網が突破された例はこれまでに何度もあるんだ。相手が一人でこちらが多数という点が盲点になる。油断はできんのだよ」

「なるほどね」

「ところで、あんたの耳を当てにしていいのか？」

「さあどうでしょ。これだけ広くて雑多な物音が聞こえていちゃね……」

永作課長がさっと無線機のイヤホンを押さえて立ち止まった。

「駐車場の南館だ」

永作課長が言った。「連絡通路のところで、リリィ・タンらしい人物が発見された」

菊川が走りだした。それを追うように永作課長も駆けだす。

翠と黒崎もそれを追った。

駐車場との連絡通路のところで、制服警官数名と、髪の長い女性が言い争っていた。菊川は立ち止まってその様子を見ている。永作は息を切らせて追いつき、もみ合う警官たちと菊川の顔を交互に見た。

永作は、菊川の表情を読んで言った。

「別人か？」

菊川がこたえた。

「風体が似ているというだけです」

女は中国語でわめき散らしていた。警察官たちは、女を怒鳴り力ずくで制圧しようとしていた。警官の一人が女を殴りつけた。

永作課長が割って入った。

「よさんか」

警察官が怒鳴りつけた。

「何だきさまは！」

「警視庁中野署の永作という者だ。人違いだ。手を離せ」

「人違いだと？」

女を殴った警察官は、永作を睨み、それから女を見た。「だが、聞いている人相風体と一致する。中国人だ」

「写真を見ていないのか？」

「コピーを見ている」

「こっちは、顔を知っている」彼女じゃない。さ、早く放してやれ」

警察官は、いまいましげに同僚たちにうなずきかけた。を離した。女を殴った警察官は、行っていいというふうに手をひらひらと振った。謝罪をしようともしない。

菊川が言った。

「ひと言謝ったらどうだ？」

警察官は、菊川を睨んだ。

「何だ、てめえ」

「警視庁捜査一課、菊川」

警察官は面白くなさそうに言った。

「俺たち千葉県警は、あんたらの要請で駆り出されてるんだ。手伝ってやってんだよ。ここででかい面されたくねえな。さ、持ち場に戻るぞ」

中国人女性は腹立たしげに立ち去って行き、警察官たちも散っていった。

菊川が翠に言った。

「わかったろう。袋の鼠と思えても、失敗する要素はいくらでもある」

18

リリィ・タンは、東京駅から成田エクスプレスに乗り、席には着かずにまずトイレに入った。バッグの中からビクトリノックスのスイスアーミーナイフを取り出すとはさみを起こした。

彼女は長い髪を惜しげもなく切り落とした。顎のラインで髪を切りそろえると、ヘアクリームにアルミの粉を混ぜ、それを髪に塗って銀の筋を作った。

茶色のアイシャドウを使って目尻に皺を描き、ところどころに小さな染みを作った。ヘアクリームやアルミの粉同様に、バッグの中にいつも用意してある度の入っていない地味なデザインの眼鏡をかける。トイレを出た彼女は、背を丸めうつむき加減で歩きはじめた。

それだけで、おそろしく印象が変わっていた。リリィ・タンは、変装のこつは行動にあることを知っていた。いくら見事なメークアップをしても、姿勢や動きが変わらなければ簡単に見破られてしまう。

逆に、簡単なメークであっても、身のこなしが変われば人は別人と思ってくれるのだ。これはすべての国の諜報工作員が学ぶ技術だった。

今や、リリィ・タンは一気に二十歳も年をとり、人生に疲れ果てた中年女性にしか見えなかった。服装は、ホテルを出たときのままだが、幸いデザインはおとなしめのパンツスーツだった。ブラウスの色がやや派手目だが、リリィ・タンの仕草《しぐさ》がその鮮やかさを見事に打ち消していた。

席に着いたリリィ・タンは、うつむき加減でひっそりと本を読んでおり、成田空港第二ビルに到着するまで彼女に注意を向ける乗客はいなかった。

空港第二ビルに向かう通路でパスポート・チェックが行われていた。リリィ・タンは、まったく慌てる様子もなく、バッグから米国のパスポートを取り出した。そのパスポートには、今のリリィ・タンの風貌そのままの写真が張りつけられており、ジャネット・ハラダ・ランバートという日系アメリカ人の名前が記されていた。

彼女が常に持ち歩いている偽造パスポートだった。ジャネット・ハラダ・ランバートになりすまして脱した危機は数知れない。

パスポート・チェックを通り抜けた後も、制服警官の姿が目についた。リリィ・タンは、こうした場合どうしたらいいかをよく心得ていた。警官を意識するのが一番いけない。他のことに関心を向けるのだ。それは一種の自己暗示だった。

自分は、疲れ果てた中年の日系アメリカ人で、祖父の故郷である日本で数日間を過ごした。次第に年老いていく自分は、実は老後の住処《すみか》を当てにしていたのだが、日本は自分にとって住みにくく、受け入れてくれそうな親戚もなかった。それで、一人で生きていくしかないと、密かに失意を抱いてアメリカに帰るところだ。そういうストーリーを作り、その人物に成りきっていた。

今、リリィ・タンの心の中には一人きりの中年女性の淋しさが満ちていた。

そのおかげで警察官のすぐ前を通り過ぎたのだが、警察官はまったく関心を示さなかった。

警察官は、写真のコピーを見せられ、人相と風体の特徴を教えられているだけだ。髪の形も年齢も違う人間には関心を持たなくて当然なのだ。

リリィ・タンはエレベーターを乗り継いで出発のフロアまでやってきた。一番早く飛び立つアメリカ行きの飛行機を予約するつもりだった。行き先は、ロサンゼルスではないほうがいい。ロサンゼルスには日本の警察が手を回している恐れがある。

リリィ・タンはまずニューヨークへ飛ぼうと考えていた。

「すでに、出国しているなんてこと、ないでしょうね」

翠は菊川に言った。

「さあな……」

菊川は時計を見た。成田空港へやってきてからすでに一時間がたとうとしている。黒崎は、壁にもたれてぼんやりと周囲を眺めているように見えた。

一人の中年女性が菊川たちのほうへ歩いてくる。ショートカットのボブ。髪に白いものが混じっている。地味な眼鏡をかけて、うつむき加減で歩くその姿は人生に疲れていることを感じさせる。

その向かい側から、東南アジア系の家族連れがやってきた。父親がカートを押し、母親が小さな子供の手を引いている。その子の兄らしい子供が母親のほうを向いて何事か言いながら駆けだした。

その子供が、勢いよく、眼鏡を掛けた中年女性とぶつかりそうになった。しかし、中年女性は難なくその子供を避け、何事もなかったように歩きつづけた。

それを見ていた黒崎が突然言った。

「あの女……」

菊川、永作、翠の三人は同時に黒崎を見た。翠が尋ねた。

「なあに、どうしたの?」

「今、子供がぶつかりそうになった。そのとき、身をかわしたのだが、その身のこなしがあまりに見事だった」

「俺は気づかなかった」

菊川が言った。

「無駄な動きがまったくなく、必要最小限の動きでかわした。だから、逆にごく自然な動きに見えたんだ。実は高度に訓練された動きだ」

「そう言えば……」

翠が言った。「あの服、見覚えがあるような気がする」

「変装か……」

菊川が言った。

「何か話しかけて。ひと言でも声を聞けばわかるわ」

菊川と永作は駆けて行き、菊川が中年女性の肩に手をおいて話しかけた。

「ちょっとすいません。うかがいたいことがあるんですが……」

中年女性は俯いたまま言った。

「何でしょう。急いでいるのですが……」

日本語だったが、アメリカ人風の訛りがあった。菊川の背後で翠が言った。

「間違いないわ。リリィ・タンよ」

その瞬間、不思議なことが起こったと菊川は感じた。

それまで似ても似つかない中年女性に見えていたのだが、にわかに変貌してたしかにリリィ・タンの顔に見えたのだ。

疲れ果てた中年女性の動きが一変する。リリィ・タンはいきなりハンドバッグを振り上げた。ハンドバッグは見事に永作の顔面に叩きつけられた。ほぼ同時に、左の肘を後方に突き出していた。その肘は菊川の鳩尾《みぞおち》を捉えた。

二人の刑事が同時に崩れ落ちる。その瞬間にリリィ・タンは翠に体当たりをして、駆けだしていた。

その行く手に黒崎がうっそりと立ちはだかった。

リリィ・タンは速度を緩めなかった。充分にスピードが乗ったところで右足が床を蹴った。その右足を黒崎の顔面に飛ばす。

見事な飛び蹴りだった。

誰もが、その蹴りが顔面に決まったと思った。しかし、黒崎は紙一重でそれをかわしていた。同時に掌打を突き出す。

黒崎の掌打は完璧なカウンターでリリィ・タンの腹に決まっていた。リリィ・タンの体が一瞬空中で静止した。次の瞬間、彼女はもんどり打って床に転がっていた。

顔面を押さえた永作と腹を押さえた菊川が必死の形相で近づいてきた。永作がリリィ・タンに飛びついた。

菊川が右手を捻り上げ、手錠を叩きつけた。金属的な音が響き、リリィ・タンの手首に手錠が掛けられた。

菊川が事務的に告げた。

「呉白媛、王明美、ならびにサブリナ・リソ殺害の容疑で緊急逮捕します」

「リリィ・タンの身柄を押さえた」

池田理事官がそう告げると、捜査本部にいた捜査員たちは、それぞれに声を洩らした。百合根は、達成感と安堵が入り交じった独特の感慨を味わっていた。

池田理事官はさらに言った。

「魏孫沢と永尊の家宅捜索については新宿署に任せることにした。われわれは、リリィ・タン送検のための証拠固めを急がねばならない」

百合根は赤城たちの動向が気になっていた。まだ赤城から知らせは入らない。証拠が何も見つかっていないのかもしれない。そんな不安があった。

リリィ・タンは周到なプロだ。だが、完全に殺人の証拠を消し去ることなど可能だろうか？

とにかく、今は待つしかない。

リリィ・タンの身柄の到着を待ち、赤城からの知らせを待つ……。

時計を見た。まだ八時だったので、百合根は驚いた。長い一日だった。そして、まだ一日は終わらない。

午後九時半にリリィ・タンの身柄が到着した。永作課長と菊川がすぐに取り調べを始めたが、難航していた。リリィ・タンは一切口を開こうとしない。菊川が困り果てた体で百合根を呼びに来た。

「警部殿はキャリアだから、英語くらい話せるんだろう？」

「ええ、まあ……」

「頼むよ。何を話しかけてもだめなんだ」

「言葉の問題じゃないと思いますよ」

「とにかく付き合ってくれよ。こっちの言ってることが通じているかどうかも不安になってきた」

リリィ・タンは、背をまっすぐに伸ばし、毅然として正面の壁を見つめていた。怯《おび》えたり緊張している様子は微塵《みじん》もない。こんな犯罪者は初めて見た。

リリィ・タンにとって殺人は、犯罪ではなく、仕事に他ならないのだ。今、彼女は仕事をやり終えたという誇りと達成感を胸に抱いているのではないか。

百合根はそんな気がした。

永作課長が辛抱強く何度も話しかける。百合根は念のためにそれを英語に訳して伝えた。だが、リリィ・タンはまったく反応しようとしない。心をどこか遠くに置いているようにも見える。

リリィ・タンは名前を言おうともしない。弁護士を呼べとも言わない。脅そうが、諭そうがまったくだめだ。

「こっちには証拠がないと思っているのだろう」

菊川が言った。「だが、おまえが三人のうち二人を殺害した場所はわかってるんだ。グレコ・ジャパンが化粧品事業部の準備室にしようとしていた元病院だ。死体の運搬にはグレコ・ジャパンの営業車を使用したこともわかっている。さっさと白状してしまえ」

これは厳密に言えばはったりに過ぎない。物証がまだ手もとに何もないのだ。だが、揺さぶりをかける効果はあると百合根は思った。

リリィ・タンは相変わらず何も言わない。表情も変えない。こちらが何も物証を示さないことで強気になっているのだろうか？

「誰かに頼まれたのだろう？　あるいは雇われたのか？　そいつの名前を言っちまえよ。一人で罪を背負いこむことはない」

菊川が言った。

無反応。

そんなやり取りがさらに一時間続いた。

取調室の引き戸がノックされた。菊川が戸を開け、廊下で何か短いやり取りを始めた。百合根は振り返った。

戸口に赤城がいた。

菊川が赤城を取調室の中に招き入れ、引き戸を閉めた。

赤城は百合根を見て言った。

「待たせたな、キャップ」

「分析の結果はどうです？」

「手術室からルミノール反応が出た。つまり、血液が検出されたんだ。そいつはすぐに終わったんだが、遺留品の検査に手間取ってな……。あの病院から掃除機で持ち帰った繊維を分析して、ホテルの容疑者の部屋から持ち帰った衣類と照合してたんだ。数種類見つけた衣類の繊維のうち、一つがホテルの部屋にあった衣類と一致した。また、容疑者が乗り捨てたと思われる車からもルミノール反応が出た」

「ごくろうさんです。よくやってくれました」

「俺にまかせれば、間違いはないさ」

百合根は、赤城の検査結果を英語に訳そうとした。だが、その必要はなかった。

リリィ・タンが初めて反応した。彼女は、にっこりと笑ったのだった。

それは、妖艶でありまた恐ろしい笑顔だった。百合根はぞっとしていた。おそらく、菊川や永作も同様だろうと思った。

リリィ・タンが口を開いた。

「日本の警察を侮《あなど》っていたようね」

彼女は英語で言った。

百合根が言った。

「知っていると思うが、あんたが発言することは法廷で使用されることがある。弁護士を呼ぶこともできる」

「弁護士の必要はないわ。私は自分のやったことがどれくらいのことか充分に自覚している」

「罪を認めるんだね？」

「私は三人の女性を殺した。それは事実よ」

百合根がそれを告げると、菊川が大きく深呼吸するのが聞こえた。

リリィ・タンは手口について詳しく自白した。それは驚くほど青山の推理と一致していた。

すべての殺人が計画的だった。

クラブで呉白媛と知り合ったリリィ・タンは、自宅を訪ねる約束をする。呉白媛はリリィ・タンを歓迎し、最初は茶を出したがそのうちに興《きょう》が乗り、ウイスキーの水割りを作った。リリィ・タンは、そのウイスキーに口をつけてしまった。

すきを見て、台所の包丁で素早く呉白媛を刺殺。過剰な傷を残すのも忘れなかった。針の付いていない大型の注射器を使って、あらかじめ採取していた男性の精液を呉白媛の体内に注入した。呉白媛を殺害してから、手際よく部屋を散らかしていった。だが、口紅のついたコップが二つある。しかたがないので自分が口をつけたコップだけは洗って片づけた。それがたいしたこととは思わなかった。彼女はそう語った。

王明美とはホテルで待ち合わせ、車で食事に行こうと誘った。人気のないところで、王明美の鳩尾を強打して気絶させた。リリィ・タンはそういう行動に慣れていた。病院に連れていって、全裸にし、殴打の跡を付けた後に絞殺。呉白媛のときと同様の方法で精液を注入。乳房を切り取り、その乳房は新聞紙にくるんでさらにビニールの袋に入れ、生ゴミとして捨てた。死体は用意していたビニールシートにくるんで、神社に捨てたのだった。

サブリナ・リソの場合は、街で声を掛けた。女が女を買うわけにはいかないから、薬を売ってくれないかと持ちかけた。なかなか信用されなかったが、彼女は中国人になりすましてなんとか二人で会う約束を取り付けた。サブリナ・リソが渡りを付けて売人を呼ぶという段取りだ。

王明美のときとほぼ同様の手口で絞殺し、死体を寺に遺棄したのだった。

手口については自白したものの、動機や共犯者、あるいは教唆《きょうさ》についてはひと言もしゃべろうとしなかった。どんな手を使っても無駄だった。

リリィ・タンは、紛れもないプロだ。これまで日本の警察はこうしたプロと出会ったことがあまりない。犯罪も変化していく、警察も変わっていかねばならない。百合根はそう思った。

19

動機その他は不明だったが、リリィ・タンが犯行を認めたのは明らかで、状況証拠などからも容疑は固まったと見て、送検が決まった。捜査本部は解散となり、恒例の茶碗酒の乾杯が行われた。

捜査員たちはいままでの苦労を忘れて、大いに飲み、語り、笑う。一種独特の躁状態が捜査本部を覆い尽くす。

捜査員たちは、確執も忘れて百合根やSTと談笑した。永作課長が身振り手振りを交えて話す声が聞こえてきた。

「いやあ、すごかったよ。リリィ・タンの飛び蹴り。まさに飛燕《ひえん》の蹴りというやつだな。それを、このSTさんは、ぎりぎりで見切ってだな、カウンター一発だよ。あの見切りと反撃。見事だったよ」

「現金なもんだね……」

青山が言った。「事件が解決したとたん、あの調子だ。俺たちを邪魔者扱いしていたくせに」

百合根が言った。

「いいじゃないですか。結果的には認めてくれたんです」

「リリィ・タンを雇ったやつは結局わからないだろうなあ……」

「実行犯を逮捕できただけでもよしとしなければ……」

「リリィ・タンが送検されても、何だかすっきりとしねえ」

菊川が言った。「俺は継続捜査してみるぜ。国際捜査課の助けを借りて、ロサンゼルス警察に働きかけてみるさ。まあ、どこまでやれるかわからんがな……」

黒崎の武勇伝が一段落した永作課長が菊川のところへやってきた。

菊川に酒を注ぐと言った。

「なんだかぎくしゃくしたこともあったな。すまなかった」

「事件が解決したんです。終わりよければすべてよしですよ」

「どうやら、長年の捜査に慣れきって、頭が固くなっていたようだ」

「そのへんの事情は、俺もご同様でしてね……」

菊川が百合根を見た。

「しかしね、警部殿。STのやり方がいつもうまくいくわけじゃない。捜査の基本は押さえてもらう。それだけは言っておかなければならない」

「はい」

百合根は言った。「頼りにしてますよ」

菊川は、妙に照れたようにぶつぶつと何かつぶやくと、茶碗酒をあおった。


グレコ・ジャパンの島松英治支配人は、グレコ社長に緊急の電話を入れていた。

日本は深夜。ロサンゼルスは、朝の七時前のはずだった。自宅に電話すると、グレコ社長はすでに起きて朝食をとっていた。

「リリィ・タンが逮捕されました」

島松支配人は単刀直入にそう告げた。

「ほう。逮捕……」

「この電話は大丈夫ですか？」

「心配ない。それで、容疑は何だね？」

「殺人です。リリィ・タンは三件の連続殺人犯として逮捕されました。グレコ・ジャパンは、犯行には一切関係しておりません」

「当然だ。リリィ・タンの犯罪は、グレコ・ジャパンだけでなく、グレコ社とは一切何の関係もない」

「心得ております」

「事件に関する日本の新聞記事を集めておいてくれ。それを私宛に送ってほしい」

「かしこまりました」

電話が切れた。島松支配人は静かに受話器を置くと、ひとつ伸びをして、窓から東京の夜景を見下ろした。その眼には、一日の仕事をやり終えた充実感だけが宿っていた。


ジュリアーノ・グレコは、電話を切ると、かすかにほほえんでいた。

ほう、日本の警察は、あの連続殺人の謎を解いたか。あれは、なかなかうまい計画だと思っていたのだがな……。

彼は、そう心の中でつぶやいていた。

しかし、惜しい人材を一人なくした。リリィ・タンは優秀なテロリストであるだけでなく、充分に美しかった。

また、新たな人材を探さなければならない……。

ジュリアーノ・グレコは、ナプキンで口許をぬぐうと、今日の洋服を選ぶために優雅な足取りでワードローブへ向かった。


科捜研副所長である三枝管理官が、STの初の手柄を祝って食事を奢ると言いだした。銀座の中華料理屋に予約を入れたという。

組織上、百合根は三枝管理官の補佐ということになっている。断るわけにはいかなかった。

STの五人が面倒くさがることは火を見るより明らかだった。

食事会のことを告げると、案の定、誰も行きたがらなかった。百合根は何とかなだめすかして全員に出席の約束を取り付けた。

食事の当日、STの五人は気乗りのしない顔で銀座の街を歩いていた。百合根は、誰か余計なことを言いだしはしないかとひやひやしていた。

「あら……」

翠が言った。「聞いたことのある声がすると思ったら……」

はるか前方から一組のカップルが歩いてくる。百合根が見ると、男性のほうが知っている顔だった。

捜査本部でいっしょだった高垣だ。

高垣は、百合根たちに気づくと、照れ笑いを浮かべて会釈した。

「あ、いや、どうも。こんなところでお会いするとは……」

「あなた、確か帝都プラザホテルの……」

翠が言った。高垣が連れている女性は喫茶室のウェートレスだった。

「ええ、まあ、そういうことで……」

高垣が言った。

彼は、ぺこぺこと頭を下げ、ウェートレスの腕を取るとそそくさと去っていった。

「ああいうところはしっかりしているようね」

翠が言った。

「どういうことなんだ？」

赤城が尋ねた。

「喫茶室のウェートレスよ。王明美とリリィ・タンが会っているところを覚えていたので、捜査に協力してもらったそうなんだけど……」

「どうして若いやつらは、すぐ女と仲良くしたがるのかな……」

「それが普通なの。あなたが異常なのよ」

「異常というのは、おまえの露出癖のことを言うんだ」

「まあまあ、二人とも」

山吹が言った。「まあ、人間誰しもどこか人と違うところがあるものです。そもそも異常か異常でないかの区別など実に曖昧なものでして……」

青山が言った。

「ねえ、やっぱり、僕、帰っていい？」

百合根は一人密かに溜め息をついていた。

解説

西上心太

異なる能力を持つスペシャリストたちがチームを組み、強大な敵と対決したり困難なミッションに挑むというジャンルの作品は数多い。仮にこれを〈プロフェッショナル集団もの〉とでも呼ぼうか。このジャンルは小説だけでなく、マンガ、映画、テレビドラマにも多く見られる。いやむしろ視覚化及び映像化しやすいジャンルであるといった方が正確であろうか。

年代によって挙げる作品は違うだろうが、昭和三十年代に生まれた人間にとっては、テレビでは『スパイ大作戦』や『三匹の侍』、マンガではなんといっても石ノ森章太郎の『サイボーグ009』が印象深い。少し時代が下がると、後に長大な『必殺』シリーズとして括られる『必殺仕掛人』がある。池波正太郎の原作より先に、テレビドラマで虜になったくちである。

小説ではアリステア・マクリーンの『ナバロンの要塞』、リチャード・L・グレーブスの『復讐のブラックゴールド』、ドナルド・E・ウェストレイクのドートマンダーシリーズ、リチャード・スタークの悪党パーカーシリーズ、作者自ら『ハングマン』と『必殺』の影響力をもとにして書いたという貫井徳郎の『失踪症候群』『誘拐症候群』など、枚挙にいとまがない。

だがいったいこのジャンルの嚆矢はなんなのであろう。博識の知人に訊ねたら『水滸伝』という人もいるし、アメリカのパルプ・フィクションのヒーロー『ドック・サヴェッジ』をまず第一に取り上げるべきだという人もある。またケイパー物に目を向ければ、ルパン的個人戦から、組織力を重んじるべきと認識されたのが第二次世界大戦後のことであり、W・R・バーネットの原作をジョン・ヒューストンが映画化した『アスファルト・ジャングル』（1950）が戦後最初の成功作であるという意見を、すでに三十年以上も前に大伴昌司氏が開陳していると、ミステリー評論家の新保博久氏から教えてもらった。そういえばデュマの『ダルタニャン物語』だって付会できるなあ、などと思考はさまようばかり。わたしの手には余るが、この研究で一冊の本が書けそうである。

さて本書はその〈プロフェッショナル集団もの〉に加わった新顔で、多様化する現代犯罪に対応するため、警視庁科学捜査研究所に新設された警視庁科学特捜班——Scientific Taskforce（通称ST）に所属するスペシャリストたちの活躍を描いた、今野敏の新シリーズである。

警視庁科学捜査研究所は実在の組織である。インターネットで検索すると、地下鉄サリン事件の公判で多くの職員が証人として出廷し、担当したサリンの分析などの結果を証言していることがわかる。だが作中にも「科学捜査というものはあくまでも縁の下の力持ちでなければならない」とあるように、犯罪の現場に出張る捜査一筋の刑事たち（実際は鑑識係員だが）が集めた証拠を分析し報告する裏方的存在であった。見つかった証拠がどのような意味を持つのか、それを判断するのはあくまでも捜査に携わる刑事の仕事なのである。

だがそれはもとより現実の話だ。作家の奔放な創造力はリアリズムの壁を取り払い、警視庁科学特捜班という架空の組織を創り出してしまったのである。「白波五人男」の稲瀬川の勢揃いではないが、五人のメンバーを紹介しよう。

まず、赤城左門。彫りの深い顔に不精髭がトレードマークだが不潔感がなく、男の色気を漂わせる法医学担当の医師である。一匹狼をきどっているのだが、周囲の人間に心を開かせてしまう不思議な雰囲気を持っているチームのリーダー格である。ただし女性恐怖症という弱点がある。

次が第一化学担当の黒崎勇治だ。化学事故やガス事故の専門家である。「歩くガスクロマトグラフィー」という異名を取るほど嗅覚が発達しており、容疑者が緊張して流す汗の臭いまで嗅ぎ分けてしまう。また古式武道の達人でもあり、アクションシーンは彼の独擅場である。シリーズ三作目の『黒いモスクワ』で、先端恐怖症であることが明かされる。

男でも思わず見とれてしまう凄絶な美貌の持主、それが文書鑑定からプロファイリングをこなす青山翔である。ところがこの男、極度の潔癖性の裏返しで、秩序恐怖症に罹ってしまっている。そのため警察官に求められる整理整頓の心得なんぞどこ吹く風である。先日亡くなった漫才界の古老、松鶴屋千代若の「もう帰ろうよ」を髣髴させる「ねえ、僕、帰っていい？」が口癖だ。ところがはじめは整然としていた捜査本部が、事件が長引き刑事たちの饐《す》えた汗の臭いが漂い、部屋の秩序が乱れてくると、途端に居心地がよく感じはじめるのである。

メンバー中の紅一点が物理担当の結城翠である。グラマラスなボディを露出度の大きい洋服で申し訳程度に包んで登場するものだから、強面の刑事も度肝を抜かれてしまう。思わず「立ちん坊がやってきた」などと陰口を叩いてしまうのだが、翠から痛烈な反撃を受ける。そう、彼女は黒崎の嗅覚と同じように、聴覚能力がけたはずれなのである。しかも絶対音感の持主で、音声の解析能力は高価な機械よりも正確なのだ。唯一の弱点が閉所恐怖症で、『黒いモスクワ』事件でロシアに渡航する際に一騒動を起こしてしまう。

白波五人男のどんじりに控えるのは〈念仏嫌い〉な南郷力丸だが、こちらの第二化学担当の山吹才蔵は薬物に関するエキスパートであると同時に、なんと曹洞宗の僧侶でもある。実家の寺の手伝いに狩り出されることもしばしばで、墨染めの僧衣のまま現場に現われることもある。現場で第一にすることは、もちろん被害者を弔う読経である。もちろんはじめはだれもが皆驚くのだが、この読経は死体を見続け過ぎたため案外迷信深いところがある刑事たちにも好評のようだ。

科学職員は刑事が集めた証拠を分析する、陰の存在であることは先述した。さらにほとんどの者は警察官ではなく一般職員で、拳銃はもとより警察手帳を持つこともできず、強制執行や逮捕の権限もない。この五人も一般職員であり、しかもエキスパートとはいいながら、警察の常識を超えた異形の人間たちが、現場に乗り出してくるのであるから、捜査に携わる刑事たちと絶えず軋轢が起きる。これを調整するのが三十歳になるキャリアの百合根友久警部である。百合根はSTたちを取りまとめるキャップである。正義感は強いものの気が弱く、天才ならではの奔放な行動を取るメンバーと、一糸乱れぬ団体行動が求められる捜査本部側との間に入り、胃の痛くなるような毎日を送っている。

常識的な警察官を象徴するような人物が、四十五歳になる捜査一課のベテラン警部補、菊川吾郎係長だろう。鋭い眼光、太い首にずんぐりとした体形で、どこから見ても叩き上げの刑事である。菊川は心ならずもSTとの連絡係を務めることになる。だが科学特捜班の実力を最初に知るのも菊川なのだ。徐々に特捜班に肩入れしていく菊川の変化を見続けていくことも、このシリーズを読む楽しみであろう。

今野敏は知る人ぞ知る『ガンダム』フリークであり、アニメにも造形が深い。メンバーの名前に、赤城、黒崎、青山、結城翠、山吹とそれぞれ色名が入っているのは『ゴレンジャー』から連想した遊びだろうか。

それはさておき、このSTシリーズを読んで真っ先に思い浮かべたのが山田風太郎の忍法帖シリーズだった。忍法帖シリーズは忍者集団が登場するとはいえ、個人対個人の闘いを描くことが中心で、グループの力を結集し事に当たるという本書のテーマとは少しズレがある。しかしSTメンバーの能力が、技術だけでなく、優れた聴覚や嗅覚という生まれつきの能力を有している点に注目したい。山田風太郎が描く忍者たちも、生まれつきの体質や特質をその後の訓練でより特化していった。そのためたとえば水中では無敵だが、地上では弱いとか、あるいは一つの能力を伸ばしたために他の能力が犠牲になるとか、必ず能力と表裏する弱点を持っていた。STメンバーも同様にそれぞれ弱点を抱えているのだ。作者が直接風太郎忍法帖にインスパイアされたかは不明だが、忍法帖シリーズの影響は多かれ少なかれ、その後の日本の〈プロフェッショナル集団もの〉に影響を与えている。ゆえにSTシリーズの源流をたどると、山田風太郎の忍法帖シリーズに行きつくというのはあながち屁理屈ではないかもしれない。

残虐な手口で女性を殺し、その死体を神社や寺院に遺棄する連続殺人事件が起きる。女性たちはそれぞれ対立する外国人マフィアと深い繋がりがあったため組織間のトラブルとも、あるいはサイコパスの犯行とも思われた。その事件をSTたちが卓越した能力をもって捜査に当たり、隠された真相を暴いていく。従来の地道な捜査と正反対のアプローチ、そしてメンバーのキャラクターを生かした予測のつかない行動が読みどころである。

シリーズ二作目の『毒物殺人』では、自己啓発セミナーの暗部を、そして三作目の『黒いモスクワ』では、STメンバーがモスクワに赴《おもむ》き、怪僧ラスプーチンの伝説が関るオカルティックな謎を解決する。本書では影の薄かったメンバーがフューチャーされるなど、巻が進むにつれキャラクターの造形が掘り下げられていく。本書を手に取って気に入った読者は、ぜひ続編を期待してほしい。また本書に登場した黒幕の存在がこの先どのように絡むのか、その興味も尽きない。

デビュー以来二十年、すでに著作が百冊を超す今野敏が贈る新しいシリーズをぜひとも楽しんでいただきたい。

●本書は一九九八年三月、小社ノベルスとして刊行されました。
（この作品はフィクションですので、登場する人物、団体は、実在するいかなる個人、団体とも関係ありません。）

|著者|今野 敏　1955年北海道三笠市生まれ。上智大学在学中の'78年「怪物が街にやってくる」で問題小説新人賞受賞。卒業後、レコード会社勤務を経て作家となる。日本空手道常心門二段、棒術四段の実力を持ち、自ら「今野塾」を主宰する。主な著作は『蓬萊』『イコン』(ともに講談社文庫)、『惣角流浪』(集英社文庫)、『アキハバラ』(中央公論新社) ほか。

S T《エスティー》警視庁《けいしちょう》科学《かがく》特捜班《とくそうはん》

今野《こんの》 敏《びん》

2001年 6 月15日第 1 刷発行
2003年 8 月22日第 9 刷発行

発行者――野間佐和子
発行所――株式会社 講談社
東京都文京区音羽2-12-21　〒112-8001
電話 出版部 (03) 5395-3510
　　 販売部 (03) 5395-5817
　　 業務部 (03) 5395-3615

Printed in Japan

落丁本・乱丁本は購入書店名を明記のうえ、小社書籍業務部あてにお送りください。送料は小社負担にてお取替えします。なお、この本の内容についてのお問い合わせは文庫出版部あてにお願いいたします。

ISBN4-06-273206-8

講談社文庫

定価はカバーに
表示してあります

デザイン―菊地信義
製版――豊国印刷株式会社
印刷――豊国印刷株式会社
製本――株式会社若林製本工場

講談社文庫刊行の辞

二十一世紀の到来を目睫に望みながら、われわれはいま、人類史上かつて例を見ない巨大な転換期をむかえようとしている。

世界も、日本も、激動の予兆に対する期待とおののきを内に蔵して、未知の時代に歩み入ろうとしている。このときにあたり、創業の人野間清治の「ナショナル・エデュケイター」への志を現代に甦らせようと意図して、われわれはここに古今の文芸作品はいうまでもなく、ひろく人文・社会・自然の諸科学から東西の名著を網羅する、新しい綜合文庫の発刊を決意した。

激動の転換期はまた断絶の時代である。われわれは戦後二十五年間の出版文化のありかたへの深い反省をこめて、この断絶の時代にあえて人間的な持続を求めようとする。いたずらに浮薄な商業主義のあだ花を追い求めることなく、長期にわたって良書に生命をあたえようとつとめるところにしか、今後の出版文化の真の繁栄はあり得ないと信じるからである。

同時にわれわれはこの綜合文庫の刊行を通じて、人文・社会・自然の諸科学が、結局人間の学にほかならないことを立証しようと願っている。かつて知識とは、「汝自身を知る」ことにつきていた。現代社会の瑣末な情報の氾濫のなかから、力強い知識の源泉を掘り起し、技術文明のただなかに、生きた人間の姿を復活させること。それこそわれわれの切なる希求である。

われわれは権威に盲従せず、俗流に媚びることなく、渾然一体となって日本の「草の根」をかたちづくる若く新しい世代の人々に、心をこめてこの新しい綜合文庫をおくり届けたい。それは知識の泉であるとともに感受性のふるさとであり、もっとも有機的に組織され、社会に開かれた万人のための大学をめざしている。大方の支援と協力を衷心より切望してやまない。

一九七一年七月

野間省一

黒岩重吾　磐舟の光芒(上)(下)〈物部守屋と蘇我馬子〉
黒岩重吾　天風の彩王(上)(下)〈藤原不比等〉
黒岩重吾　訣別の時
黒岩重吾　雨《う》毒《どく》
栗本　薫　ぼくらの時代
栗本　薫　優しい密室
栗本　薫　女狐
栗本　薫　鬼面の研究
栗本　薫　伊集院大介の冒険
栗本　薫　伊集院大介の私生活
栗本　薫　天狼星
栗本　薫　天狼星II
栗本　薫　天狼星III蝶の墓
栗本　薫　新・天狼星ヴァンパイア〈(上)恐怖の章 (下)異形の章〉
栗本　薫　真・天狼星ゾディアック全六冊
栗本　薫　伊集院大介の新冒険
栗本　薫　仮面舞踏会〈伊集院大介の帰還〉
栗本　薫　魔女のソナタ〈伊集院大介の洞察〉
栗本　薫　怒りをこめてふりかえれ

栗本　薫　タナトス・ゲーム〈伊集院大介の世紀末〉
栗本　薫　青の時代〈伊集院大介の薔薇〉
黒柳徹子　窓ぎわのトットちゃん
久保博司　日本の警察〈警視庁vs大阪府警〉
久保博司　日本の検察
胡桃沢耕史　紫の拳銃〈弁護士&講釈師・大神田紫〉
草野　厚　国鉄解体〈JRは行政改革の手本となるのか?〉
黒川博行　アニーの冷たい朝
黒川博行　燻り
黒川博行　てとろどときしん〈大阪府警・捜査一課事件報告書〉
軍司貞則　本田宗一郎の真実〈不況知らずのホンダを創った男〉
蔵前仁一　ホテルアジアの眠れない夜
蔵前仁一　旅ときどき沈没
蔵前仁一　旅人たちのピーコート
蔵前仁一　インドは今日も雨だった
黒崎　緑　柩の花嫁〈聖なる血の城〉
久世光彦　触れもせで〈向田邦子との二十年〉
久世光彦　夢あたたかき〈向田邦子との二十年〉
久世光彦　ニホンゴキトク

黒田福美　ソウルマイハート
黒田福美　ソウルマイデイズ
熊谷真菜　たこやき〈大阪発おいしい粉物大研究〉
楠見千鶴子　エーゲ海ギリシア神話の旅
倉知　淳　星降り山荘の殺人
鍬本實敏　警視庁刑事〈私の仕事と人生〉
黒田信一　ルチャリブレがゆく
グループ・子どもと向き合う父親編　子どもに伝える父のワザ52
栗原美和子　せ・き・ら・ら〈生意気プロデューサーの告白〉
けらえいこ　ハヤセクニコ　おきらくミセスの婦人くらぶ～
けらえいこ　セキララ結婚生活
今野　敏　蓬莱
今野　敏　イコン
今野　敏　ST警視庁科学特捜班
今野　敏　ST警視庁科学特捜班〈毒物殺人〉
小林道雄　〈冤罪〉のつくり方〈大分・女子短大生殺人事件〉
小杉健治　容疑者
小杉健治　失跡
小杉健治　境界殺人

澤地久枝　ベラウの生と死
澤地久枝　時のほとりで
澤地久枝　六十六の暦
沢田サタ編　泥まみれの死〈沢田教一ベトナム戦争写真集〉
佐高　信　日本官僚白書
佐高　信　銀行倒産〈ドキュメント金融恐慌〉
佐高　信　逆命利君
佐高　信　日本は誰のものか
佐高　信　人生のうた
佐高　信　青春読書ノート〈大学時代に何を読んだか〉
佐高　信　孤高を恐れず〈石橋湛山の志〉
佐高　信　官僚たちの志と死
佐高　信　官僚国家＝日本を斬る
佐高　信　社長のモラル〈日本企業の罰と罪〉
佐高　信　ニッポンの大問題
佐高　信　日本を撃つ
佐高　信　こんな日本に誰がした！
佐高信編　男の美学〈ビジネスマンの生き方20選〉
佐高　信・宮本政於　官僚に告ぐ！

佐藤雅美　影帳　半次捕物控
佐藤雅美　恵比寿屋喜兵衛手控え
佐藤雅美　無法者　アウトロー
佐藤雅美　物書同心居眠り紋蔵
佐藤雅美　隼小僧異聞〈物書同心居眠り紋蔵〉
佐藤雅美　密約〈物書同心居眠り紋蔵〉
佐藤雅美　お尋者〈物書同心居眠り紋蔵〉
佐藤雅美　開国〈愚直の宰相・堀田正睦〉
佐藤雅美　手跡指南神山慎吾
佐藤雅美　樓《ろうの》岸《きし》夢《ゆめ》一《いち》定《じょう》〈蜂須賀小六〉
佐藤雅美　揚羽の蝶(上)(下)〈半次捕物控〉
堺屋太一　日本とは何か
堺屋太一　「大変」な時代〈常識破壊と大競争〉
堺屋太一　時代末(上)(下)
斎藤　純　凍樹
坂本光一　白色の残像
斎藤　肇　思いがけないアンコール
斎藤　肇　新・魔法物語　竜形の少年
佐藤隆三　菊と鷲

斎藤　澪　ノサップ岬の女
佐藤泰子　春夏秋冬　色物語《カラーストーリー》〈カラーマニュアル〉
佐々木譲　愚か者の盟約
佐々木譲　屈折率
酒見賢一　童貞
柴門ふみ　サイモンの秘訣
柴門ふみ　笑って子育てあっぷっぷ
柴門ふみ　愛さずにはいられない〈ミーハーとしての私〉
柴門ふみ　マイリトルNEWS
佐江衆一　神州魔風伝
佐江衆一　江戸は廻灯籠
佐江衆一　からたちの記〈女剣士道場日誌〉
佐江衆一　北海道人〈松浦武四郎〉
鷺沢　萠　大統領のクリスマス・ツリー
鷺沢　萠　月刊サギサワ
鷺沢　萠　夢を見ずにおやすみ
鷺沢　萠　コマのおかあさん
P・ヒューストン　鷺沢　萠訳　愛《いと》しのろくでなし
ドクター・スヌーピー　鷺沢　萠訳　ドクター・スヌーピーの犬の気持ちがわかる本

リー・W・ラトリッジ 鷺沢萠 訳 猫の贈り物
坂崎善之 人生の達人・本田宗一郎
斎藤守弘 神々の発見
三代目魚武濱田成夫 俺は男としてかっこええ事においての偉人だ。
佐野洋子 嘘ばっか〈新釈・世界おとぎ話〉
佐野洋子 乙女ちゃん〈愛と幻想の小さな物語〉
佐野洋子 猫ばっか
佐野洋子 わたしいる
佐野洋子 コッコロから
酒井順子 結婚疲労宴
酒井順子 ホメるが勝ち!
坂仁根 愛と恍惚の中国〈ディープにあちこち探訪記〉
佐川芳枝 寿司屋のかみさんうちあけ話
佐川芳枝 寿司屋のかみさんおいしい話
佐川芳枝 寿司屋のかみさんとっておき話
佐川芳枝 寿司屋のかみさんお客さま控帳
佐藤洋二郎 夏至祭
三和総合研究所 〈徹底大予測〉2005年あなたの暮らしはこうなる
佐藤麻岐 南の島で暮らしてみたい

佐藤義信 トヨタ経営の源流〈創業者・喜一郎の人と事業〉
桜木もえ ばたばたナース
桜木もえ ばたばたナース 泣かないもん!
桜木もえ ばたばたナース 秘密の花園
佐藤治彦 〈お金で困らない人生のための〉最新・金融商品五つ星ガイド
司馬遼太郎 歳月
司馬遼太郎 王城の護衛者
司馬遼太郎 俄《にわか》〈浪華遊侠伝〉
司馬遼太郎 北斗の人 (上)(下)
司馬遼太郎 妖怪
司馬遼太郎 尻《しり》啖《くら》え孫市
司馬遼太郎 播磨灘物語 全四冊
司馬遼太郎 おれは権現
司馬遼太郎 真説宮本武蔵
司馬遼太郎 風の武士 (上)(下)
司馬遼太郎 戦雲の夢
司馬遼太郎 軍師二人
司馬遼太郎 大坂侍
司馬遼太郎 最後の伊賀者

司馬遼太郎 箱根の坂 全三冊
司馬遼太郎 アームストロング砲
司馬遼太郎 海音寺潮五郎 日本歴史を点検する
司馬遼太郎 陳舜臣 金達寿 歴史の交差路にて〈日本・中国・朝鮮〉
司馬遼太郎 井上ひさし 国家・宗教・日本人
柴田錬三郎 〈柴錬三国志〉英雄ここにあり 全三冊
柴田錬三郎 岡っ引どぶ 正・続〈柴錬捕物帖〉
柴田錬三郎 血汐笛
柴田錬三郎 お江戸日本橋 (上)(下)
柴田錬三郎 江戸八百八町物語
柴田錬三郎 柴錬大岡政談
柴田錬三郎 〈柴錬三国志〉英雄生きるべきか死すべきか (上)(下)
柴田錬三郎 首斬り浅右衛門〈あるいは憑かれた人々の物語〉
柴田錬三郎 異説幕末伝〈柴錬立川文庫・日本男子物語〉
柴田錬三郎 浪人列伝
柴田錬三郎 剣鬼宮本無三四〈柴錬剣豪譚〉
柴田錬三郎 由井正雪〈柴錬痛快文庫〉
柴田錬三郎 三国志〈柴錬痛快文庫〉
城山三郎 外食王の飢え

清水義範　お金物語
清水義範　単位物語
清水義範　神々の午睡(上)(下)
清水義範　スシとニンジャ
清水義範　私は作中の人物である
清水義範　似《エ》ッ非《セ》イ教室
清水義範　黄昏のカーニバル
清水義範　春高楼の
清水義範　虚構市立不条理中学校
清水義範　イエスタデイ
清水義範　大剣豪
清水義範　間違いだらけのビール選び
清水義範　ザ・対決
清水義範　源内万華鏡
清水義範　今どきの教育を考えるヒント
清水義範　人生うろうろ
清水義範　青二才の頃〈回想の'70年代〉
清水義範　西原理恵子・え　おもしろくても理科
清水義範　西原理恵子・え　もっとおもしろくても理科
清水義範　西原理恵子・え　どうころんでも社会科
椎名誠　フグと低気圧
椎名誠　犬の系譜
椎名誠　山本皓一写真　熱風大陸〈ダーウィンの海をめざして〉
椎名誠　水域
島田雅彦　夢使い〈レンタルチャイルドの新二都物語〉
東海林さだお　平成サラリーマン専科〈カチョーもフキョーも丸かじり〉
東海林さだお　平成サラリーマン専科〈トホホとウヒョヒョの丸かじり〉
東海林さだお　平成サラリーマン専科〈ヨーホもマキコも丸かじり〉
真保裕一　連鎖
真保裕一　取引
真保裕一　震源
真保裕一　盗聴
真保裕一　朽ちた樹々の枝の下で
真保裕一　奪取(上)(下)
真保裕一　防壁
真保裕一　密告
周大荒　渡辺精一訳　反三国志(上)(下)
篠田節子　贋《がん》作《さく》師《し》
篠田節子　聖域
篠田節子　弥勒
篠田節子　寄り道ビアホール
笙野頼子　居場所もなかった
下川裕治　アジアの誘惑
下川裕治　アジアの旅人
下川裕治　アジアの友人
下川裕治ほか　アジア大バザール
下川裕治　桃井和馬　世界一周ビンボー大旅行
下川裕治　篠原章　沖縄ナンクル読本
嶋津義忠　天駆け地徂く〈服部三蔵と本多正純〉
篠田真由美　ドラキュラ公〈ヴラド・ツェペシュの肖像〉
篠田真由美　琥珀の城の殺人
篠田真由美　祝福の園の殺人
篠田真由美　未明の家〈建築探偵桜井京介の事件簿〉
篠田真由美　玄(くろ)い女神〈建築探偵桜井京介の事件簿〉
篠田真由美　翡翠の城〈建築探偵桜井京介の事件簿〉
篠田真由美　灰色の砦〈建築探偵桜井京介の事件簿〉
篠田真由美　加藤俊章絵　レディMの物語

講談社文庫 目録

ショー・コスギ 頭はいらない！英会話〈ボクの英語武者修行〉
ショー・コスギ 努力はいらない！英会話〈ハリウッド・シネマ英語道場〉
重金敦之 メニューの余白
新宮正春・米田厚彦 プロ野球を創った名選手・異色選手400人
清水修 編著・OL被害者の会協力 アホバカOL生態図鑑
重松清 定年ゴジラ
重松清 半パン・デイズ
新堂冬樹 血塗られた神話
新堂冬樹 闇の貴族
柴田よしき フォー・ディア・ライフ
新野剛志 八月のマルクス
島村麻里 地球の笑い方
殊能将之 ハサミ男
殊能将之 美《み》濃《の》牛《ぎゅう》
嶋田昭浩 解剖・石原慎太郎
杉本苑子 孤愁の岸(上)(下)
杉本苑子 引越し大名の笑い
杉本苑子 汚名
杉本苑子 女人古寺巡礼

杉本苑子 利休 破調の悲劇
杉本苑子 江戸を生きる
杉本苑子 歌舞伎のダンディズム
杉本苑子 「更科日記」を旅しよう〈古典を歩く5〉
杉本苑子 風の群像〈小説・足利尊氏〉(上)(下)
杉本苑子 私家版かげろふ日記
鈴木健二 気くばりのすすめ
杉田望 自動車密約
杉浦日向子 東京イワシ頭
杉浦日向子 入浴の女王
杉浦日向子 呑々草子
杉洋子 粧刀《チャンドウ》
杉洋子 海潮音
鈴木輝一郎 ご立派すぎて
鈴木輝一郎 美男忠臣蔵
須田慎一郎 長銀破綻〈エリート銀行の光と影〉
砂守勝巳 沖縄シャウト
鈴木龍志 愛をうけとって
末永直海 浮かれ桜

瀬戸内晴美 かの子撩乱
瀬戸内晴美（寂聴） かの子撩乱その後
瀬戸内晴美 京まんだら(上)(下)
瀬戸内晴美 彼女の夫たち(上)(下)
瀬戸内晴美 蜜と毒
瀬戸内寂聴 寂庵説法
瀬戸内晴美 再会
瀬戸内寂聴 新寂庵説法 愛なくば
瀬戸内晴美 家族物語(上)(下)
瀬戸内寂聴 生きるよろこび〈寂聴随想〉
瀬戸内寂聴 寂聴天台寺好日
瀬戸内寂聴 人が好き［私の履歴書］
瀬戸内寂聴 渇く
瀬戸内寂聴 愛死(上)(下)
瀬戸内寂聴 白道
瀬戸内寂聴 「源氏物語」を旅しよう〈古典を歩く4〉
瀬戸内寂聴 いのち発見
瀬戸内寂聴 無常を生きる〈寂聴随想〉
瀬戸内寂聴 わかれば『源氏』はおもしろい〈寂聴対談集〉

講談社文庫　目録

瀬戸内寂聴　寂聴相談室人生道しるべ
瀬戸内晴美編　火と燃えた女流文学〈人物近代女性史〉
瀬戸内晴美編　新時代のパイオニアたち〈人物近代女性史〉
瀬戸内晴美編　国際結婚の黎明〈人物近代女性史〉
瀬戸内晴美編　恋と芸術への情念〈人物近代女性史〉
瀬戸内晴美編　自立した女の栄光〈人物近代女性史〉
瀬戸内晴美編　反逆の女のロマン〈人物近代女性史〉
瀬戸内晴美編　明治女性の知的情熱〈人物近代女性史〉
瀬戸内晴美編　人類愛に捧げた生涯〈人物近代女性史〉
梅原猛　瀬戸内寂聴　寂聴・猛の強く生きる心
関川夏央　よい病院とはなにか〈病むことと老いること〉
関川夏央　水の中の八月
関川夏央　中年シングル生活
先崎学　フフフの歩
妹尾河童　少年H（上）（下）
妹尾河童　河童が覗いたインド
妹尾河童　河童が覗いたヨーロッパ
妹尾河童　河童が覗いたニッポン
妹尾河童　野坂昭如　少年Hと少年A

清涼院流水　コズミック流
清涼院流水　ジョーカー清
清涼院流水　ジョーカー涼
清涼院流水　コズミック水
清涼院流水　W《ダブル》ドライヴ院
清涼院流水　カーニバル一輪の花
清涼院流水　カーニバル二輪の草
清涼院流水　カーニバル三輪の層
清涼院流水　カーニバル四輪の牛
清涼院流水　カーニバル五輪の書
曽野綾子　幸福という名の不幸（上）（下）
曽野綾子　無名碑（上）（下）
曽野綾子　絶望からの出発〈私の実感的教育論〉
曽野綾子　私を変えた聖書の言葉
曽野綾子　この悲しみの世に
曽野綾子　田名部昭　ギリシアの神々
曽野綾子　田名部昭　ギリシアの英雄たち
曽野綾子　田名部昭　ギリシア人の愛と死
相馬公平文　湯村輝彦絵　ハゲハゲライフ

蘇部健一　六枚のとんかつ
蘇部健一　長野・上越新幹線四時間三十分の壁
宗田理　13歳の黙示録
そのだちえ　なにわOL処世道
田辺聖子　古川柳おちぼひろい
田辺聖子　川柳でんでん太鼓
田辺聖子　私的生活
田辺聖子　世間知らず
田辺聖子　愛の幻滅
田辺聖子　中年ちゃらんぽらん
田辺聖子　苺をつぶしながら〈新・私的生活〉
田辺聖子　蜻蛉日記をご一緒に
田辺聖子　不倫は家庭の常備薬
田辺聖子　『源氏物語』の男たち〈ミスター・ゲンジの生活と意見〉
田辺聖子　『源氏物語』男の世界
田辺聖子　岡田嘉夫・絵　源氏たまゆら
田辺聖子　おかあさん疲れたよ（上）（下）
田辺聖子　ひねくれ一茶
田辺聖子　「おくのほそ道」を旅しよう〈古典を歩く11〉

講談社文庫　目録

高橋克彦　総門谷R 阿黒篇
高橋克彦　総門谷R 鵺（ぬえ）篇
高橋克彦　総門谷R 小町変妖篇
高橋克彦　1999年〈対談集〉
高橋克彦　星封陣
高橋克彦　炎《ほむら》立つ 壱 北の埋み火
高橋克彦　炎立つ 弐 燃える北天
高橋克彦　炎立つ 参 空への炎
高橋克彦　炎立つ 四 冥き稲妻
高橋克彦　炎立つ 伍 光彩楽土〈全五巻〉
高橋克彦　見た！世紀末〈対談集〉
高橋克彦　白妖鬼
高橋克彦　書斎からの空飛ぶ円盤
高橋克彦　こいつがないと生きてはいけない
高橋克彦　高橋克彦版 四谷怪談
高橋克彦　降魔王
高橋克彦　鬼
高橋克彦　火怨〈北の燿星アテルイ〉(上)(下)
高橋克彦　時宗 壱 乱星
高橋克彦　時宗 弐 連星
高橋克彦　時宗 参 震星
高橋克彦　時宗 四 戦星〈全四巻〉
高橋　治　男波女波(上)(下)〈放浪一本釣り〉
高橋　治　名もなき道を(上)(下)
高橋　治　星の衣
高樹のぶ子　これは懺悔ではなく
高樹のぶ子　氷炎
高樹のぶ子　蔦燃
高樹のぶ子　億夜
高樹のぶ子　葉桜の季節
高樹のぶ子　花渦
高樹のぶ子　恋愛空間
田中芳樹　創竜伝1〈超能力四兄弟《ドラゴン》〉
田中芳樹　創竜伝2〈摩天楼の四兄弟《ドラゴン》〉
田中芳樹　創竜伝3〈逆襲の四兄弟《ドラゴン》〉
田中芳樹　創竜伝4〈四兄弟《ドラゴン》脱出行〉
田中芳樹　創竜伝5〈蜃気楼都市《ミラージュ・シティ》〉
田中芳樹　創竜伝6〈染血の夢《ブラッディ・ドリーム》〉
田中芳樹　創竜伝7〈黄土のドラゴン〉
田中芳樹　創竜伝8〈仙境のドラゴン〉
田中芳樹　創竜伝9〈妖世紀のドラゴン〉
田中芳樹　創竜伝10〈大英帝国最後の日〉
田中芳樹　創竜伝11〈銀月王伝奇〉
田中芳樹　「創竜伝」公式ガイドブック
田中芳樹　魔天楼〈薬師寺涼子の怪奇事件簿〉
田中芳樹　東京ナイトメア〈薬師寺涼子の怪奇事件簿〉
田中芳樹　夢幻都市
田中芳樹　西風《ゼピュロシア》の戦記《・サーガ》
田中芳樹　「田中芳樹」公式ガイドブック
田中芳樹　書物の森でつまずいて……
田中芳樹／土屋守　「イギリス病」のすすめ
田中芳樹ほか 文／皇名月 画・文　中国帝王図
高田文夫　寄せ鍋人物図鑑
玉木英治　クレジット破産
玉木英治　現場レポート 不良債権〈クレジット社会の闇〉
高任和夫　過労病棟
高任和夫　架空取引

高任和夫　依願退職〈愉しい自立のすすめ〉
高任和夫　粉飾決算
立石泰則　覇者の誤算〈日米コンピュータ戦争の40年〉
谷村志穂　十四歳のエンゲージ
谷村志穂　眠らない瞳
谷村志穂　十六歳たちの夜
田村洋三　沖縄県民斯ク戦ヘリ〈大田實海軍中将一家の昭和史〉
竹西寛子　「百人一首」を旅しよう〈古典を歩く8〉
田中澄江　「枕草子」を旅しよう〈古典を歩く3〉
田中澄江　夫の始末
多和田葉子　犬婿入り
高村　薫　李歐《りおう》
岳　宏一郎　天正十年夏ノ記
岳　宏一郎　花鳥の乱〈利休の七哲〉
岳　宏一郎　軍師官兵衛(上)(下)
武　豊　この馬に聞いた！
武　豊　この馬に聞いた！　最後の1ハロン
武　豊　この馬に聞いた！　フランス激闘編
武　豊　この馬に聞いた！　炎の復活凱旋編

武田　圭　南海楽園〈タヒチ、バリ、モルジブ……サーフィン二人旅〉
高橋直樹　若獅子家康
橘　蓮二／吉川　潮　高座の七人〈当世人気噺家写真集〉
橘　蓮二　狂言の自由〈茂山逸平写真集〉
高木幹夫／日能研　自分の子どもは自分で守れ〈「学力」ってなんだろう　日能研はこう考える〉
多田容子　双眼
多田容子　柳影
田島優子　女検事ほど面白い仕事はない
竹内玲子　笑うニューヨーク DELUXE
竹内玲子　笑うニューヨーク DYNAMITES
高世　仁　拉致〈北朝鮮の国家犯罪〉
高田崇史　QED〈百人一首の呪《しゅ》〉
高田崇史　QED〈六歌仙の暗号〉
田中秀征　梅の花咲く〈決断の人・高杉晋作〉
団　鬼六　外道の女
陳　舜臣　阿片戦争 全三冊
陳　舜臣　中国五千年(上)(下)
陳　舜臣　中国の歴史 全七冊
陳　舜臣　小説十八史略 全六冊

陳　舜臣　戦国海商伝(上)(下)
陳　舜臣　琉球の風 全三冊
陳　舜臣　中国詩人伝
陳　舜臣　インド三国志
陳　舜臣　山河在り(上)(中)(下)
千野隆司　逃亡者
張《チャン》　仁《イン》淑《スク》　凍れる河を超えて(上)(下)
津村節子　智恵子飛ぶ
津本　陽　塚原卜伝十二番勝負
津本　陽　拳豪伝
津本　陽　修羅の剣(上)(下)
津本　陽　勝つ極意生きる極意
津本　陽　危地に生きる姿勢
津本　陽　下天は夢か 全四冊
津本　陽　鎮西八郎為朝
津本　陽　幕末剣客伝
津本　陽　武田信玄 全三冊
津本　陽　乱世、夢幻の如し(上)(下)
津本　陽　前田利家 全三冊

講談社文庫　目録

講談社文庫 目録

童門冬二 偉《えら》物《ぶつ》伝《でん》
藤堂志津子 マドンナのごとく
藤堂志津子 あの日、あなたは
藤堂志津子 さりげなく、私
藤堂志津子 きららの指輪たち
藤堂志津子 蛍姫
藤堂志津子 プワゾン
藤堂志津子 目《め》醒《ざ》め
藤堂志津子 彼のこと
藤堂志津子 絹のまなざし
藤堂志津子 せつない時間
藤堂志津子 さようなら、婚約者
藤堂志津子 白い屋根の家
藤堂志津子 海の時計(上)(下)
藤堂志津子 ふたつの季節
藤堂志津子 われら冷たき闇に
藤堂志津子 夜のかけら
藤堂志津子 愛犬リッキーと親バカな飼主の物語
藤堂志津子 淋しがり

藤堂志津子 別ればなし
藤堂志津子 ジョーカー
藤堂志津子ほか 誘惑の香り
豊田行二 秘書室の殺人
鳥羽亮 警視庁捜査一課南《なん》平《ぺい》班
鳥羽亮 広域指定127号事件〈警視庁捜査一課南平班〉
鳥羽亮 刑事魂〈警視庁捜査一課南平班〉
鳥羽亮 切り裂き魔〈警視庁捜査一課南平班〉
鳥羽亮 三鬼の剣
鳥羽亮 隠《おぬ》猿《ざる》の剣
鳥羽亮 鱗光の剣〈深川群狼伝〉
鳥羽亮 蛮骨の剣
鳥羽亮 妖鬼の剣
鳥羽亮 秘剣鬼の骨
鳥羽亮 幕末浪漫剣
鳥羽亮 浮舟の剣
鳥羽亮 青江鬼丸夢想剣
鳥羽亮 双つ龍〈青江鬼丸夢想剣〉
鳥越碧 萌がさね〈藤原道長室明子相聞〉

東郷隆 架空戦記 信長〈覇王の海〉
東郷隆 続・架空戦記 信長〈覇王暗殺〉
東郷隆 御町見役うずら伝右衛門(上)(下)
戸塚真弓 パリ住み方の記
戸塚真弓 パリからのおいしい旅
富岡多恵子 「とはずがたり」を旅しよう〈古典を歩く9〉
戸田郁子 ソウルは今日も快晴〈日韓結婚物語〉
ドリアン助川 湾岸線に陽は昇る
豊福きこう 水原勇気1勝3敗12S〈「超」完全版〉
豊福きこう 矢吹丈25戦19勝(19KO)5敗1分
戸部良也 プロ野球英雄伝説
夏目漱石 こころ
夏樹静子 黒白の旅路
夏樹静子 二人の夫をもつ女
夏樹静子 女の銃
夏樹静子 駅に佇《た》つ人
夏樹静子 そして誰かいなくなった
夏樹静子 クロイツェル・ソナタ
夏樹静子 贈る証言〈弁護士朝吹里矢子〉

講談社文庫　目録

中井英夫　虚無への供物
永井路子　「平家物語」を旅しよう〈古典を歩く7〉
長尾三郎　虚構地獄 寺山修司
長尾三郎　人は50歳で何をなすべきか
長尾三郎編　サハラに死す〈上温湯隆の一生〉
南里征典　道玄坂濃蜜夫人
南里征典　山手《やまのて》背徳夫人
南里征典　金閣寺秘愛《ひあい》夫人
南里征典　新宿爛蕩《らんとう》夫人
南里征典　肉体の狩人
南里征典　箱根湖畔欲望殺人
南里征典　六本木芳熟夫人
南里征典　銀座魔性夫人
南里征典　欲望の仕掛人
南里征典　秘命課長狙われた美女
南里征典　秘命課長獣たちの野望
南里征典　秘命課長黄金の情事
南里征典　華やかな牝獣《めじゅう》たち
南里征典　軽井沢絶頂夫人

永倉萬治　黄金バット
中島らも　しりとりえっせい
中島らも　今夜、すべてのバーで
中島らも　白いメリーさん
中島らも　訊く
中島らも　逢う
中島らも　寝ずの番
中島らも　さかだち日記
中島らもほか　輝きの一瞬〈短くて心に残る30編〉
中島らも ひさうちみちお　しりとり対談
中島らも編・著　なにわのアホぢから
鳴海章　ナイト・ダンサー
鳴海章　日本海雷撃戦(上)(下)〈コリア・クライシス〉
鳴海章　シャドー・エコー
鳴海章　風花
長村キット　英会話最終強化書
長村キット　3語で話せる英会話〈英会話最終強化書2〉
長村キット　こんなときどう言う英会話辞典〈英会話最終強化書3〉
中嶋博行　検察捜査

中嶋博行　違法弁護
中嶋博行　司法戦争
中嶋博行　第一級殺人弁護
中村天風　運命を拓く〈天風瞑想録〉
中村勝行　蘭と狗〈長英破牢〉
中澤天童　首都は名古屋で決まりだぎゃあ!
夏坂健　ナイス・ボギー
夏坂健　ゴルフの神様
中尾彬　一筆啓上旅の空
中場利一　岸和田のカオルちゃん
中山可穂　感情教育
中村智志 写真・裵昭　路上の夢〈新宿ホームレス物語〉
西村京太郎　天使の傷痕
西村京太郎　名探偵なんか怖くない
西村京太郎　D機関情報
西村京太郎　殺しの双曲線
西村京太郎　名探偵が多すぎる
西村京太郎　ある朝海に
西村京太郎　脱出

2003年6月15日現在